Edmund Crispin

Mord vor der Premiere

W0400154

DUMONT

So wie der Handlungsort eine reale mehr oder weniger realistisch beschriebene Stadt ist, sind die Personen, das muß betont werden, frei erfunden und haben keinerlei Beziehungen zu irgendwelchen lebenden Personen. Ebenso erfunden sind das College, das Hotel und das Theater, in denen sich der größte Teil der Handlung abspielt. Die von mir dargestellte Schauspieltruppe hat keinerlei Beziehung zu der in Oxford oder an sonst irgendeinem Ort, den ich kenne. EC

Die Deutsche Bibliothek – CIP-Einheitsaufnahme

Crispin, Edmund:
Mord vor der Premiere / Edmund Crispin. Barbara Sibold (Übers.). –
Köln : DuMont, 1999
(DuMont's Kriminal-Bibliothek ; 1080)
ISBN 3-7701-4845-2

Umschlagmotiv von Pellegrino Ritter
Aus dem Englischen von Barbara Sibold
Die der Übersetzung zugrundeliegende Ausgabe erschien 1971 unter dem Titel *The Case of the Gilded Fly* bei Penguin Books, London
© Edmund Crispin

© 1999 für die deutsche Ausgabe: DuMont Buchverlag, Köln
Alle deutschsprachigen Rechte vorbehalten
Satz: Greiner & Reichel, Köln
Druck und Verarbeitung: Clausen & Bosse, Leck

Printed in Germany ISBN 3-7701-4845-2

Kapitel 1

Prolog in der Eisenbahn

Hast thou done them? speak;
Will every savour breed a pang of death?
CHRISTOPHER MARLOWE

Hast du sie präpariert? Sprich;
Birgt jeder Hauch die Todesqual?

Für den unaufmerksamen Reisenden bedeutet die Didcot Station die baldige Ankunft in Oxford; für den erfahreneren mindestens eine weitere halbe Stunde Frustration. Und in diese beiden Kategorien kann man die Reisenden für gewöhnlich einteilen. Die der ersten schleudern unter Entschuldigungen ihr Gepäck vom Netz auf die Sitze, wo es bis zum Ende der Reise liegenbleibt, als sperriges Hindernis mit scharfen und unerwarteten Ecken; die der zweiten starren weiter düster aus dem Fenster auf die öden Wälder und Felder, in deren Mitte der Bahnhof von einer geistlosen Gottheit ohne ersichtlichen Grund deponiert wurde, und auf die Reihen von Lastwagen aus allen Teilen des Landes, wie die Insel der verlorenen Schiffe aus dem zeitgenössischen Mythos inmitten der Sargassosee. Eine beständige Geräuschkulisse aus dunklem Gemurmel und Geschrei, heftiges Reißen von Holz und Metall, das fern an eine frühe Walpurgisnacht auf einem nahliegenden Friedhof erinnert, bringt jene Reisenden, die über etwas mehr Vorstellungskraft verfügen, auf den Gedanken, daß die Lok auseinandergenommen und wieder zusammengesetzt wird. Der Aufenthalt in Didcot beläuft sich in der Regel knapp auf zwanzig Minuten.

Dann folgen etwa drei Fehlstarts unter ungeheurem Krachen und Stampfen der Maschine, so daß die Fahrgäste durchgerüttelt und in einen Zustand tiefster Ergebenheit gestoßen werden. Mit unendlichem Widerstreben setzt sich der Zug schließlich in Bewegung und trägt seine unglückliche Fracht auf außerordentlich entspannte Weise durch die flache Landschaft. Es folgt noch eine ziemlich überraschende Anzahl von Zwischenstationen vor Oxford, und der Zug läßt keine aus, oft verweilt er ohne jeden ersichtlichen Grund, da niemand ein- oder aussteigt. Vielleicht hat der Schaffner jemanden über die Bahnhofsstraße hasten sehen, der den Zug noch erwischen will oder einen Fahrgast aus dem Ort schlafend in seiner Ecke entdeckt, und es ist ihm unangenehm, ihn zu wecken; vielleicht steht eine Kuh auf dem Gleis, oder das Signal ist gegen uns – ein Blick beweist jedoch: Keine Kuh oder irgendein Signal ist weder pro noch *contra*.

Kurz vor Oxford wird das Ganze etwas freundlicher, sagen wir in Sichtweite des Kanals oder des Tom Tower. Eine Atmosphäre von Zielbewußtsein wird spürbar. Jetzt noch sitzenzubleiben, hut- und mantellos, den Koffer im Gepäckträger und das Ticket in der Innentasche zu lassen erfordert höchste Willenskraft. Hoffnungsvollere Insassen bahnen sich schon ihren Weg auf die Gänge. Aber unweigerlich hält der Zug direkt vor dem Bahnhof, die monolithische Erscheinung des Gaswerks auf der einen, ein Friedhof auf der anderen Seite. Dort verweilt die Lok mit dämonischer Starrköpfigkeit, stößt gelegentlich mit nekrophilem Genuß ächzende Laute und schrille Pfiffe aus. Unbändige, nervöse Frustration setzt ein; da ist Oxford, dort, nur wenige Meter entfernt, ist der Bahnhof, und hier ist der Zug. Aber den Passagieren ist es nicht erlaubt, am Gleis entlangzugehen, falls überhaupt jemand auf die Idee käme. Die Passagiere durchleben die Qualen des Tantalus in der Unterwelt. Dieses Zwischenspiel, dieses memento mori, mit dem die Eisenbahngesellschaft die hoffnungsfrohen jungen Burschen und Mädchen in ihrer Obhut daran erinnert, daß sie unausweichlich zu Staub werden, dauert für gewöhnlich zehn Minuten. Danach setzt der Zug – fast ein wenig mißmutig – seine Fahrt fort und fährt in den Bahnhof ein, den Max Beerbohm so zutreffend »das letzte Relikt des Mittelalters« genannt hat.

Falls jedoch irgendein Reisender glaubt, dies sei das Ende, dann irrt er. Einmal dort angekommen, inzwischen beginnen sich sogar die größten Skeptiker zu regen, bemerkt jeder sofort, daß der Zug sich an gar keinem Bahnsteig, sondern auf einem Zwischengleis befindet. Auf beiden Seiten warten Freunde und Verwandte, eilen, nachdem ihnen die Wiedervereinigung in letzter Minute noch verwehrt wird, Freudenschreie ausstoßend, hin und her oder verharren mit verdrossenen, ängstlichen Gesichtern und versuchen, einen flüchtigen Blick von denen zu erhaschen, die sie abholen wollen. Es ist, als würde Charons Boot manövrierunfähig mitten auf dem Styx dümpeln, weder fähig die Reise zu den Toten fortzuführen, noch zu den Lebenden zurückzukehren. Unterdessen lassen Erschütterungen von seismographischer Stärke die Passagiere samt Gepäck auf den Gängen hilflos schreiend durcheinanderpurzeln. In wenigen Augenblicken werden jene, die auf den Bahnsteigen warten, überrascht den Zug mit einer Rauchwolke und üblem Gestank in Richtung Manchester verschwinden sehen. Bald darauf wird er rückwärts wiederkehren, und wie durch ein Wunder ist die Reise vorbei.

Verunsichert strömen die Passagiere durch die Fahrkartenschalter, zerstreuen sich wieder auf der Suche nach Taxis, die im Krieg ihre Fahrgäste ohne Rücksicht auf Stellung, Alter oder Vorrang aufnehmen, aber nach einer strikt eingehaltenen eigenen Logik. Der Strom wird dünner und verliert sich in einem

Labyrinth aus alten Gemäuern, Mahnmalen, Kirchen, Colleges, Büchereien, Hotels, Pubs, Schneidereien und Buchläden, aus denen Oxford besteht. Die Klügeren schauen, wo sie sofort etwas zu trinken bekommen, die Hartnäckigeren schlagen sich zu ihrem endgültigen Ziel durch. Dieser Wettlauf läßt nur ein paar wenige zurück, die hier umsteigen müssen und sich unglücklich zwischen den Milchkannen auf dem Bahnsteig die Zeit vertreiben.

Auf die eingangs beschriebene schwere Prüfung reagierten die elf Personen, die zu unterschiedlichen Zeiten und aus unterschiedlichen Gründen in der Woche vom 4.–11. Oktober 1940 von der Londoner Paddington Station nach Oxford reisten, auf unterschiedliche und charakteristische Weise.

Gervase Fen, Professor für Englische Sprache und Literatur, war unübersehbar nervös. Von Natur aus kein geduldiger Mensch, trieben ihn die Verzögerungen zum Wahnsinn. Er hüstelte und stöhnte und gähnte, scharrte mit den Füßen und warf seinen großen, schlaksigen Körper in der Ecke, in der er saß, hin und her. Sein freundliches, leicht gerötetes und glattrasiertes Gesicht wurde röter als gewöhnlich; seine dunklen, sorgfältig mit Wasser angeklatschten Haare befreiten sich vereinzelt mißmutig aus der Zähmung. Unter den gegebenen Umständen war sein normaler Überschuß an Energie ganz einfach lästig. Für gewöhnlich ließ ihn diese Eigenschaft alle möglichen Verpflichtungen eingehen, um anschließend düster zu klagen, daß er mit Arbeit überlastet sei, was allem Anschein nach niemanden kümmere. Und da zudem seine einzige Ablenkung darin bestand, daß er noch einmal aufmerksam eines seiner eigenen Bücher über die unbedeutenderen Satiriker des 18. Jahrhunderts las, um sich zu erinnern, wie seine Meinung zu dem Thema gewesen war, wurde er im späteren Verlauf der Reise zutiefst unglücklich. Er kehrte von einer dieser zahllosen Bildungskonferenzen nach Oxford zurück, die am laufenden Band stattfanden und auf denen über die Zukunft der einen oder anderen Institution entschieden werden soll, Entscheidungen, die, wenn überhaupt welche getroffen werden, zwei Tage später vergessen sind. Während sich der Zug im Schneckentempo vorwärtsbewegte, sinnierte er mit trauriger Resignation über die William-Dunbar-Vorlesungen, die er halten wollte, rauchte eine beträchtliche Anzahl Zigaretten und fragte sich, ob es ihm wohl vergönnt sein würde, einen neuen Mordfall zu untersuchen, vorausgesetzt, es gäbe einen. Später würde er sich ohne Genugtuung an diesen Wunsch erinnern, weil er ihm in jener äußerst ironischen Weise, die die Götter zu amüsieren scheint, erfüllt werden sollte.

Er reiste erster Klasse, da er sich immer gewünscht hatte, es sich leisten zu können, aber im Moment bereitete ihm selbst das nur wenig Vergnügen. Gelegentlich plagten ihn Gewissensbisse, weil er sich diesen relativ bescheidenen Luxus gönnte; es war ihm jedoch mit Hilfe einer *ex tempore* entwickelten Beweisführung zur Belehrung von jemandem, der ihm unklugerweise Snobismus vorgeworfen hatte, gelungen, sich durch ein etwas wackliges ökonomisches Argument zu rechtfertigen. »Mein lieber Freund«, hatte Gervase Fen geantwortet, »die Eisenbahn hat gewisse konstante Betriebskosten; wenn wir, die wir es uns leisten können, nicht erster Klasse reisen würden, müßten alle Preise in der dritten Klasse steigen, und das würde doch wohl niemandem nützen. Ändern Sie zunächst einmal Ihr ökonomisches System«, fügte er an den Unglücklichen gewandt mit einer weit ausladenden Geste hinzu, »dann stellt sich das Problem erst gar nicht.« Später unterbreitete er dieses Argument mit einigem Triumph dem Professor für Ökonomie, der ihm zu seinem Verdruß zögerlich seine Bedenken kundtat.

Jetzt, da der Zug wieder einmal anhielt, zündete er sich eine Zigarette an, warf sein Buch beiseite und seufzte tief. »Ein Verbrechen!« murmelte er. »Ein richtig schön kompliziertes Verbrechen!« Er begann sich Phantasieverbrechen auszudenken und löste sie mit unglaublicher Geschwindigkeit.

Sheila McGaw, die junge Frau, die die Stücke am Oxforder Repertoiretheater inszenierte, reiste in der dritten Klasse. Sie tat dies, weil sie der Meinung war, daß die Kunst zum Volk zurückkehren mußte, um wieder an Vitalität zu gewinnen. Sie zeigte gerade einem Bauern, der neben ihr saß, ein Buch über Gordon Craigs Bühnenbilder. Sie war groß und hatte ein scharf geschnittenes Gesicht, eine hervorstechende Nase und glattes flachsfarbenes in Glockenform geschnittenes Haar. Der Bauer schien nicht sehr interessiert an den Techniken der zeitgenössischen Bühnenkunst, die Darstellung der Nachteile der Drehbühne bewegten ihn nicht besonders; er zeigte keinerlei Emotionen, vielleicht lediglich einen momentanen Widerwillen, als ihm erzählt wurde, daß die Schauspieler in der Sowjetunion *Verdiente Künstler des Volkes* genannt wurden und daß ihnen Jossif Stalin große Geldbeträge zahlte. Als die Rede auf Stanislawskij kam, trat er die Flucht nach vorn an und beschrieb die Methoden in der Landwirtschaft. Mit zunehmender Begeisterung erzählte er von der Silage, der Besamung von Kühen, dem Weizen- und Getreidebrand und anderen durch die Saat übertragene Krankheiten, einem verbesserten Typ von Ketteneggen und dergleichen; er beklagte mit großem Detailreichtum die Aktivitäten des Landwirtschaftsministeriums. Diese Tirade dauerte, bis der Zug endlich in Oxford ankam. Der Bauer verabschiedete sich sehr herzlich von Sheila und ging etwas überrascht über seine eigene Eloquenz von dannen. Sheila, die dieser Ausbruch zunächst etwas verblüfft hatte, gelang es schließlich, sich durch eine Art Selbsthypnose zu überzeugen, daß das alles sehr interessant gewesen sei. Doch allem Anschein nach, so überlegte sie mit Bedauern, hatte das Leben in der Landwirtschaft nur wenig

Berührungspunkte mit dem in Eugene O'Neills Drama *Gier unter den Ulmen*.

Robert Warner und seine jüdische Freundin, Rachel West, reisten gemeinsam zur Uraufführung seines neuen Stückes *Metromania* am Oxforder Repertoiretheater an. Es war für seine Freunde ein ziemlicher Schock gewesen, daß ein satirischer Dramatiker vom Ruf eines Robert Warner sein neues Stück in der Provinz aufführen mußte, aber es gab ein oder zwei durchaus trifftige Gründe dafür. Erstens war seine letzte Londoner Produktion trotz seiner Reputation kein Erfolg gewesen, und die Theater ließen aufgrund des beträchtlichen Besucherrückgangs infolge der deutschen Luftangriffe äußerste Vorsicht walten. Zweitens enthielt sein Stück gewisse experimentelle Elemente, die nicht unbedingt beim Publikumm ankommen würden. Aufgrund dieser Gesichtspunkte war ein Test in der Provinz angebracht, und aus Gründen, die hier nicht weiter erörtert zu werden brauchen, wurde Oxford ausgewählt. Robert würde das Stück selbst inszenieren, mit dem dortigen Ensemble, aber mit Rachel, deren Ruf im West End einen Ansturm auf die Theaterkasse garantierte, in einer der Hauptrollen. Die Beziehung zwischen Robert und Rachel war freundschaftlich und stabil. Während des letzten Jahres war sie fast platonisch geworden. Darüber hinaus war sie getragen von gemeinsamen Interessen sowie echter gegenseitiger Achtung und Zuneigung. Seit Didcot schwiegen sie. Robert war Ende Dreißig, mit struppigem dunklem Haar (eine ungebändigte Locke fiel ihm bis über die Brauen), einer dicken Hornbrille, die seine wachsamen, intelligenten Augen abschirmte, groß, ziemlich hager und unauffällig in einen dunklen sportlichen Anzug gekleidet. Aber er strahlte eine gewisse Autorität aus. Ein Eindruck von Ernsthaftigkeit, fast von Askese lag in seinen Bewegungen. Auf die Bummelei der Eisenbahngesellschaft reagierte er mit geübter Selbstbeherrschung, stand nur einmal auf, um auf die Toilette zu gehen. Während er den Gang hinunterging, sah er Yseut und Helen Haskell, die zwei oder drei Abteile weiter saßen, aber da er keine Lust hatte, mit ihnen zu sprechen ging er rasch vorbei und hoffte, daß sie ihn nicht gesehen hatten. Wieder auf seinem Platz erzählte er Rachel, daß die beiden im Zug waren.

»Ich mag Helen«, sagte Rachel überlegt. »Sie ist süß und zudem eine hervorragende Schauspielerin.«

»Yseut ist mir zuwider.«

»Nun, wir können ihnen aus dem Weg gehen, wenn wir in Oxford ankommen. Ich dachte, du magst Yseut.«

»Ich mag Yseut nicht.«

»Ab Dienstag mußt du ohnehin mit den beiden arbeiten. Ich kapier nicht, was das für einen Unterschied macht, ob wir schon jetzt mit ihnen zusammenkommen oder erst später.«

»Je später, desto besser, wenn du mich fragst. Ich könnte die Frau mit großem Vergnügen umbringen«, sagte Robert Warner in seiner Ecke. »Ich könnte die Frau mit großem Vergnügen umbringen.«

Yseut Haskell war ganz offensichtlich gelangweilt, und wie es ihre Art war, machte sie daraus auch keinen Hehl. Aber während Fens Ungeduld ein spontaner, unbewußter Ausbruch war, stellte Yseut ihre bewußt zur Schau. Notwendigerweise sind wir alle in einem beträchtlichen Maße mit uns selbst beschäftigt, aber bei ihr schloß diese Beschäftigung alles andere aus und war obendrein hauptsächlich sexueller Natur. Sie war noch jung – vielleicht fünfundzwanzig –, mit vollen Brüsten und Hüften, die sie ein wenig zu kraß durch die Kleidung betonte, und hatte prachtvolles, sorgsam gepflegtes rotes Haar. Hier endete jedoch, zumindest was die meisten Leute betraf, ihr Anspruch auf Attraktivität. Ihr Gesicht, obgleich auf konventionelle Weise hübsch, ließ geringe Schlüsse auf ihren Charakter zu: ein wenig egoistisch, ein wenig eitel. In Gesprächen erwies sie sich als pseudointellektuell und hohl. Ihr Verhalten gegenüber dem anderen Geschlecht war zu unverblümt einladend und sprach daher nur sehr wenige an. Ihr Verhalten gegenüber dem eigenen war boshaft und hinterlistig. Sie gehörte zu jener großen Gruppe von Frauen, die bereits in sehr zartem Alter über sexuelles Wissen verfügen, ohne sexuell erfahren zu sein, und noch als Erwachsene in diesem pubertären Zustand verhaftet bleiben. Innerhalb bestimmter Grenzen war sie hilfsbereit, innerhalb bestimmter Grenzen gewissenhaft, was ihre Schauspielerei betraf, aber auch dabei interessierte sie hauptsächlich die Gelegenheit zur Selbstdarstellung. Seit der Schauspielschule arbeitete sie überwiegend am Repertoiretheater, auch wenn ihr eine kurze Affäre mit einem Londoner Manager einmal eine Hauptrolle in einer West-End-Theaterproduktion beschert hatte, die aus dem einen oder anderen Grund nicht sehr erfolgreich gewesen war. Nun war sie seit zwei Jahren in Oxford und sprach noch immer von ihrem Agenten, über den Zustand der Londoner Theaterszene und der Wahrscheinlichkeit, bald dorthin zurückzukehren, wobei sie eine Herablassung an den Tag legte, die nicht nur angesichts der Tatsachen völlig ungerechtfertigt war, sondern auch jedermann in Rage brachte. Für sie sprach auch nicht gerade, daß sie eine Affäre nach der anderen hatte, wodurch sie sich den anderen Frauen des Ensembles entfremdete und ein völlig unschuldiger Student, der sich ihrer nicht erwehren konnte, das College verlassen mußte. Die Männer ließ sie mit jenem unbefriedigten Gefühl zurück, um eine Erfahrung reicher zu sein, was oft das einzige erkennbare Resultat sexueller Promiskuität ist. Man duldete sie weiterhin im Ensemble, weil das Repertoiretheater, dank seiner oft wechselnden Arbeitsstile und Rangordnungen, emotional auf einer sehr komplexen und reizbaren Ebene agiert und vom kleinsten Tumult aus der Bahn geworfen wird. Aus diesem Grund enthielten sich die einfühlsameren Mitglieder des Ensembles jedes direkten Ausdrucks von Abneigung, da sie klar erkannten, daß, wenn nicht zumindest oberflächlich freundliche Beziehungen aufrechterhalten würden, das Kind ein für allemal in den Brunnen fallen, sich feindliche Gruppen bilden und grundsätzliche Änderungen notwendig würden.

Yseut hatte bereits ein Jahr vor den Ereignissen, mit denen wir uns hier befassen, Robert Warners Bekanntschaft gemacht, genauer gesagt, seine intime Bekanntschaft. Aber er war ein Mann, der von seinen Affären sehr viel mehr verlangte als reine körperliche Stimulation, und so wurde die Beziehung von ihm nach kurzer Zeit abrupt beendet. Normalerweise zog es Yseut vor, selbst den Schlußstrich zu ziehen, und da Robert, weil er von ihr schier unerträglich gelangweilt war, ihr in diesem Fall zuvorgekommen war, hegte sie nicht nur eine beträchtliche Abneigung gegen ihn, sondern wie nicht anders zu erwarten, auch den sehnlichen Wunsch, ihn wieder zurückzugewinnen. Auf der Reise brütete sie über seinem bevorstehenden Besuch am Theater und fragte sich, was wohl in der Sache getan werden konnte. In der Zwischenzeit konzentrierte sie ihre Aufmerksamkeit auf einen jungen Captain der Artillerie, der ihr gegenüber saß, den Krimi *Keine Orchideen für Miss Blandish* las und die zermürbende Langsamkeit des Zuges überhaupt nicht wahrnahm. Sie versuchte erfolglos, ihn in ein Gespräch zu verwickeln und er wandte sich schließlich nach kurzer Zeit mit charmantem, aber distanziertem Lächeln wieder seinem Buch zu. »Ach zum Teufel!« sagte sie. »Ich wollte, dieser verdammte Zug würde einen Zahn zulegen.«

Helen war Yseuts Halbschwester. Ihr Vater, ein Experte für mittelalterliche französische Literatur und ein Mann, der wenig Interesse für anderes zeigte, hatte durch die Heirat einer reichen Frau trotzdem eine ausreichende Einsicht in weltliche Dinge bewiesen, und Yseut war sein erstes Kind. Die Mutter war drei

Monate nach der Geburt gestorben und hinterließ dem Kind ihr halbes Vermögen. Bis zu dessen einundzwanzigstem Lebensjahr wurde es treuhänderisch verwaltet. Die Folge war, daß Yseut jetzt beträchtlich reicher war, als ihr guttat. Bevor die Mutter starb, hatte es noch einen wütenden Streit über Yseuts fremdartigen Namen gegeben, auf dem der Gatte jedoch mit unerwarteter Festigkeit bestand. Er hatte die besten Jahre seines Lebens der intensiven, wenn auch äußerst fruchtlosen Beschäftigung mit den französischen Tristan-Romanzen gewidmet und war entschlossen, ein Symbol seiner Studien weiterbestehen zu lassen. Ein wenig zu seiner eigenen Überraschung hatte er seinen Willen durchgesetzt. Zwei Jahre später heiratete er wieder, und weitere zwei Jahre später wurde Helen geboren. Anläßlich dieser zweiten Taufe machten die sarkastischeren unter seinen Freunden den Vorschlag, sollten noch weitere Töchter das Licht der Welt erblicken, diese müßten wohl Nicolette, Heloise, Julia und Cressida genannt werden. Doch als Helen drei Jahre alt war, kamen ihre Eltern bei einem Eisenbahnunglück ums Leben, und sie und Yseut wurden von einer entfernten und geschäftstüchtigen Cousine ihrer Mutter aufgezogen, der es gelang, Yseut, als diese einundzwanzig war, dazu zu überreden (mit welchen Mitteln, weiß der Himmel allein, denn Yseut konnte Helen überhaupt nicht leiden) ein Schriftstück zu unterschreiben, mit dem sie im Falle ihres Todes ihr gesamtes Vermögen ihrer Halbschwester vermachte.

Die Abneigung war gegenseitig. Zunächst einmal war Helen in fast jeder Hinsicht anders als Yseut. Sie war klein, schlank, blond, hübsch (auf eine kindliche Art, die sie viel jünger aussehen ließ, als sie eigentlich war), hatte blaue Augen, ein offenes Wesen und war aufrichtig. Obgleich ihr Interesse nicht so sehr im Intellektuellen lag, verstand sie es, sich intelligent und mit einer bezaubernden Bescheidenheit auszudrücken, die dem Gegenüber schmeichelte. Sie war einem Flirt durchaus nicht abgeneigt, aber nur wenn er ihre Arbeit, die sie mit berechtigter, wenn auch ein wenig komischer Ernsthaftigkeit betrachtete, nicht beeinträchtigte. Tatsächlich war sie für ihr Alter eine höchst begabte Schauspielerin, und obgleich sie nichts von der starken intellektuellen Brillanz der Shaw-Darstellerin hatte, überzeugte sie in leiseren Rollen, und vor zwei Jahren hatte sie als Julia einen erstaunlichen und hochverdienten Erfolg. Yseut war sich der Überlegenheit ihrer Schwester in dieser Hinsicht nur allzu bewußt, und diese Tatsache trug nicht gerade dazu bei, daß ihr Verhältnis zueinander herzlicher wurde.

Helen hatte die ganze Fahrt über noch kein Wort gesagt. Sie las *Cymbeline*. Auf ihrer Stirn zeigten sich kleine Konzentrationsfalten, und sie war sich nicht sicher, ob sie die Lektüre genoß. Gelegentlich, wenn der Zug besonders lange irgendwo hielt, gab sie einen kleinen Seufzer von sich und starrte aus dem Fenster, dann wandte sie sich wieder ihrem Buch zu. »Ein sterbliches Mineral«, dachte sie: was in aller Welt soll das bedeuten? Und wer ist wessen Sohn, und weshalb?

Sir Richard Freeman, Chief Constable von Oxford, kehrte von einer Polizeikonferenz des Scotland Yard zurück. Er saß bequem zurückgelehnt in der Ecke seines Erste-Klasse-Abteils, die eisengrauen Haare sorgfältig zurückgebürstet, und in seinen Augen blitzte die Kampflust. Er hielt eine Ausgabe von Fens *Mindere Satiriker des XVIII. Jahrhunderts* vor sich und verspürte gerade heftigsten Widerspruch gegen die Meinung des Experten, was das Werk von Charles Churchill betraf. Als Fen diese Kritik später hörte, war er nicht beeindruckt, denn öffentlich zeigte er unter keinen Umständen etwas anderes als eine überlegene Gleichgültigkeit gegenüber seinem Thema. Die Beziehung zwischen den beiden Männern war in der Tat merkwürdig. Sir Richards größtes Interesse lag in der englischen Literatur und Fens in der Arbeit der Polizei. Sie konnten stundenlang zusammensitzen und phantastische Theorien über die Arbeit des anderen ausarbeiten, wobei sie einen feinen Spott für die Kompetenz des Gegenübers entwickelten. Wenn es aber um Detektivgeschichten ging, die Fen mit großer Begeisterung las, kam es öfter fast zu einem handfesten Streit, da Fen hinterlistig, aber mit einer gewissen Berechtigung darauf bestand, daß es sich dabei um die einzige literarische Form handele, die die wahre Tradition des englischen Romans fortführe, während Sir Richard seiner Verärgerung über die lächerlichen Methoden, mit denen die Fälle gelöst wurden, freien Lauf ließ. Ihre Beziehung wurde weiter kompliziert durch die Tatsache, daß Fen etliche Fälle gelöst hatte, bei denen die Polizei in eine Sackgasse geraten war, während Sir Richard drei Bücher zu literarischen Themen veröffentlicht hatte (über Shakespeare, Blake und Chaucer), die nach Ansicht der begeisterungsfähigeren Feuilletonisten der Wochenzeitschriften die konventionelle akademische Gelehrsamkeit, wie Fen sie betrieb, weit hinter sich ließen. Es war jedoch der Amateurstatus der beiden, der für ihren bemerkenswerten Erfolg verantwortlich zu machen war. Wenn sie jemals die Plätze getauscht hätten, wie ein verschmitzter alter Dozent an Fens College einmal vorschlug, so hätte Fen die Arbeit der Polizei ebenso unerträglich gefunden wie Sir Richard die Kritteleien der Literaturwissenschaft. Was ihre Hobbies für sie reizvoll machte, war ja gerade, daß sie all diese lästigen Details nicht zu beachten brauchten, sich vielmehr ihren spontanen Impulsen hingeben konnten. Ihre Freundschaft währte bereits sehr lange, und jeder der beiden genoß die Gesellschaft des anderen außerordentlich.

Sir Richard, in den Autor der *»Dummkopfiade«* vertieft, entging das unstete Verhalten der Eisenbahn völlig. In Oxford entstieg er würdevoll dem Zug. Ohne Schwierigkeiten verschaffte er sich einen Träger und ein Taxi. Als er einstieg, kam ihm Churchill in den Sinn. »›Ein großer und fruchtbarer Holzapfelbaum‹«, murmelte er zur großen Überraschung des Fahrers,

»›Ein großer und fruchtbarer Holzapfelbaum‹.« Dann etwas schroffer: »Sitzen Sie nicht da und starren mich an, Mann! Ramsden House.« Das Taxi brauste los.

Donald Fellowes war auf der Rückreise von einem glücklichen Wochenende in London. Er hatte von Orgelemporen aus Messen zugehört und sich an endlosen Diskussionen über Kirchenmusik, Orgeln, Chorknaben, kirchliche Laienarbeit, die kleinen Schwächen und Exzentrizitäten anderer Organisten beteiligt, wie sie sich immer ergeben, wenn Kirchenmusiker aufeinandertreffen. Als der Zug von Didcot abfuhr, schloß er nachdenklich die Augen und fragte sich, ob es wohl eine gute Sache wäre, den Rhythmus des Benedictus zu ändern, und wie lange er wohl damit durchkäme, das Tedeum pianissimo zu spielen, bevor sich jemand beklagte. Donald war eine ruhige, dunkle kleine Person, er trug mit Vorliebe Fliege statt Krawatte, hatte eine Schwäche für Gin und war sehr friedlich in seiner Art (wenn überhaupt, so fehlte es ihm ein wenig an Nachdruck). Er war Organist an Fens College, das ich St. Christopher's nennen werde. Während seines Geschichtsstudiums hatte er sich so sehr mit Musik beschäftigt, daß seine Tutoren große Bedenken hatten – und wie sich herausstellte zu Recht –, ihn jemals durch irgendeine Prüfung zu bringen. Nach dem vierten erfolglosen Versuch hatten alle Beteiligten mit einem Gefühl von Erleichterung aufgegeben. Im Moment hing er einfach nur herum, ging seiner Arbeit als Organist nach, bereitete sich nur wenig auf seine Examina vor, schrieb an seiner Abschlußarbeit und wartete auf die Einberufung. Sein weltabgewandtes Nachsinnen über die Lobgesänge wurde oft unterbrochen von weit weltlicheren Gedanken an Yseut, in die er, wie Nicholas Barclay es später ausdrücken sollte, »sehr heftig verliebt war.« Theoretisch war er sich ihrer Schwächen bewußt, aber wenn er mit ihr zusammen war, machte ihm das nichts aus. Er war ihr absolut verfallen, bis über beide Ohren vernarrt. Als er jetzt an sie dachte, fühlte er sich plötzlich zutiefst unglücklich, und zu allem Übel ärgerten ihn die Verzögerungen des Zuges. »Zur Hölle mit der Frau!« sagte er zu sich. »Und dieser verdammte Zug ich frag mich, ob Ward sein Solo am Sonntag schaffen wird. Zur Hölle mit allen Komponisten, die in Soli das hohe A verwenden.«

Nicholas Barclay und Jean Whitelegge verließen, nachdem sie schlechtgelaunt und schweigend ihr Lunch im Victor's eingenommen hatten, gemeinsam London. Beide waren an Donald Fellowes interessiert. Nicholas, weil er ihn für einen brillanten Musiker hielt, der sich wegen einer Frau zugrunde richtete. Jean, weil auch sie in ihn verliebt war (und somit übrigens allen Grund hatte, Yseut nicht zu mögen). Es stimmt, daß Nicholas nicht gerade der Geeignete war, andere dafür zu kritisieren, daß sie sich wegen irgendwas oder irgendwem zugrunde richteten. Als Englischstudent war ihm eine brillante akademische Karriere vorausgesagt worden, und er hatte all die gewaltigen kommentierten Ausgaben der Klassiker gelesen, in denen der Kommentar den größten Teil der Seite einnimmt (und dem Originaltext nur wenige Zeilen ganz oben in der Nähe der Seitenzahl zugestanden wurden) und deren aufmerksames Studium für all jene, die so verwegen sind, eine akademische Laufbahn anzustreben, eine Pflicht darstellt. Unglücklicherweise verfiel er einige Tage vor den Abschlußprüfungen darauf, die endgültigen Ziele der akademischen Ausbildung in Frage zu stellen. Wenn Buch auf Buch und Untersuchung auf Untersuchung folgte, würde dann je eine Zeit anbrechen, in der das letzte Wort über irgendein Thema gesprochen war? Und wenn nicht, worum ging es dann überhaupt? Alles schön und gut, hatte er sich überlegt, wenn jemand persönliches Vergnügen aus der Sache zog. Was ihn betraf, war das allerdings nicht der Fall. Warum dann weitermachen? Da er keine Antwort darauf hatte, zog er die logische Konsequenz, tat keinen Schlag mehr und fing an zu trinken, genüßlich, aber beständig. Nachdem er nicht zu seiner Prüfung erschienen war und sich gegen alle Vorhaltungen taub stellte, wurde er vom College verwiesen. Da er aber über ausreichende Geldmittel verfügte, machte ihm dies nicht das geringste aus. Er frequentierte die Bars von London und Oxford, kultivierte einen leicht sardonischen Humor, schloß viele Freundschaften und las nur noch Shakespeare, den er inzwischen fast auswendig konnte. Unter diesen Umständen war sogar die Lektüre überflüssig geworden. Zum Verdruß seiner Freunde, die dies als den Gipfel des Müßiggangs betrachteten, saß er einfach da und *dachte* Shakespeare. Während sich der Zug Oxford näherte, der Stadt der schreienden Chöre, wie er sie wegen ihrer allgegenwärtigen Musik einmal bezeichnet hatte, nippte Nicholas zufrieden an seiner Whiskyflasche und überflog im Kopf ganze Szenen aus *Macbeth*: »Erlebte Greuel sind schwächer als das Grau'n der Einbildung. Mein Traum, daß Mord nur noch ein Hirngespinst ...« Über Jean gibt es weniger zu erzählen. Sie war groß, dunkel, bebrillt und recht unscheinbar, und sie hatte nur zwei Interessen im Leben: Donald Fellowes und den Oxford University Theatre Club, eine Studentengruppe, die uninteressante Experimentalstücke aufführte (wie es solche Theatergruppen für gewöhnlich tun), und deren Sekretärin sie war. Was das erste dieser beiden Interessen betraf, so war sie ganz offensichtlich von einer fixen Idee besessen. Donald, Donald, Donald, dachte sie und verkrallte sich ganz fest in den Armstützen ihres Sitzes: Donald Fellowes. Ach verdammt! Das muß aufhören. Er liebt Yseut, nicht dich ... dieses Flittchen. Dieses eitle, selbstgefällige Flittchen. Wenn es sie bloß nicht gäbe ... wenn nur jemand ...

Nigel Blake war zufrieden, und es gingen ihm viele Dinge durch den Kopf, während der Zug dahinkroch: wie schön es werden würde, Fen wiederzusehen; die Eins, sein hart erkämpfter Erfolg im Englischexamen vor drei Jahren; sein mühsames, aber auch recht interessantes Leben als Journalist seither; sein verspäteter zweiwöchiger Urlaub, von dem er mindestens eine Woche in Oxford verbringen würde, Robert Warners neues Stück, das er sehen würde und das sicherlich gut war; und vor allem dachte er an Helen Haskell: Jetzt mach mal halblang, sagte er sich, noch hast du sie nicht getroffen. Schön ruhig bleiben. Es ist gefährlich, sich in Menschen zu verlieben, die man nur von der Bühne kennt. Sie ist wahrscheinlich eingebildet und unerträglich oder aber verlobt oder verheiratet. Wie auch immer, ganz sicher ist sie ständig von jungen Männern umgeben, und es ist lächerlich anzunehmen, daß du es im Laufe einer Woche überhaupt schaffst, daß sie vor dir Notiz nimmt, wo du sie doch noch nicht einmal kennst …

Trotzdem, fügte er grimmig hinzu, du wirst dir jedenfalls alle Mühe geben.

Die Ziele dieser Personen in Oxford waren verschieden: Fen und Donald Fellowes kehrten ins St. Christopher's zurück; Sheila McGaw in ihre Wohnung in der Walton Street; Sir Richard Freeman in sein Haus am Boar's Hill; Jean Whitelegge in ihr College; Helen und Yseut zum Theater und anschließend in ihre Zimmer in der Beaumont Street; Robert, Rachel, Nigel und Nicholas ins »Mace and Sceptre« im Zentrum der Stadt. Am Donnerstag, dem 11. Oktober, waren alle in Oxford.

Und innerhalb der folgenden Woche starben drei dieser elf eines gewaltsamen Todes.

Kapitel 2

Yseut

Ahi! Yseut, fille de Roi,
Franche, cortoise, bone foi …
BEROUL

Nigel Blake kam um 17.20 Uhr in Oxford an und fuhr direkt ins »Mace and Sceptre«, wo er ein Zimmer gebucht hatte. Als das Taxi vor dem Hotel vorfuhr, dachte er betrübt, daß es sich nicht gerade um einen der architektonischen Prachtbauten von Oxford handelte. Es war in einer merkwürdigen Stilmischung gebaut, die ihn besonders an einen außerordentlich großen, schrecklich deprimierenden Nachtclub mit Restaurant am Brandenburger Tor in Berlin erinnerte, den er einmal besucht hatte und wo jeder Raum auf aggressive, romantische und wenig überzeugende Art einen anderen nationalen Stil repräsentieren sollte. Sein Zimmer erschien ihm wie eine groteske Parodie auf das Baptisterium in Pisa. Er packte seine Sachen aus, wusch sich und ließ damit die Anstrengungen abfallen, die eine Zugreise immer mit sich bringt, und schlenderte die Treppe hinunter, auf der Suche nach etwas zu trinken.

Inzwischen war es halb sieben. In der Bar wurden dezente Prologe zum Sex geführt, verhalten anstößiges Puppentheater, das sich vor einer bemüht gotischen Kulisse abspielte. Insgesamt war der Ort fast genauso, wie Nigel ihn in Erinnerung hatte. Jedoch war die Zahl der Studenten gesunken und die der Soldaten beträchtlich gestiegen. Ein paar ältere, ein wenig künstlerisch angehauchte Theologiestudenten, die vermutlich geblieben waren, um während der Ferien zu arbeiten, oder die ein paar Tage früher zurückgekommen waren, diskutierten lautstark über die poetische Schönheit des Konzerts der Jungfrauengeburt. Eine Gruppe von Offizieren der Royal Air Force schluckte an der Bar mit geräuschvoller, wenn auch etwas geistloser Leidenschaft ihr Bier hinunter. Es gab ein oder zwei sehr alte Männer und eine durcheinander gewürfelte Mischpoke aus Kunststudenten, Lehrern und Berühmtheiten auf Besuch, die umhersaßen und hofften, daß man sie erkannte, und ohne die Oxford niemals vollständig ist. Die Versammlung wurde ergänzt durch eine bunte Ansammlung von Frauen, die vor allem damit beschäftigt waren, die Aufmerksamkeit der jungen Männer in ihrer Begleitung auf sich zu lenken. Ein oder zwei indische Studenten trödelten aggressiv umher und trugen demonstrativ Ausgaben der bekannteren zeitgenössischen Autoren in den Händen.

Nigel besorgte sich etwas zu trinken und einen leeren Stuhl und ließ sich mit einem kleinen Seufzer der Erleichterung nieder. Offensichtlich hatte der Ort sich nicht geändert. In Oxford, dachte er, ändern sich die Gesichter, aber die Typen bleiben dieselben. Sie tun und sagen dasselbe von Generation zu Generation. Er zündete sich eine Zigarette an, sah sich um und fragte sich, ob er noch am selben Abend Fen besuchen sollte oder nicht.

Zwanzig vor sieben kamen Robert Warner und Rachel herein. Nigel kannte Robert ein wenig – eine flüchtige Bekanntschaft, die auf einigen literarischen Gesprächen bei gemeinsamen Essen, auf Begegnungen bei Theaterparties und Premierenfeiern basierte – und winkte ihm freundlich zu.

»Dürfen wir uns zu Ihnen gesellen?« fragte Robert. »Oder denken Sie nach?«

»Überhaupt nicht«, antwortete Nigel zweideutig. »Darf ich Ihnen etwas zu trinken holen.« Er fragte, was sie haben wollten, dankte dem Himmel, daß Robert nicht zur der Art von Menschen gehörte, die sofort schrien: »Nein, lassen Sie mich Ihnen etwas holen«, und ging zur Bar.

Als er zurückkehrte, unterhielten sie sich gerade mit Nicholas Barclay. Man stellte sich vor, und Nigel zog wieder los Richtung Bar. Als sie es sich schließlich alle bequem gemacht hatten, saßen sie für einen Moment schweigend da, sahen sich gegenseitig erwartungsvoll an und schlürften an ihren Getränken.

»Ich freue mich außerordentlich darauf, nächste Woche Ihr Stück zu sehen«, sagte Nigel zu Robert. »Obgleich ich gestehen muß, es überrascht mich, daß Sie es hier herausbringen.«

Robert machte eine unbestimmte Geste. »Es bleibt mir wohl nichts anderes übrig.« sagte er. »Mein letztes Stück war ein solch erbärmlicher Flop im West End, daß ich in die Provinz gehen muß. Mein einziger Trost ist, daß ich es selbst inszenieren kann, eine Sache, die man mir schon Jahre nicht mehr erlaubt hat.«

»Nur eine Woche Proben für ein neues Stück?« sagte Nicholas. »Das wird Schweiß kosten.«

»Es ist eigentlich eine Art Provinztest. Verschiedene Agenten und Manager werden aus London kommen, um sich ihre Meinung zu bestätigen, daß ich in der Tat ein Blatt im Wind bin und völlig den Verstand verloren habe. Ich hoffe, ich werde sie enttäuschen. Doch Gott allein weiß, wie die Inszenierung werden wird. Das Theater hier ist ein Sammelbecken für die unreifen Kinder der Schauspielschulen, mit einem Unterbau an abgehalfterten Schauspielern und ein oder zwei der notorischsten Krükken in ganz Europa. Ob ich es schaffen werde, ihnen innerhalb einer Woche das richtige Timing, die passende Gestik und Intonation einzubleuen, weiß ich wirklich nicht. Aber Rachel ist ja mit dabei, das wird helfen.«

»Offen gesagt, ich bezweifle es«, sagte Rachel. »Eine Außenseiterin im Ensemble, nur damit die Kasse stimmt, das schafft vor allem eine schlechte Stimmung. Du weißt schon, Murren in allen Ecken.«

»Wie ist eigentlich das Theater?« fragte Nigel. »Ich habe es kaum aus der Nähe gesehen, als ich noch hier am College war.«

»So sehr haben Sie gearbeitet?« warf Nicholas ungläubig ein. Er gab immer vor, nichts dergleichen getan zu haben.

»Es ist nicht schlecht«, sagte Robert. »Ein altes Gemäuer. Es wurde in den sechziger Jahren des 19. Jahrhunderts erbaut, aber kurz vor dem Krieg renoviert. Vor etwa zehn Jahren habe ich dort gearbeitet. Mein Gott war das schrecklich: quietschende Dimmer, unberechenbare Zwischenvorhänge, und die Kulissen fielen bei der leichtesten Berührung um. Aber all das ist jetzt vorbei. Eine gute Seele mit Geld und Ambitionen hat das Theater mit allen möglichen technischen Finessen vollgestopft. Es gibt sogar eine Drehbühne.«

»Eine Drehbühne?« sagte Nigel unsicher.

»Eine sich drehende Bühne. Eine Art runder Drehteller, in der Mitte geteilt. Man kann die nächste Szene auf der Seite aufbauen, die dem Publikum verborgen ist, und wenn es dann soweit ist, dreht man das ganze einfach herum. Allerdings bedeutet das auch, daß man keine seitlichen Kulissen benutzen kann, und das schränkt den Entwurf des Bühnenbildes ziemlich ein. Um ganz ehrlich zu sein, ich glaube nicht, daß sie oft benutzt wird – es ist eine kostspielige, aber ziemlich überflüssige Anschaffung. Ich jedenfalls werde sie nicht benutzen. Sie ist einfach lästig, weil man die ganze Bühnentiefe verliert, die man sehr gut gebrauchen könnte.«

»Und wovon handelt das Stück«, fragte Nicholas, während er sich bequem in seinem Stuhl zurücklehnte. »Oder hieße das, Geschäftsgeheimnisse preiszugeben?«

»Das Stück?« Robert schien diese Frage zu überraschen. »Es ist die Bearbeitung eines gleichnamigen Stücks. Geschrieben wurde es von einem recht unbedeutenden französischen Autor names Piron. Sie werden wahrscheinlich die Geschichte kennen. Ich glaube es war etwa um 1730, als Voltaire die ersten

Briefe von einer gewissen Mlle. Malcrais de la Vigne erhielt, auf die er galant antwortete. Daraus entwickelte sich ein umfangreicher, sehr amouröser und literarischer Briefwechsel. Später kam Mlle. de la Vigne jedoch nach Paris. Zu Voltaires Wut, aber sonst zu jedermanns Vergnügen entpuppte sie sich als ein großer, ziemlich fetter junger Mann namens Desforgues-Maillard. Piron hat diese Situation als Ausgangspunkt für sein Stück verwendet. Ich habe das übernommen und etwas verändert, vor allem dadurch, daß ich das Geschlecht der Personen geändert habe. Meine Hauptfigur ist eine Schriftstellerin, und ihre Briefpartnerin ist eine boshafte Journalistin. Ich weiß, das klingt nicht nach viel«, schloß er entschuldigend ab, »aber das war eigentlich nur das Gerüst der ganzen Sache.«

»Wer spielt die Schriftstellerin?«

»Oh, Rachel natürlich«, sagte Robert freundlich. »Eine wunderbare Rolle für sie.«

»Und die Journalistin?«

»Um ganz offen zu sein, ich bin mir noch nicht sicher: ich denke Helen. Yseut ist einfach nicht in der Lage, komische Rollen zu spielen. Außerdem ist sie mir so zuwider, daß ich es einfach nicht ertragen könnte. Es gibt da wohl noch eine andere junge Frau, abgesehen von den älteren Frauen. Aber man hat mir gesagt, sie würde so eigenartige Dinge auf der Bühne machen, daß ich ihr auf keinen Fall mehr als eine Nebenrolle geben dürfe. Für Yseut habe ich auch eine kleine Rolle – sie ist nur im ersten Akt auf der Bühne. Aber«, fügte er hinterhältig hinzu, wobei ein kleines Lächeln seine Mundwinkel umspielte. »Ich werde darauf bestehen, daß sie nach jeder Vorstellung mindestens einmal vor dem Vorhang erscheint, so daß sie sich nicht einfach abschminken und nach Hause gehen kann.«

Nicholas pfiff leise, nahm sein Zigarettenetui, öffnete es und balancierte es mit einer einladenden Geste auf dem Tisch.

»Yseut ist wirklich ziemlich unbeliebt«, sagte er. »Ich habe noch nie jemanden getroffen, der ein gutes Haar an ihr läßt.«

Nigel glaubte, während er sich eine Zigarette nahm, sein Feuerzeug anklickte und den anderen Feuer anbot, einen Funken von Interesse in Roberts Augen wahrzunehmen.

»Wer speziell mag sie nicht?« fragte Robert.

Nicholas zuckte die Achseln. »Ich zum Beispiel, aus mehr oder weniger irrationalen Gründen; obwohl ich einen Freund habe, der ihretwegen einen verdammten Narren aus sich macht, Sie kennen das sicher – ›Ich bin so treu wie nur der Treue Einfalt und einfältiger als der Treue Kindheit.‹ Helen, um noch jemanden zu nennen – was für eine Schwester, die sie da am Hals hat! Jean – oh, die kennen Sie natürlich nicht; eine junge Frau namens Jean Whitelegge, weil sie in den zuvor erwähnten Troilos verliebt ist, eine bescheidene Maid vom Lande, die nur darauf wartet, daß ihr Ritter endlich damit aufhört, sich mit der bösen Prinzessin herumzutreiben. Das ganze Ensemble, weil sie ein unerträgliches kleines Flittchen ist. Sheila McGaw, weil – O Gott!«

Er brach abrupt ab. Nigel sah auf, um den Grund für die Unterbrechung herauszufinden, und sah Yseut in die Bar kommen.

»Wenn man vom Teufel spricht«, sagte Nicholas düster.

Sie war in Begleitung von Donald Fellowes, und Nigel, der sie neugierig musterte, war äußerst überrascht, daß sie keinerlei Ähnlichkeit mit Helen hatte. Der kurze Wortwechsel, den er gerade gehört hatte, interessierte ihn, aber momentan war er nicht viel mehr als oberflächlich amüsiert über die Feindseligkeiten, die die Frau auszulösen schien. Sie wirkte wie ein Verbund negativer Eigenschaften – Eitelkeit, Egoismus, Koketterie – nicht viel mehr (später sollte er Boshaftigkeit als ihre positive Eigenschaft einschätzen). Sie war sehr einfach in einen blauen Pullover und eine blaue Hose gekleidet, von denen sich das rote Haar abhob. Nigel bemerkte kaum wahrnehmbare, unangenehme Züge in ihrem Gesicht. Er seufzte. Trotz allem war sie wie ein Modell, das Rubens oder Renoir liebend gerne gemalt hätten. Zweifellos hatte sie einen herrlichen Körper, wie sich Nigel mit vielleicht mehr als rein wissenschaftlichem Interesse eingestand.

Donald Fellowes erschien dagegen vergleichsweise uninteressant, er bewegte sich unbeholfen und linkisch. Nigel meinte ihn von irgendwoher zu kennen; aber wo um alles in der Welt war er ihm begegnet? Vergeblich versuchte er, sich seine Bekannten während der Jahre in Oxford in Erinnerung zu rufen, und wie meist in solchen Fällen, konnte er sich an keinen einzigen erinnern. Alles, was sich heraufbeschwören ließ, war eine Phantom-Pantomime ausdrucksloser, ununterscheidbarer Masken. Glücklicherweise wurde das Problem für ihn dadurch gelöst, daß in Donalds Augen Wiedererkennen aufleuchtete. Nigel antwortete mit einem schwachen Lächeln. Er sah eine unbeholfene und verlegene Begegnung voraus. Schon immer hatte es ihm an Mut gefehlt, den Menschen einfach zu sagen, daß er sich nicht an sie erinnern könne.

Es folgte die übliche Zeremonie aus Gemurmel, Entschuldigungen und Wiedererkennen, wie immer, wenn eine Gruppe von Menschen aufeinandertrifft, in der sich nur einige ein wenig kennen, und anschließend ein umständliches und kompliziertes Stühlerücken. Nicholas kam Nigel, der sich gerade wieder Richtung Bar in Bewegung setzen wollte, zuvor. Während er den besten Gin bestellte, dachte er mit unverhohlener Freude an die äußerst unangenehmen Gesprächsbeziehungen, die sich in den nächsten Minuten herausbilden würden.

Nach einer flüchtigen und offensichtlich vernichtenden Begutachtung von Nigel nahm Yseut Robert fest in Beschlag. Rachel unterhielt sich mit Donald; Nigel und Nicholas hörten vergleichsweise schweigend zu.

Yseut eröffnete das Gespräch ernst und vorwurfsvoll. »Ich wünschte, du würdest mir erlauben, die Journalistin zu spielen«, sagte sie zu Robert. »Ich weiß, es ist albern, über die Besetzung zu debattieren, aber um ganz offen zu sein, ich habe viel mehr Erfahrung mit solchen Rollen als Helen. Und ich dachte, vielleicht auch, weil wir uns einmal so nahe standen ...«

»Standen wir uns so nahe?«

»Ich hätte nicht gedacht, daß du das so schnell vergessen würdest.« In Yseuts Stimme zeigte sich eine Spur von Bitterkeit.

»Mein liebes Kind, das ist keine Frage des Vergessens.« Instinktiv senkten beide ihre Stimmen. »Du weißt verdammt gut, daß wir niemals miteinander ausgekommen sind. Und daß du das jetzt hier im Zusammenhang mit der Besetzungsfrage zur Sprache bringst ...«

»Es geht nicht nur um die Besetzung, Robert, das weißt du so gut wie ich.« Sie machte eine Pause. »Du hast dich mir gegenüber verdammt mies verhalten. Nicht einmal eine Zeile habe ich von dir seitdem erhalten. Bei keinem anderen hätte ich das toleriert.«

»Hast du etwa vor, mich wegen eines gebrochenen Eheversprechens zu verklagen? Ich versichere dir, das wird nicht leicht sein.«

»Ach, sei nicht so ein verdammter Idiot. Nein – ich hätte das nicht sagen dürfen.« Sie improvisierte mit Stimme und Gestik, spielte großes Drama. »Vermutlich war es ja auf eine Art auch meine eigene Schuld, daß ich dich nicht halten konnte, nicht mal als deine Geliebte.«

»Ich hatte bereits eine Geliebte.« Diese Unterhaltung, dachte Robert, wird verdammt unangenehm. Laut sagte er: »Überhaupt, Yseut, ich dachte, wir wären uns über all dies bereits vor langer Zeit einig gewesen. Es hatte keinen Einfluß auf die Besetzungsfrage, wenn du das meinst.« Eine Lüge dachte er, aber wenn sich Menschen so unerträglich verhalten ...!

»Ich habe dich vermißt, Robert.«

»In gewisser Weise habe ich dich auch vermißt, meine Liebe.« Die Konventionen des höflichen Benehmens schwächten Roberts Festigkeit.

Yseut sah ihn mit großen, unschuldigen Augen an, in denen sich Tränen anzukündigen schienen; er erwartete fast, daß sie ein wenig schluchzen würde, als sie weitersprach:

»Könnten wir es nicht noch einmal versuchen, Liebling?«

»Nein, meine Liebe, ich fürchte, das können wir nicht«, sagte Robert. Er hatte seine Festigkeit wiedergefunden. »Selbst wenn es von meiner Seite aus möglich wäre, was es nicht ist, was ist mit dem jungen Mann, diesem Donald Soundso, der da sitzt und dich mit schmachtenden Augen ansieht?«

Yseut warf sich in ihren Stuhl zurück. »Donald? Mein Lieber, sicher gestehst du mir genügend guten Geschmack zu, um einen solchen Jüngling nicht ernst zu nehmen.«

»Er ist männlichen Geschlechts, ich dachte, mehr sei nicht nötig.«

»Sei nicht zynisch, Liebling, das ist jetzt aber wirklich *vieux jeu*.«

Er wunderte sich über den Mangel an Würde, der sie dazu bringen konnte, ihm ein solches Angebot zu machen. Aus Neugierde bohrte er ein wenig nach.

»Übrigens hat Helen mir erzählt, daß er sehr in dich verliebt ist. Sicher schuldest du ihm zumindest soviel Rücksichtnahme, daß du anderen Männern nicht rundheraus anbietest, mit dir ins Bett zu gehen.«

»Ich kann nichts dafür, wenn sich jemand in mich verliebt.« Mit einer raschen Kopfbewegung warf sie das Haar zurück – die konventionelle Geste für: Das ist doch nicht meine Schuld!

»Wenn du ihn nicht liebst, dann beende die Sache auf saubere Art.«

Sie lächelte höhnisch. »Ach, red doch nicht wie im Groschenroman, Robert. Er ist hoffnungslos jung und albern und unbeholfen und unerfahren. Und dazu lächerlich eifersüchtig.« Eine Spur Selbstgefälligkeit schwang in ihrer Stimme mit.

Sie machte eine Pause, dann fuhr sie fort:

»Gott, wie ich Oxford hasse! Wie ich diese albernen, verdammten Idioten hasse, die hier um mich herum sind! Und das Theater, überhaupt alles an diesem dreckigen Ort.«

»Was hält dich denn davon ab zu gehen? Das West End wartet sehnsuchtsvoll darauf, daß du dich entscheidest, welche Rolle du spielen willst und mit welchem Partner ...«

»Verdammter Kerl!« Plötzlich war pures Gift in ihrer Stimme.

»Angenehme Erinnerungen?« erkundigte sich Nicholas, der die letzten Sätze der Unterhaltung aufgeschnappt hatte, aus mittlerer Distanz.

»Halt die Klappe, Nick«, sagte sie. »Was Erfolg betrifft, bist du nicht gerade ein leuchtendes Beispiel.«

Nigel sah, wie Nicholas' Ausdruck sich verhärtete. »Liebe Yseut«, sagte Nicholas sanft, »was für ein ausgesprochenes Glück es doch ist, daß ich nicht den geringsten Grund habe, zu solchen Flittchen wie dir höflich zu sein.«

»Du kleiner ...!« Sie war jetzt starr vor Wut. »Robert, läßt du etwa zu, daß er so mit mir spricht?«

»Halt den Mund, Yseut«, sagte Robert. »Und du hältst auch den Mund, Nick. Ich habe keine Lust, den ganzen Abend von quengelnden Kindern umgeben zu sein. Will jemand eine Zigarette«, fügte er hinzu und winkte mit der Schachtel in die Runde.

Es war ein unangenehmer kleiner Zwischenfall, einer von mehreren, die am Ende in Mord gipfelten. Aber das, was Nigel während dieser paar Sekunden überraschte, war der Anblick von Donald Fellowes. Der Mann hatte buchstäblich vor Wut gezittert; seine Hand zitterte noch, als er eine Zigarette aus Roberts Packung nahm und sie anzündete. Er warf das Streichholz weg, ohne einem der anderen Feuer anzubieten. Das Blut war aus seinem Gesicht gewichen. Schweiß trat ihm auf die Stirn. Nigel war so beunruhigt, daß er sich halb von seinem Stuhl aufrichtete. Er befürchtete, Donald würde den ersten Gegenstand, der ihm in die Hände kam, auf Nicholas zertrümmern. Er hatte sich jedoch glücklicherweise unter Kontrolle. In diesem Augenblick wurde Nigel klar, wie stark Donalds Leidenschaft für Yseut war.

Rachel gelang es, die Situation zu retten. »Werden Sie lange hier sein?« fragte sie Nigel ruhig.

Nigel ging sofort auf ihr Ablenkungsmanöver ein. »Ich denke, etwa eine Woche«, sagte er so beiläufig wie möglich. »Eine wohlverdiente Woche Urlaub vom Journalismus. Ich frische Erinnerungen auf.« Während er sprach, wanderten seine Augen unruhig durch die Runde. Als er sah, daß alle schmollten, war er erleichtert. »Obgleich es hier natürlich jetzt nur noch sehr wenige Menschen gibt, die ich kenne. Es ist seltsam, daß sich der Ort trotz des Krieges kaum verändert hat.« Er machte eine verzweifelte Pause. »Ich frage mich«, sagte er zu Robert, »ob ich mal bei den Proben ihres Stückes zusehen könnte? Natürlich nur, wenn die Schauspieler nichts dagegen haben. Ich weiß so wenig vom Theater, und ich bin sicher, es wäre interessant für mich.«

»Auf jeden Fall«, sagte Robert ein wenig abwesend. »Wir gehen morgen das ganze Stück durch – Sie wissen schon, Leseprobe –, am Mittwoch erarbeiten wir den ersten Akt, am Donnerstag Akt 2 und 3. Freitag und Samstag machen wir einen Durchlauf des ganzen Stückes, Sonntag ist Generalprobe. Am Montag feilen wir noch ein wenig an dem, was in der Generalprobe nicht ganz klappte. Das war's dann. Ich muß zugeben, ein oder zwei der älteren Ensemblemitglieder werden schon etwas dagegen haben, daß Zuschauer anwesend sind, aber sie werden es eben hinnehmen müssen.«

»Oh, wenn es Umstände macht ...« sagte Nigel hastig.

»Absolut nicht. Sie müssen sich nur so unauffällig wie möglich verhalten, das ist alles. Donald Soundso kommt, wann immer er sich von seinen Chorknaben freimachen kann, und ein Dozent, den ich gestern kennengelernt habe. Er heißt Gervase

Fen, ich kann mir kaum einen unmöglicheren Namen vorstellen.«

Nigel war wirklich überrascht. »Oh, Sie kennen Fen?« fragte er unnötigerweise.

»Ja. Ist er ein Freund von Ihnen?«

»Er war mein Tutor. Wie sind Sie ihm begegnet?«

»Ganz zufällig, bei Blackwell's. Er las in einem Buch, das er aus einem Regal genommen hatte, und er hat sich die Mühe gemacht, mit einem Taschenmesser die Seiten aufzuschneiden.« Robert kicherte. »Als ihn einer der Buchhändler zurechtwies, sagte er würdevoll: ›Junger Mann, diese Buchhandlung hat mich, schon lange bevor Sie geboren wurden, dauernd mit Ihren gewaltigen Rechnungen belästigt. Lassen Sie mich sofort in Ruhe, oder ich schneide alle Seiten heraus und verstreue sie auf dem Boden.‹ Als der Verkäufer bestürzt wegging, wandte er sich zu mir um und sagte: ›Wissen Sie, ich habe schon befürchtet, daß ich es wirklich tun muß.‹ Wir plauderten ein wenig, und als er hörte, wer ich bin, war er sprachlos vor Erstaunen und starrte mich an und stellte mir ernsthaft jede Menge ziemlich idiotischer Fragen. Was ich so über dies und das dächte, ob ich gerne schreibe und ob ich meine Stücke jemandem diktiere. Sagen Sie, ist das eigentlich bei ihm Pose? Es schien mir nicht so, aber ich war ein wenig irritiert.«

»Nein, das ist es nicht«, sagte Nigel entschieden. »Er hatte schon immer eine naive Bewunderung für die Prominenz. Zunächst ist es erfrischend, aber mit der Zeit wird es langweilig, und bei Parties beginnt man sich für ihn zu schämen.«

»Nun gut, jedenfalls habe ich ihn schließlich eingeladen, zu den Proben zu kommen, worüber er äußerst gerührt und dankbar war. Gegen Ende unserer Unterhaltung wurde er jedoch unruhig, trippelte mit den Füßen und sah dauernd auf die Uhr, also habe ich mich höflich verabschiedet, und er ist mit riesigen Schritten davongeeilt, wobei er wie das weiße Kaninchen in

Alice vor sich hin murmelte: ›Ach du meine Güte, ach du meine Güte, ich werde zu spät kommen!‹. Dabei warf er einen Stapel mit Broschüren über Rußland um und nahm geistesabwesend das Buch mit, das er sich angesehen hatte. Ganz offensichtlich konnte er sich nicht recht daran erinnern, wo er es herhatte, denn später sah ich, wie er damit in die Buchhandlung Parker's ging und es gegen einen Krimi eintauschte.«

Nigel entfuhr ein Geräusch, das man nur als explosives Schnauben beschreiben kann. Als er sich erholt hatte, sagte er:

»Ich werde ihn heute abend nach dem Essen besuchen. Würden Sie gerne mitkommen?«

»Danke, aber das läßt sich wirklich nicht einrichten. Ich werde am Freitag dort sein, wenn ich mein Stück ein wenig aus dem Kopf habe.«

An diesem Punkt erschien plötzlich der junge Hauptmann der Artillerie, mit dem Yseut im Zug ein paar Worte gewechselt hatte, mit verschämtem Lächeln am Tisch. Er hatte an einem Nebentisch gesessen und war Nigel aufgefallen, weil seine Aufmerksamkeit offensichtlich sehr zwischen dem Ende von *Keine Orchideen für Miss Blandish* und Rachels Reizen, die ihn offensichtlich äußerst beeindruckten, hin und her gerissen war.

»Entschuldigen Sie, daß ich mich aufdränge«, sagte er hauptsächlich an Yseut gerichtet, »wir haben uns im Zug getroffen, und ich habe mich schrecklich gelangweilt, so ganz einsam dort drüben am Tisch. Wissen Sie, ich kenne noch niemanden in Oxford«, fügte er entschuldigend hinzu.

Ein verwirrtes, einladendes Stimmengewirr erhob sich.

»Das ist schrecklich nett von Ihnen, vielen Dank«, sagte er. »Erlauben Sie, daß ich Ihnen allen etwas zu trinken hole.« Er eilte davon und kehrte beladen mit Gläsern zurück, wobei er den größten Teil des Inhalts verschüttete. Inzwischen war Donald Fellowes ganz plötzlich aufgestanden und ohne ein Wort verschwunden.

»Alles eine Frage der Übung«, sagte der Hauptmann stolz, balancierte die Gläser mit unsicherer Bewegung auf den Tisch und setze sich mit einem Plumps nieder. »Mein Name ist Peter Graham«, fügte er hinzu. »Captain Peter Graham, Seiner Majestät Königliche Artillerie, zu Ihren Diensten.« Er grinste einen nach dem anderen freundlich an.

Rachel stellte ihm die anderen vor, dann wandte sich die Unterhaltung Belanglosigkeiten zu. Rachel widmete Peter Graham ihre respektvolle Aufmerksamkeit, nachdem sie Robert kurz zugezwinkert hatte. Graham erkundigte sich sofort hoffnungsvoll, ob es wahr sei, daß Schauspielerinnen es mit der Moral nicht immer so genau nähmen. Robert mußte sich wieder mit Yseut begnügen, während sich Nigel und Nicholas über ihre Studienzeit unterhielten und entdeckten, daß sie gemeinsame Bekannte hatten. Plötzlich sprang Peter Graham auf.

»Hören Sie«, sagte er, »hätten Sie alle nicht Lust, Mittwoch nacht zu einer Party hier auf mein Zimmer zu kommen? Natürlich nachdem die Bars geschlossen haben. Bringen Sie viele Leute mit. Ich denke, das Hotel wird mir genügend Getränke überlassen, so daß Sie nichts mitzubringen brauchen.«

»Inzwischen werden Rachel, ich meine natürlich, Miss West und ich zusammen essen gehen«, fügte er hinzu, nachdem alle entzückt zustimmend etwas vor sich hin gemurmelt hatten, und: »Ich hoffe, Sie entschuldigen uns.« An diesem Punkt warf Robert Rachel einen verzweifelten Blick zu, aber sie weigerte sich arglistig, ihn zur Kenntnis zu nehmen. »Bis dann«, sagte Peter Graham freundlich. »Wir sehen uns ja dann«, fügte er hinzu, wohl aus dem Gefühl heraus, den abrupten Abgang rechtfertigen zu müssen. »Ich glaube, ich werde Oxford mögen.« Bevor jemand ein Wort sagen konnte, hatte er Rachel hinausgeführt.

Auch Nigel und Nicholas machten Anstalten zu gehen. »Ich muß los«, sagte Nicholas entschlossen.

»Nein, gehen Sie nicht«, sagte Robert rasch. »Bleiben Sie und essen Sie mit uns.« Er machte eine abwertende Bewegung Richtung Yseut und sandte gequält Notsignale aus.

»Ich würde sehr gerne, leider bin ich mit einem Freund im New College zum Essen verabredet. Und ich bin schon ziemlich spät dran.«

»Was ist mit Ihnen?« wandte sich Robert kläglich an Nigel.

Aber Nigel war absolut nicht danach zumute, mit Yseut Essen zu gehen. »Tut mir leid«, sagte er und benutzte eine Notlüge, »leider bin ich auch verabredet.«

»Ach, schade!« sagte Robert.

»Übrigens«, sagte Nigel, während sie sich erhoben, »wann beginnt morgen die Probe?«

»Zehn Uhr«, antwortete Robert betrübt. Sie ließen ihn verzweifelt in sich zusammengesunken zurück. Yseut lächelte wie eine fettgefressene Katze.

Am Eingang stieß ein ziemlich betrunkener Offizier der Royal Air Force mit Nicholas zusammen; und während er sich erholte, starrte er Nicholas mit glasigem Blick ein paar Sekunden an.

»Scheißtyp!« entfuhr es ihm. »Warum zum Teufel trägst du keine Uniform, du Scheißtyp!«

»Ich bin ein Teil der Kultur, die ihr verteidigt«, sagte Nicholas und musterte ihn kühl; nach Dünkirchen war er aufgrund einer Verletzung aus der Armee entlassen worden.

»Du Klugscheißer!« lallte der R.A.F. Offizier, und da er merkte, daß sein Wortschatz damit erschöpft war, ging er seines Weges.

Während sie das Hotel verließen, sah Nigel seinen Begleiter neugierig an. »Ich könnte mir vorstellen, daß *Coriolan* eines Ihrer Lieblingsstücke ist«, sagte er.

Nicholas lächelte. »Auf eine Art haben Sie recht; ›das Kläffen des gemeinen Packs‹«, sagte er. »Aber das ist kein Snobismus, es ist nur eine angeborene Unfähigkeit, Idioten freudig zu ertragen. Ich glaube, das ist der wirkliche Grund, nicht irgendwelche moralischen Skrupel, weshalb ich Flittchen wie Yseut so verabscheue. Irgend jemand wird die Frau eines Tages umbringen oder verstümmeln, und ich muß zugeben, ich werde nicht traurig sein.«

Draußen trennte sich Nigel von ihm. Als er den einst so vertrauten Weg zum College schlenderte, war er nachdenklicher als sonst.

Kapitel 3

Zarte Stimmen proben

An ancient fabric raised t'inform the sight
There stood of yore, and Barbican it hight …
Where infant punks their tender voices try,
And little Maximins the gods defy.
JOHN DRYDEN

Ein alt' Gemäuer erbaut die Blicke anzuziehn
Stand einst dort und ward Barbican genannt …
Wo ungezogene Kinder ihre zarten Stimmen proben,
Und kleine Maximine den Göttern drohen.

Als Nigel Fens Zimmer im St. Christopher's verließ, um ins »Mace and Sceptre« zurückzugehen, war es weit nach Mitternacht. Sie hatten sich über alte Bekannte, alte Zeiten, den gegenwärtigen Zustand des College und die Auswirkungen des Krieges auf die gesamte Universität unterhalten. »Schwachköpfe!« war Fens Beschreibung der gegenwärtigen Studenten, »Anfänger!« Von dem spärlichen Anschauungsmaterial, das sich Nigels Blick bislang geboten hatte, war er nur allzu geneigt, ihm zuzustimmen. Das Durchschnittsalter am College war extrem gesunken, und eine Art von angepaßtem Privatschul-Musterschüler-Typ war auf die erwachseneren Exzentriker und Individualisten gefolgt, die man vor dem Krieg hier antraf. Zudem hatten auch weitaus mehr Studenten die naturwissenschaftlichen als die philosophischen Fächer belegt, und Nigel bedauerte das mit dem instinktiven Snobismus eines Geisteswissenschaftlers.

Aber er war den ganzen Abend über etwas zerstreut gewesen. Durch die kurze Unterhaltung vor dem Essen ahnte er, in was für einer komplizierten Lage Yseut steckte, und er war nun weniger amüsiert, als er es zunächst gewesen war. Er erinnerte sich daran, wie Donald Fellowes in seinem Stuhl vor Wut zitterte, an Nicholas' kalten Spott, an Roberts fast physische Abneigung gegen die junge Frau, und es gab andere Fäden, die er noch nicht erkannt hatte. Ganz vage stellte er sich die Frage, wie die ganze Angelegenheit ausgehen würde. Wahrscheinlich, wie meist in solch verwickelten Fällen, würde sich die Situation durch die Entfernung eines oder mehrerer Elemente entspannen. Nigel, der von Natur aus faul war, hatte schon immer gewartet, bis sich eine Lage änderte und keine Entscheidung mehr getroffen werden mußte. Ohne Zweifel würden sich die Wogen irgendwie glätten.

Er schlief tief und wachte spät auf. Als er sich in Richtung Theater aufmachte, war es schon 10.30 Uhr, und er verfluchte sich, daß er nicht früher aufgestanden war.

Mit flottem Schritt war das Theater vom Hotel aus in zehn Minuten zu erreichen. Es lag am Rand der Innenstadt und ein wenig zurückgesetzt an der langen Straße eines Wohnviertels, die in die Nachbargemeinde führte. Als Nigel es in der klaren, kühlen Herbstluft betrachtete, fragte er sich, ob man den Viktorianern nicht manchmal ein wenig unrecht tat, wenn man ihrer Architektur unterschiedslos jede Anmut absprach. In diesem Fall war es dem unbekannten Architekten offensichtlich gelungen, dem Gebäude einen sanften, etwas femininen Charme zu geben. Es war ein großes Gebäude, aus weichem gelbem Stein gebaut. Davor lag ein ausgedehnter Rasen, auf dem die Besucher an Sommerabenden während der Pausen mit Getränken und Zigaretten herumschlendern konnten. Der größte Teil des Gebäudes war nur restauriert worden; das Proszenium, die Bühne, die Garderoben und die Bar jedoch waren komplett modernisiert. Die Bar, die sich im ersten Stock hinter der Galerie befand und zu der vom Foyer aus zwei Treppenfluchten hinaufführten, war in einer witzigen Parodie des Originalstiles modernisiert, was sich auf ganz faszinierende Art in das Ganze einfügte. Auch die beiden Theaterkassen hatten anstelle der winzigen Rundbögen, durch die in geduckter Haltung in den meisten alten Theatern der Kartenverkauf abgewickelt wird, riesige Glaswände erhalten.

Nigel schlüpfte leise ins verdunkelte Parkett, ärgerte sich immer noch über seine Verspätung. Er hatte sich die Probe von Anfang an ansehen wollen, um sich ein Bild davon machen zu können, wie sich ein Stück langsam bis zur Premiere entwikkelt.

Er war jedoch überrascht, daß fast nichts geschah. Später wurde ihm klar, daß das auf ein Drittel aller Theaterproben zutrifft. Die Bühne war in Arbeitslicht getaucht, und einige Menschen standen oder saßen untätig inmitten der Ausstattung des derzeit gespielten Stückes, hielten Textbücher, rauchten oder plauderten mit gedämpften Stimmen. Eine junge Frau, die Nigel für die Inspizientin hielt, war voller Energie damit beschäftigt, Tische und Stühle so unsanft herumzustoßen, daß er meinte, sie müßten jeden Moment auseinanderbrechen. Robert unterhielt sich mit jemandem in der Nähe des Orchestergrabens, über den eine unsicher wirkende Planke führte, so daß man von der Bühne in den vorderen Teil des Saales gelangen konnte. Im Orchestergraben klimperte ein junger Mann auf einem Klavier ein paar Takte Jazz.

»Ich wollte, wir würden endlich anfangen«, sagte er zu jemandem auf der Bühne.

»Clive ist noch nicht aufgetaucht.«

»Gut, aber können wir nicht den zweiten Akt proben.«

»Er ist in allen Akten.«

»Wo in Gottes Namen steckt er?«

»Er wollte von London aus den Zug um 8.30 Uhr nehmen. Entweder hat er ihn verpaßt, oder der Zug hat eine Riesenverspätung.«

»Warum fährt er überhaupt dauernd nach London?«

»Um seine Frau zu sehen.«

»Ach du lieber Himmel. Jede Nacht?«

»Ja.«

»Ach du lieber Himmel!«

Alles war auf eine merkwürdige Art unwirklich, dachte sich Nigel. Vielleicht wegen des künstlichen Lichts. Es war ihm zuvor gar nicht aufgefallen, wie selten Schauspieler und Schauspielerinnen die Sonne sehen. Plötzlich wurde ihm klar, daß er unabsichtlich die Unterhaltung von zwei Menschen belauschte, die in seiner Nähe im Dunkeln standen.

»Liebling, mußt du ihm wirklich so hinterherlaufen?«

»Sei nicht albern, Schatz, wenn man vorwärtskommen will, muß man nett sein zu diesen Leuten.«

»Willst du damit sagen, daß man im Theater seinen Sex einsetzen muß, um die richtigen Rollen zu bekommen?«

»Nun, du glaubst doch wohl sicher nicht, daß die Leute nur deshalb gute Rollen bekommen, weil sie gute Schauspieler sind?«

Jemand schaltete in der Beleuchtungsgalerie das Flutlicht an. Für einen Moment war Nigel geblendet, dann sah er, wer die beiden waren. Es waren Donald und Yseut. Er fühlte sich unbehaglich, überlegte, ob er sich nicht besser entfernen sollte, aber seine Neugierde zwang ihn zu bleiben. Keiner der beiden hatte ihn bemerkt.

»Wenn du nur nicht so verflucht eifersüchtig wärst, Schätzchen …«

»Liebste Yseut. Du weißt, wie sehr ich dich mag.«

»O Gott, ja. Ich weiß.«

»Wenn du mich nicht liebst, ist das natürlich verdammt lästig für dich.«

»Mein Schatz, ich habe dir gesagt, daß ich dich liebe. Aber schließlich ist da auch noch meine Karriere.«

»Jane!« erschallte plötzlich Roberts Stimme aus dem Zuschauerraum. »Bitte Liebes, läute nach Yseut. Ich will das Lied mit ihr durchgehen.«

»Schon gut, Liebster, ich bin hier«, sagte Yseut und entfernte sich über die Laufplanke Richtung Bühne.

Die kleine Gruppe auf der Bühne löste sich auf und ging in unterschiedliche Richtungen davon.

»Lauft nicht weg, Leute«, sagte Robert. »Räumt nur die Bühne. Es wird nicht lange dauern. Wir müssen danach anfangen, egal, ob Clive da ist oder nicht. Jemand kann seine Rolle lesen. Hast du dir überlegt, wie du das ganze präsentieren willst?« fügte er an Yseut gerichtet hinzu.

»Ja. Aber ich wußte nicht, wieviel Raum mir das Bühnenbild läßt. Wird es so bleiben, wie es jetzt ist?«

»Ist das so in Ordnung für den ersten Akt, Richard?« wandte sich Robert an den Bühnenbildner.

»Die Wände rechts liegen etwas weiter zurück«, antwortete Richard. »Und der Tisch ist nicht da, wo er jetzt steht. Jane, Janc, Licbcs!«

Die Inspizientin tauchte wie ein Kaninchen aus einem Hut auf der linken Bühnenseite aus der Souffleurecke auf.

»Der Tisch steht viel weiter hinten auf der Bühne.«

»Tut mir leid, Richard. Aber vielleicht erinnerst du dich, daß wir ihn verankert haben. Wir können ihn jetzt nicht wegtragen, wir hatten schon genug Arbeit damit, ihn fest zu kriegen.«

»Oh, dann laßt gut sein«, sagte Robert, »tut halt, was ihr im Moment tun könnt. Bruce, mein Junge«, rief er dem jungen Mann im Orchestergraben zu, »kannst du es mal spielen? Das ganze einmal durch, zweimal den Refrain.«

Der junge Mann im Orchestergraben nickte mit düsterem Blick. »Warum bin ich geboren?« sagte er. »Wofür lebe ich?«

»Ganz richtig. Es ist ein altes Lied, aber ganz hübsch.« Zu Yseut: »Fertig, meine Liebe? Nun, wie war noch gleich das Stichwort? Ach, ja! Clive sagt: ›Nun gut, mach voran und sing endlich dein Liedchen, wenn's denn unbedingt sein muß‹.«

»Ruhe bitte!« Das gedämpfte Flüstern in den seitlichen Umgängen verstummte.

»NUN GUT, MACH VORAN UND SING ENDLICH DEIN LIEDCHEN, WENN'S DENN UNBEDINGT SEIN MUSS!« brüllte Robert plötzlich.

Der Pianist spielte eine kurze Einleitung, und Yseut begann zu singen.

»Why was I born
Why am …?«

»Stop, entschuldige, Moment noch!« rief Robert plötzlich. Die Musik brach ab. »Yseut, meine Liebe, du bist am Anfang in der Mitte des hinteren Teils der Bühne. Wir werden die Bewegungen während des Liedes später festlegen, im Moment kannst du machen, was du willst. In Ordnung. ›Mach voran, was auch immer, trippel, trippel, trippel.‹«

Robert zog sich langsam rückwärts den Gang hinunter zurück, und die Musik setzte wieder ein.

Nigel ging zu Donald hinüber. »Hallo!« sagte er.

Donald, dessen Augen starr auf die Bühne gerichtet waren, erschrak heftig. »Oh, hallo«, antwortete er. »Hab Sie gar nicht kommen hören. Wollen wir uns setzen?«

Als sie sich niedergelassen hatten, richtete Nigel seine Aufmerksamkeit wieder auf die Bühne. Er mußte sich ein wenig widerwillig eingestehen, daß es ihm gefiel, wie Yseut das Lied sang, mit einem leichten amerikanischen Akzent und einem feinen Lispeln. Es war eine wunderbare Interpretation, sehr provokativ und sehr sexy.

»Warum bin ich geboren,
Wozu lebe ich?
Was hab ich hier verloren,
Was erwartet mich?
Warum will ich nur Dinge, die ich niemals krieg?
Warum stets Niederlagen und niemals einen Sieg?

Warum nur will ich,
daß er mich liebt?
Er weiß doch gar nicht,
daß es mich gibt!
Ich Närrin, die an Liebe leidet,
zu dem, der mich so grausam meidet«

Als das Lied vorbei war, wiederholte der Mann am Klavier den Refrain mit gelangweiltem Ausdruck, und Yseut tanzte. Sie tanzte sehr gut und auf naive Weise verführerisch, aber Donald schien das nicht zu gefallen. »Elende Zurschaustellung!« murmelte er, dann wandte er sich Nigel zu: »Ich begreif einfach nicht, wie Frauen es fertigbringen, so was zu tun. Sie scheinen es auch noch zu genießen.«

»Wissen Sie, ich finde es ziemlich harmlos«, sagte Nigel milde. »Ich vermute, Sie meinen die Musik.«

»Nein, die meine ich nicht, ich meine das Aufreizende. Und Frauen genießen es, sich auf diese Art zur Geltung zu bringen.«

»Nun, es ist doch nicht sehr überraschend«, erläuterte Nigel, »daß eine Frau es genießt, sich vor einem Haus voller Männer auf solch elementare Art anzubieten, ohne daß sie im geringsten Gefahr läuft, beim Wort genommen zu werden. Das muß ein Genuß sein.«

»Würde es Ihnen auch nichts ausmachen, wenn es Ihre Frau wäre?«

Nigel sah ihn neugierig an. »Nein«, sagte er langsam, »ich glaube nicht …«

»Gut!« Die Unterhaltung wurde durch das Ende des Liedes und Roberts Stimme unterbrochen. »Das war sehr schön, danke«, sagte Robert zu Yseut.

»Hat es dir wirklich gefallen, Schatz?«

Er ließ sich nicht über die Grenzen der konventionellen Höflichkeit hinaus auf ihre Frage ein. »Ein oder zwei Dinge müssen noch geändert werden, wenn wir den ganzen Ablauf festlegen«, sagte er. »Jane!« fuhr er hastig fort. »Bitte läute alle auf die Bühne: wir beginnen mit dem 1. Akt … Und Jane!«

»Ja?«

»Ist Clive inzwischen da?«

»Ja, er ist eben hereingekommen.«

»Gott sei Dank!«

Der laute Klang des Klingelzeichens schallte durch das ganze Haus. Nach und nach erschienen die Schauspieler, auch der unglückselige Clive, ein sanfter junger Mann mit schwarzem Hut, der sich über die Verzögerung, die er verursacht hatte, nicht so richtig im klaren zu sein schien. Kurz danach begann die Probe.

Etwa in der Mitte des ersten Aktes näherte sich Donald und Nigel eine junge Frau. Es war Jean Whitelegge, und als sie vor ihnen auftauchte, begriff Nigel, daß auch sie bei den Verstrikkungen eine Rolle spielte, in deren Mittelpunkt Yseut stand und die durch Roberts Ankunft so sehr verstärkt worden waren. Jean war wahnsinnig verliebt in Donald, daran bestand kein Zweifel. Kleine Eigenheiten in Sprache und Gestik, eigentlich ihr ganzes Verhalten ließen es selbst den Blindesten erkennen. Innerlich stieß Nigel einen tiefen Seufzer aus. Er konnte nicht verstehen, was Jean in Donald sah, den er für einen ziemlich albernen jungen Mann hielt, und noch viel weniger konnte er verstehen, was

Donald in Yseut sah. Alles war sehr schwierig. Er erkundigte sich höflich, ob sie sich die Proben ansehen wolle.

»Nein, ich arbeite seit ein paar Wochen hier«, erklärte sie. »Während der Ferien kümmere ich mich um die Requisiten.«

Darf sich um die Requisiten kümmern, also wirklich! dachte Nigel. Er wußte genug vom Theater, um sich der Undankbarkeit des Jobs bewußt zu sein. Er entschied, daß Jean der viel zu großen Masse der Amateurschauspielerinnen zuzuordnen sei, die schon beim geringsten Kontakt mit der professionellen Bühne in höchste Aufregung gerieten und ihr Leben damit vergeudeten, dort die unsinnigsten Arbeiten zu erledigen. Während er noch bemüht war, ein interessiertes Grinsen aufzusetzen, wandte sie sich ab und sprach sehr leise mit Donald. Nigel sah, wie Donald unter der Flut von Vorwürfen immer gereizter wurde. Das ist alltägliche Komödie, dachte Nigel – eine Standardsituation aus einem Stück des Restaurationstheaters – aber irgendwie ist es nicht komisch, es ist bitter und stumpf, deprimierend und ohne jeden Witz. Später sollte ihm klar werden, wie verbittert diese Streitereien ausgetragen wurden, und er sollte sich vorwerfen, ihnen nicht mehr Aufmerksamkeit geschenkt zu haben.

Um Viertel vor zwölf war der erste Akt abgeschlossen. Nigel, der fasziniert zusah, wie die Dinge zu Leben erwachten, obgleich die Schauspieler hauptsächlich lasen und oft unterbrochen wurden, da die Bewegungen festgelegt werden mußten, war ein wenig traurig, als er Robert sagen hörte:

»In Ordnung, Leute, Kaffeepause! Aber nur eine Viertelstunde!«

»Es gibt Kaffee im Künstlerzimmer, wenn Sie möchten«, sagte Jean zu Nigel. »Ach übrigens, besitzen Sie ein Cello?«

»Um Himmels willen, nein«, antwortete Nigel erschreckt.

»Ich weiß schon, und wenn Sie eins hätten, würden Sie's nicht verleihen. Ich muß irgendwo ein Cello auftreiben bis zur nächsten Woche.« Sie verschwand den Gang hinunter.

»Offen gestanden«, sagte Donald, »die Frau ist ziemlich lästig.«

Irgend etwas ärgerte Nigel plötzlich an Donalds direktem, weltmännischem Ton.

»Ich fand sie reizend«, sagte er knapp und ging den Gang hinunter auf Robert zu, der auf der Bühne mit der Inspizientin und dem Bühnenbildner sprach.

Wie durch Zauberei waren die Schauspieler plötzlich verschwunden, die Frauen Richtung Künstlerzimmer, die Männer zum größten Teil ins »Aston Arms« auf der anderen Straßenseite. Ein wenig geistesabwesend begrüßte Robert Nigel.

»Ich kann mir vorstellen, Sie finden das alles sehr langweilig«, sagte er.

»Du lieber Himmel, nein, wirklich nicht. Es ist sehr faszinierend. Und ein sehr …« Nigel zögerte ein paar Sekunden, da ihm das passende Adjektiv fehlte, »vorzügliches Stück, wenn ich so sagen darf.«

»Es freut mich, daß es Ihnen gefällt.« Robert schien zutiefst erfreut. »Aber das ist natürlich nur ein Skelett des Ganzen. Noch keine Aktionen, Effekte und Requisiten. Aber das Ensemble ist viel besser, als ich zu hoffen wagte. Ich hoffe, sie lassen sich dazu bewegen, ihren Text zu lernen.«

Nigel war überrascht. »Ist es möglich, daß sie das nicht tun?«

»Nun, soviel ich weiß, hat der eine oder andere Schauspieler es sich zum Prinzip gemacht, Abend für Abend bis zu sechsmal stecken zu bleiben. Nun ja, wir werden sehen. Möchten Sie einen Kaffee?«

»Wenn ich niemandem was wegtrinke?«

»Du meine Güte, sicher nicht. Wissen Sie, wo das Künstlerzimmer ist? Wenn nicht, wird Jane es Ihnen zeigen. Ich komme gleich nach. Ich fürchte, wir können keine lange Pause machen.«

»Kommen Sie?« sagte Jane, eine schlanke, attraktive junge Frau um die Zwanzig.

»Klar«, sagte Nigel und sah sich ein wenig schuldbewußt nach Donald um. Aber er war verschwunden.

Während sie hinter die Bühne gingen, sah sich Nigel neugierig alles an – die große Schalttafel für die Bühnenbeleuchtung in der Soufflierecke, die gegen die Wände gelehnten Kulissen, den Kreis, den die Drehbühne bildete. Die Rückseite der Stellwände war bekritzelt mit Tierbildern, Karikaturen von Ensemblemitgliedern und Textstellen aus aufgeführten Stücken – Ausdruck eines plötzlichen Gefühlsüberschwangs kurz vor dem Auftritt oder bei der Generalprobe. Sogar im Repertoiretheater mit seinen ständig wechselnden Stücken flaut die Aufregung vor der nächsten Premiere niemals völlig ab.

Sie gingen durch eine Schwingtür (sorgfältig gefedert und gepolstert, damit sie nicht laut zuschlug) und über eine kurze Steintreppe hinauf ins Künstlerzimmer.

»Waren Sie bereits hier, als Yseut gesungen hat?«

»Ja, das war ich.«

»Und, hat es Ihnen gefallen?«

»Sehr«, sagte er, fast wahrheitsgemäß.

»Ich bin ihre zweite Besetzung, und es wäre entsetzlich, wenn ich wirklich für sie einspringen müßte. Ich treffe keinen einzigen Ton, aber Robert hat mich darum gebeten. Ich denke, er geht davon aus, daß ich es kann. Es ist schon ziemlich lästig, einen Text für eine Chance von ein Promille zu lernen.«

»Ja«, sagte Nigel unverbindlich. Er dachte an Helen, die im ersten Akt noch nicht auf der Bühne gewesen war, daher fügte er hinzu: »Ich vermute, Helen Haskell wird zu Beginn des zweiten Aktes mit dabeisein?«

»Helen? Ja, mein Lieber, das ist richtig.«

Nigel war ein wenig verblüfft. Er hatte sich noch nicht so ganz an die Kosenamen gewöhnt, die im Theater wahllos verteilt wurden.

Sie betraten das Künstlerzimmer. Es war einigermaßen voll. Jane war eine Weile damit beschäftigt, ihm einen Kaffee zu besorgen. Nachdem sie ihn ihm überreicht hatte, verschwand sie ohne weitere Erklärungen und überließ ihn sich selbst.

Es verletzte ein wenig seine Eitelkeit, daß niemand Notiz von ihm zu nehmen schien. Aber dann sah er Helen etwas abseits über einem Textbuch von *Metromania* sitzen, und er entschloß sich, den Stier bei den Hörnern zu packen.

»Hallo!« begrüßte er sie, nicht ohne eine gewisse Nervosität.

»Hallo!« erwiderte sie mit einem bezaubernden Lächeln.

»Ich hoffe, ich störe Sie nicht, wenn Sie am Lernen sind ...«, fuhr er grammatisch nicht ganz korrekt und ein wenig kühner fort.

Sie lachte. »Mein Gott, nein, jetzt noch nicht, es ist ja noch Zeit.« Sie warf das Buch auf den Stuhl neben sich. »Sagen Sie mir, wer Sie sind?« sagte sie. »Man hat mir erzählt, Sie waren ganz vorne im Parkett. Es muß Sie sehr gelangweilt haben.«

Verdammt! dachte Nigel, ich fühle mich hilflos wie ein Baby. Sicher sehe ich auch schrecklich aus (automatisch nahm er seine Hand hoch, um sich das Haar zu glätten). Ich wünschte, sie wäre nicht so attraktiv; aber wäre mir das wirklich lieber?

Mehr oder weniger gelassen sagte er: »Ich bin Nigel Blake.«

»Oh, ja natürlich! Robert hat mir von Ihnen erzählt – und Gervase.«

Nigels Gesicht spiegelte beherrschte Unruhe. »Ich wußte nicht, daß Sie Fen kennen«, sagte er. »Nun ja, wie dem auch sei, geben Sie nichts darauf, was er Ihnen von mir erzählt hat. Er sagt immer, was ihm gerade in den Kopf kommt.«

»Oh, mein Lieber, das ist aber schade! Es war alles sehr schmeichelhaft für Sie.« Sie neigte ihren Kopf ein wenig zur Seite. »Vielleicht haben Sie ja recht, wenn ich Sie selbst etwas besser kennen werde, kann ich mir mein eigenes Bild machen.«

Nigel war plötzlich von einer durch nichts begründeten Kühnheit. »Würden Sie mit mir essen gehen?« fragte er.

»Das würde ich sehr gerne, aber ich bezweifle, ob wir vor zwei Uhr fertig sein werden, und das ist ziemlich spät, nicht wahr?«

»Dann heute abend?«

»Nun, die Vorstellung beginnt um viertel vor acht, und ich muß früher da sein, um mich umzuziehen, zu schminken. Das wäre eine einzige Hetze. Vielleicht zum Nachmittagstee?« fügte sie hoffnungsvoll hinzu.

Sie lachten.

»Nach der Vorstellung«, sagte Nigel entschieden, »Teetrinken ist eine solch langweilige Angelegenheit. Vielleicht kann ich die Leute im Hotel überzeugen, uns das Essen auf meinen Zimmern zu servieren.«

»O là là, Sir, was für ein Vorschlag.«

»Naja, es ist eigentlich egal, wo. Ich hole Sie nach der Vorstellung ab. Wann?

»Etwa um halb elf.«

»Wunderbar.«

Robert kam herein, und nach einem kurzen Nicken in Richtung Nigel sprach er mit Helen über ihre Rolle. Dann ging er wieder, seine Kaffeetasse vorsichtig in der linken Hand balancierend. Donald, Yseut und Jean Whitelegge standen zusammen bei einem der Fenster. Die Stimmung schien alles andere als harmonisch. Mit dem unbestimmten Impuls, die Gemüter etwas zu beruhigen, schlenderte Nigel auf sie zu.

»Hallo, Nigel«, sprach ihn Yseut an, während er sich ihnen näherte, wobei sie genüßlich jedes Wort in die Länge zog und affektiert die Vokale betonte. »Haben Sie das Meisterwerk genossen?«

»Es hat mir gut gefallen.«

»Wie eigenartig. So scheint es auch unserer kleinen Jean hier zu gehen.« Jean wollte etwas sagen, aber Yseut unterbrach sie. »Natürlich ist das alles entsetzlich oberflächlich, keine Möglichkeit, wirklich schauspielerische Leistung zu zeigen. Aber ohne Zweifel wird Rachels Name die Leute in Scharen anlocken, wie das Marmeladenglas die Wespen.«

Im Geiste trug Nigel seinen Namen auf der bereits umfangreichen Liste all derer ein, die Yseut nicht mochten.

Zu seiner eigenen Überraschung fiel seine Reaktion recht pedantisch aus. »Komödie ist notwendigerweise oberflächlich. Das bedeutet aber keinesfalls, daß der Schauspieler in einer Komödie weniger gefordert ist als in einem ernsten Stück oder einer Tragödie.«

»Nanu, Nigel!« sagte Yseut mit übertriebener Überraschung. »Wie klug Sie sind! Und wir dachten alle, Sie verstehen nichts vom Theater!«

Er errötete. »Ich weiß wirklich nicht so besonders viel über das Theater. Aber ich weiß genügend über Schauspieler und Schauspielerinnen, daß mich ihre Ansicht, sie seien die einzigen, die etwas vom Theater verstünden, verdammt wütend macht.«

Yseut wechselte das Thema. Sie fühlte, daß sich die Möglichkeiten, Beleidigendes zu diesem Thema von sich zu geben, erschöpft hatten. »Wie ich gesehen habe, haben Sie sich mit meiner Schwester bekannt gemacht. Finden Sie nicht auch, daß sie sehr attraktiv ist?«

»Ja, ich denke, sie ist eine sehr attraktive Frau!«

»Richard ist da ganz Ihrer Meinung«, sagte Yseut, »ich denke, es ist beiden ernst, was glauben Sie?«

Nigels Herz stockte. Er wußte zwar, daß Yseut hinterlistig war, aber es mußte Gründe geben für das, was sie sagte …

So unbeteiligt wie möglich antwortete er:

»Die beiden mögen sich also, ist das so?«

»O ja, natürlich. Ich dachte, alle wüßten das. Aber Sie sind ja erst kurz hier, woher sollten Sie es wissen? Ist ja auch egal, ich bin sicher, es ist Ihnen ohnehin völlig gleichgültig.«

Nigel, der schon ansetzte, »Allerdings« zu sagen, bremste sich rechtzeitig. Wenn er es ausgesprochen hätte, hätte Yseut es Helen bei der erstbesten Gelegenheit erzählt. Kindisches Intrigenspiel und Heuchelei! Aber Yseut wußte ganz offensichtlich, wie sie die, mit denen sie zusammentraf, zumindest zeitweise dazu brachte, ihr Spiel mitzuspielen. Er sagte:

»Ganz im Gegenteil. Wie ich bereits gesagt habe, ich finde Ihre Schwester sehr anziehend.«

Er war erleichtert, als er eine ruhige, einfühlsame Stimme hinter sich hörte. Es war Rachel.

»Hallo Nigel«, begrüßte sie ihn. »Genießen Sie diese chaotische Probe? Alberne Frage«, fügte sie, bevor er antworten konnte, mit einem Lächeln hinzu. »Wahrscheinlich hat Ihnen inzwischen jeder diese Frage gestellt, und Sie sind es bestimmt leid, sie immer wieder zu beantworten.«

»Oh, ich habe mich inzwischen schon daran gewöhnt zu sagen: ›Ja, es gefällt mir gut‹, und dabei beobachte ich immer wieder die höfliche Ungläubigkeit in den Gesichtern.«

»Nun ja, gegen Ende der Woche werden alle weniger skeptisch dreinschauen.«

Sie nahm seinen Arm und führte ihn ein wenig von der kleinen Gruppe weg. »Ich glaube, Sie mögen Yseut nicht«, sagte sie.

»Nein, da haben Sie recht. Und Sie?«

»Widerliche kleine Person.«

Beide lachten, und sie unterhielten sich über andere Themen. Plötzlich ertönte Roberts Stimme.

»Jane, Liebes, würdest du bitte ins ›Aston‹ gehen und die Männer zurückholen? Wir werden gleich mit dem 2. Akt anfangen.«

Yseut reckte sich und gähnte. »Gott sei Dank«, sagte sie, »ich bin fertig. Ich habe eine wundervolle Woche vor mir, mit fast nichts zu tun.«

»Yseut«, sagte Jean Whitelegge, »ich möchte mit dir über Donald reden.«

»O wirklich?« sagte Yseut höhnisch, »und was gibt es da zu reden? Donald, Liebling, du solltest besser gehen und nicht zuhören, wie zwei Frauen sich um dich streiten. Sonst wirst du noch unerträglich eingebildet.«

»Um Himmels willen, Jean –«, murmelte Donald.

»Warum läßt du ihn nicht in Ruhe?« brach es plötzlich aus Jean heraus. »Du weißt doch genau, daß du keinerlei Interesse an ihm hast, höchstens wenn sonst niemand in Hosen da ist, mit dem du herumscharwenzeln kannst. Jetzt hast du doch wieder deinen kostbaren Robert. Hör auf, mit ihm zu spielen, und laß ihn in Ruhe. Laß ihn verdammt noch mal in Ruhe, hörst du! Du liebst ihn nicht; du hast ihn nie geliebt. Du liebst niemanden, nur dich selbst. Du bist eitel und selbstgefällig!«

»Liebe Jean, hör auf«, sagte Donald, der sich unbehaglich fühlte.

Wütend drehte sie sich zu ihm um. »Du hast kein Rückgrat, keinen Mumm, sei nicht so ein verdammtes kleines Schwein!« schrie sie. »Merkst du denn gar nicht, daß es nur zu deinem Besten ist – zu deinem Besten, verdammt noch mal!«

»Aber liebe Jean«, sagte Yseut sanft, »ich habe ja fast den Eindruck, daß du eifersüchtig bist! Also wirklich, ein hübsches, intelligentes Mädchen wie du muß sich doch wegen Rivalinnen keine Sorgen machen. Warum auch? Du brauchst doch nur mit dem Finger zu schnippen, und Donald wird alles tun, was du willst –«

Jeans Gesicht war verzerrt vor Wut. »Ich hasse dich!« schluchzte sie. »Ich hasse dich, du verfluchte kleine –« Sie brach ab und weinte haltlos.

Rachel kam herüber und packte sie fest am Arm. »Jean«, sagte sie fest, »du weißt, ich möchte, daß du ein großes modernes Bild für den ersten Akt besorgst. Nun, mir ist gerade eingefallen, daß du in dem kleinen Laden in der Turl Street genau das Richtige finden wirst, nämlich eine Kopie von einem Wyndham Lewis. Ich denke, es wäre gut, wenn du das sofort erledigen würdest.«

Jean nickte und rannte noch immer schluchzend aus dem Zimmer. An der Tür stieß sie fast mit Jane zusammen, die den Kopf hereinsteckte und sagte:

»2. Akt, meine Herzchen, bitte auf der Stelle!« Dann halblaut an Richard gewandt: »Mein Gott, was ist jetzt schon wieder passiert?« Und sie verschwand wieder.

»Ich denke, du solltest etwas vorsichtiger sein, Yseut«, sagte Rachel kalt. »Noch ein oder zwei solche Szenen, und du hast das ganze Ensemble gegen dich.«

»Ich denke nicht daran, meine Beziehungen öffentlich von einem solchen Kind kritisieren zu lassen«, antwortete Yseut, »Und außerdem geht dich das gar nichts an. Komm, Donald. Laß uns von hier verschwinden. Ganz offensichtlich ist es eine der neusten Regeln am Theater, daß die Geliebte des Regisseurs nach Lust und Laune mit jedem im Ensemble reden kann.«

»Was das Kind dringend bräuchte«, sagte Rachel zu Nigel, als die beiden weg waren, »ist eine ordentliche Tracht Prügel.«

Das Ensemble versammelte sich wieder auf der Bühne. Aber über der Probe hing jetzt eine dunkle Wolke. Die Neuigkeit von Yseuts kleiner Szene mit Jean hatte sich mit Lichtgeschwindigkeit herumgesprochen, und die ohnehin immer etwas quecksilbrige Laune des Ensembles sank auf den Tiefpunkt. Nigel sah noch eine Weile zu, aber kurz vor ein Uhr machte er sich unauffällig davon. Sehr nachdenklich kehrte er ins Hotel zurück.

Fast eine Woche später wurde ihm klar, daß er an diesem Morgen etwas gehört hatte, das es ihm möglich machen würde, einen Mörder zu entlarven.

Kapitel 4

Eine verspätete Aktion

Pray for me, O my friends, a visitant
Is knocking his dire summons at my door,
The like of which, to scare me and to daunt,
Has never, never come to me before …
JOHN HENRY NEWMAN

O betet, meine Freunde! ach ein Gast
schlägt furchtbar seine Ford'rung an mein Tor,
Daß banger Schrecken lähmend mich erfaßt,
Denn seines Gleichen sah ich nie zuvor

Nigel verbrachte den Rest des Tages mit verschiedenen, nicht sehr interessanten Beschäftigungen. Sein Urlaub erwies sich als höchst mißglückt, was vor allem daran lag, daß es jetzt nur noch wenige Menschen in Oxford gab, die er kannte. Jene aber, denen er seit seiner Ankunft in Oxford begegnet war, hatten nicht nur den größten Teil des Tages über zu tun, sondern kamen auch so schlecht miteinander aus, daß ihre Gesellschaft alles andere als angenehm war. Wenn Helen nicht gewesen wäre, hätte er wahrscheinlich schnurstracks wieder seine Sachen gepackt und wäre nach London zurückgefahren. Er hatte gehofft, er würde Nicholas beim Essen treffen, aber der hatte Oxford überraschend verlassen und würde erst morgen wieder zurück sein. Er machte einen Spaziergang entlang der alten, vertrauten Wege, ging zu den Orten, an denen er sich früher immer wohl gefühlt hatte. Ein wenig hoffte er, auf diese Weise angenehme Erinnerungen heraufzubeschwören, aber das Vergnügen blieb aus. Als es sich bewölkte und ein dünner, dauerhafter Nieselregen einsetzte, gab er verärgert auf und ging ins Kino. Nach einem spät eingenommenen Abendessen, saß er mit sich und der Welt unzufrieden in der Hotelhalle und las, bis es Zeit war, Helen abzuholen.

Ihr gemeinsames Essen verbesserte seine Laune beträchtlich. Helen wies das Gerücht, eine Affäre mit Robert zu haben, was Nigel mit dem Taktgefühl eines Elefanten zielstrebig ins Gespräch brachte, als völlig haltlos zurück. Sie warf Nigel vor, er müsse ein wenig arglos sein, eine solche Bemerkung, zumal von Yseut, für bare Münze zu nehmen. Während er mit Helen zu ihrer Wohnung schlenderte, wurden Nigels zarte Empfindungen immer stärker, in welcher Hinsicht, muß wohl nicht weiter ausgeführt werden. Jedenfalls ging er so glücklich nach Hause, daß wir vermuten dürfen, daß seine Gefühle nicht zurückgewiesen wurden.

Am nächsten Tag, dem Tag von Peter Grahams ereignisreicher Party, wurde es noch einmal sommerlich warm, was zum Ende der Woche anhielt. Peter Graham, der den ganzen Dienstag ununterbrochen mit überaus lästiger Hartnäckigkeit um Rachel herumscharwenzelt war, widmete fast den ganzen Tag höchst aufgeregt den Vorbereitungen. Am Morgen traf Nigel ihn beladen mit Blumen in der Bar, als er gerade versuchte, beim Barmann zwei weitere Extraflaschen Gin zu schnorren. »Kirschen!« rief er aufgeregt, »Ich muß unbedingt Kirschen haben! Und Oliven!« Entzückt begrüßte er Nigel, und drängte ihn dazu, in verschiedenen Läden große Mengen unnötiger und teurer Dinge für die Party zu kaufen.

Wie Nigel später zugab, war es innerhalb bestimmter Grenzen eine gute Party. Es gab Unangenehmlichkeiten, aber er sah sie durch den Schleier eines angenehmen Alkoholnebels. Zudem hatte er sich in den letzten paar Tagen so sehr an Unangenehmes gewöhnt, daß er sich unwohl gefühlt hätte, wenn alles nur angenehm gewesen wäre. Das entscheidende Ereignis jedoch – wenn man überhaupt etwas, das völlig unbeachtet stattfindet, ein Ereignis nennen kann – verstörte ihn in der Tat.

Den frühen Abend verbrachte er im Theater. Er sah sich ein Stück an, in dem eine Anzahl von Männern und Frauen ohne erkennbaren Genuß eine komplexe Serie von Ehebrüchen begingen und viel geistloses Zeug geredet und mit Cocktailgläsern hantiert wurde. Es bereitete ihm jedoch ein gewisses Vergnügen, Yseuts Aktionen zu verfolgen. Aber ein völlig anderer Genuß war es für ihn, Helen zu beobachten. Ein wenig ärgerte es ihn, als er bemerkte, daß sich sehr besitzergreifende und stolze Gefühle in ihm regten, sobald sie die Bühne betrat, und er mußte sogar das Bedürfnis unterdrücken, seine Nachbarn anzustupsen, um aus ihnen eine ähnlich geartete Zustimmung herauszulokken. Die triviale Handlung ermüdete ihn allerdings so sehr, daß er vor dem Ende hinausschlüpfte und nach Hause ging, ohne mehr als einen Gedanken daran zu verschwenden, wie das Stück ausgehen würde.

Folglich kam er ein wenig zu früh in Peter Grahams Zimmer an. Dort traf er auf Nicholas, der als einziger vor ihm da war, bequem in einer Ecke saß und wenig Neigung zeigte, sich vor dem Ende der Party von dort fortzubewegen. Peter hatte ohne Zweifel eine außerordentliche Anzahl von Flaschen und Gläsern bereitgestellt. Mit dem Stolz des Besitzers stand er inmitten des ganzen Angebots und drängte Nicholas, völlig überflüssigerweise, so viel wie möglich zu trinken, bevor die anderen kämen. Nigel war erstaunt, wie nüchtern Nicholas den ganzen Abend über blieb; wenn er sich recht besann, so hatte er niemals zuvor jemanden getroffen, der so viel trinken konnte, ohne daß es ihm anzumerken war.

Als er etwa zehn Minuten da war, kamen Robert und Rachel herein. Sie wurden von Peter Graham mit großem Hallo empfangen. Ein wenig später kamen auch zwei Offiziere der Armee, Bekannte von Peter, und noch ein wenig später etliche Leute vom Theater, zu zweit oder zu dritt.

»Sie haben uns gebeten, so viele Leute wie möglich einzuladen«, sagte Robert in einem etwas abschätzigen Ton, »ich denke, der größte Teil des Ensembles wird kommen. Außer Clive«, fügte er düster hinzu, »der ist wieder einmal nach London gefahren, um seine Frau zu sehen.« Die Tatsache, daß Clive vor allem damit beschäftigt war, seine ehelichen Pflichten zu erfüllen, zerrte allmählich an seinen Nerven.

Jean, Yseut, Helen und Donald Fellowes kamen gemeinsam vom Theater, im Schlepptau ein buntgemischtes Grüppchen von Leuten aus der Theaterszene. Unter ihnen schien zumindest dem Anschein nach eine gute Stimmung zu herrschen. Im Laufe des Abends bemerkte Nigel jedoch, daß sich an der Situation nichts Grundlegendes geändert hatte; wenn überhaupt, so schien alles noch schlimmer geworden zu sein. Richard ein großer, blonder, junger Mann Ende Zwanzig und auch Jane, die Inspizientin, waren da. Nigel beobachtete amüsiert, daß Peter zunehmend von Rachel fort in Richtung Jane strebte, ein Manöver, bei dem er sich äußerst ungeschickt anstellte, wobei Rachel sicher darüber mehr erleichtert als verärgert war. Das Stadium der höflichen Konversation war bald vorüber, und eine erschreckende Fröhlichkeit setzte ein; einige Sprachfetzen übertönten das allgemeine Geplapper.

»Ach, Jane, Schätzchen, du bist eine Schlampe.«

»Mit Tschechow, das versichere ich dir, begann der Zerfall des Dramas, weil er damit begonnen hat, *den Protagonisten aufzulösen* …«

»Meiner Meinung nach sollte man den ganzen Othello auf einem einzigen grünen Fleck spielen …«

»… wollte Wycherley im modernen Kleid spielen, aber die Zensur schritt ein …«

»Diana? Wo ist Diana?«

»Siehst du den schrecklichen Burschen dort drüben ... Nun, mein Lieber, laß es nicht zu weit gehen, er ist ...«

»Mir ist schlecht.«

»... keine Möglichkeit das Drama wiederzubeleben, jetzt, wo der *Protagonist verschwunden* ist.«

»Trinken Sie noch einen, alter Junge.«

»Danke, ich hatte schon einen, alter Mann.«

»Nun, nehmen Sie halt noch einen.«

»Danke!«

»... ein bißchen gewollt bohemienhaft, ein paar von den Leuten hier, nicht wahr?«

»Mir ist wirklich schrecklich übel.«

»Na, dann geh doch raus.«

»Tschechow ... Zerfall des ...«

»Ein entsetzlich derbes Stück über einen Bauernhof mit einem Haufen Hühner auf der ganzen Bühne ... mein Lieber, sie waren nicht zu halten ... wann immer einer in die Garderobe ging, waren sie da, hockten in der Nummer neun ...«

»... kamen in Manchester bei strömendem Regen an und erfuhren, daß das Theater in der Nacht zuvor zerbombt worden war. Also direkt weiter nach Bradford und, eine halbe Stunde nachdem der Zug angekommen war, standen wir auf der Bühne ...«

»... da sagte mein Agent zu Gielgud: ›Ein außerordentlich verläßlicher Allroundman. Kann alles, außer schauspielern ...‹«

»... dann hat Shaw den Protagonisten *wieder zusammengefügt* ...«

»Wenn mir bloß nicht so übel wäre ...«

Nicholas saß unbeweglich in seiner Ecke und unterhielt sich mit Richard über die Metaphysik Berkeleys; sobald sich ihm eine der jüngeren Frauen näherte, winkte er sie feierlich zu sich, küßte sie ebenso feierlich auf den Mund, entließ sie dann wieder mit einer leichten Handbewegung und führte seine Unterhaltung fort. Donald Fellowes schmollte allein vor sich hin. Yseut hatte sich an Robert geheftet und sagte:

»Du mußt nett zu mir sein heute abend, Liebling, du mußt! Bitte, verdirb mir nicht die Party, Robert, Liebling! Liebling!« Sie war schon sehr betrunken.

Nigel hatte bereits früh am Abend Helens Nähe gesucht, und abgesehen von ein paar kurzen Unterbrechungen wich er nicht von ihrer Seite. Der Lärm und die Hitze im Zimmer verursachten ihm langsam Kopfschmerzen. Derbe Scherze beherrschten jetzt die Szene, und er hatte keine Lust, sich daran zu beteiligen. Er sah auf die Uhr, stellte fest, daß er schon zwei Stunden da war, und schlug Helen vor zu gehen.

»Gleich, Liebling. Ich muß nach Yseut sehen; sie schafft es nicht mehr allein nach Hause.«

Nigel sah sich nach Yseut um und war höchst beunruhigt, als er sie inmitten einer großen Gruppe mit einem schweren Armeerevolver herumfuchteln sah.

»Seht, was ich gefunden habe«, rief sie, »seht nur, was die kleine Yseut gefunden hat.«

Peter Graham kämpfte sich mit den Ellbogen durch die Umstehenden.

»Yseut, meine Liebe«, sagte er, »Sie geben mir das besser. Das ist verdammt gefährlich, wissen Sie.«

»Unsinn, is gar nicht gefährlich! Sind gar keine Kugeln drin.«

»Trotzdem, altes Mädchen, geben Sie's lieber mir. Man weiß nie, was alles passieren kann.« Mehr oder weniger mit Gewalt nahm er ihr den Revolver ab und sagte beruhigend: »So, jetzt legen wir ihn weg, in die Schublade zu den Patronen, und vergessen ihn ganz schnell wieder. So!«

»Du Biest!« sagte Yseut finster, dann ging sie plötzlich auf ihn los und versuchte, ihm mit ihren langen Fingernägeln das Gesicht zu zerkratzen.

»Aber, aber!« sagte er und hielt ihren Arm fest. »Ich kann so was nicht besonders leiden, weißt du. Sind alles Freunde hier«, fügte er ein wenig unbestimmt hinzu.

Yseut bekam einen Wutanfall. »Laß mich los!« schrie sie und versuchte, ihren Arm aus seinem Griff zu befreien. »Laß mich los, du riesiger … Rüpel!« Sie wandte sich plötzlich nach Robert um und warf ihre Arme um seinen Hals.

»Liebling«, heulte sie, »hast du gesehen, was dieses Schwein mit mir gemacht hat, Liebling? Er hat versucht, mich zu … zu … belästigen, Liebling.« Ihr Gesicht war von einem idiotischen Grinsen verzerrt. »Los … schlag ihn … wenn du ein Mann bist. Los, schlag das verdammte Schwein nieder.«

Robert, dem das höchst unangenehm war, versuchte sich aus ihren Armen zu befreien, aber sie war mittlerweile so betrunken, daß sie umgefallen wäre, wenn er sie losgelassen hätte. Helen ging zu ihr hinüber.

»Komm Yseut«, sagte sie schroff. »Wir gehen jetzt, halt dich an mir fest.« Sie führte Yseut in Richtung Tür, wobei sie vage und wenig begeisterte Hilfsangebote ablehnte. »Gute Nacht, alle zusammen«, verabschiedete sie sich bemerkenswert beherrscht: »Danke, Peter, es war eine reizende Party«, und verließ den Raum.

Nigel folgte, um zu sehen, ob er behilflich sein konnte. Er traf auf die beiden, als sie gerade aus der Toilette kamen. Yseut war blaß, schwitzte und zitterte. Als Helen ihn sah, stieg ihr schlagartig eine verlegene Röte ins Gesicht.

»Warte, laß mich dir helfen«, sagte Nigel.

»Nein, danke, Nigel. Ich schaff das schon. Geh zurück und amüsier dich.« Trotzdem ging er noch mit ihnen zur Hoteltür.

»Gute Nacht, Liebling«, sagte Helen und drückte seine Hand. »Wenn mich das nicht davon heilt, auf Parties zu gehen, dann wohl nichts mehr.«

»Es war ziemlich scheußlich. Bist du sicher, daß du es schaffst?«

»Ja. Es ist ja nicht weit.« Sie machte Anstalten zu gehen, aber dann drehte sie sich noch einmal zögernd um:

»Yseut ist kein schlechter Mensch, weißt du. Sie ist nur etwas einfältig.« Ein leichtes Lächeln erhellte ihr Gesicht. Spontan ging er auf sie zu und hielt ihre Hand. Yseut, die an ihrem Arm hing, lallte Unverständliches.

»Mach's gut, meine Allerliebste«, sagte er. Dann waren sie fort.

Als er wieder nach oben kam, begann die Party sich langsam aufzulösen. Die Gäste gingen zu zweit oder dritt gähnend und plappernd die Treppen hinunter. Nigel fand Rachel etwas abseits stehen, während Robert Jean noch einige Anweisungen für den nächsten Tag gab.

»Daß diese Frau es wagt, Robert in aller Öffentlichkeit zum Narren zu machen!« rief Rachel aus.

»Aber niemand wird doch Robert deshalb einen Vorwurf machen«, antwortete er. »Warum auch? Es war doch nicht seine Schuld.«

»Ich glaube, es macht ihm gar nicht so viel aus, wenn sie sich an ihn hängt«, schoß es plötzlich mit einer solchen Giftigkeit aus ihr heraus, daß er völlig überrascht war.

»Aber Sie glauben doch wohl nicht –?«

Mit einer ungeduldigen Geste, erklärte sie das Thema für beendet. »Robert ist wie alle Männer: Jede Abwechslung bedeutet eine Verbesserung. Aber wenn er oder sie denkt, ich sitze daneben und spiele die Tolerante –«

Sie brach abrupt ab. Nigel war das alles höchst unangenehm. Noch ein Faden! dachte er. Die ganze Angelegenheit wird immer unangenehmer und komplizierter.

Nach dem allgemeinen Verabschiedungstrubel waren Nigel und Nicholas wieder mit Peter Graham allein. Die Menge Alkohol, die er getrunken hatte, zeigte plötzlich eine völlig überraschende Wirkung; während sie noch mit ihm sprachen, sackte er in seinem Stuhl in sich zusammen und begann heftig zu schnarchen. Nicholas seufzte.

»Jetzt müssen wir ihn vermutlich ins Bett bringen«, sagte er.

Was sie auch mit ein paar Schwierigkeiten bewerkstelligten. Als sie wieder in den Wohnraum kamen, sah sich Nicholas angeekelt um: leere Flaschen, schmutzige Gläser, verstreute oder geknickte Blumen, Möbel in völliger Unordnung, ein blauer Dunst aus Zigarettenrauch und zahllose Zigarettenkippen, die sich mehr oder weniger um die Aschenbecher herum konzentrierten. »Was für eine Sauerei«, sagte er. »Ich bedauere den armen Teufel, der hier wieder saubermachen muß.« Er gähnt und streckte sich. »Wie sieht's aus? Ins Bett, nehme ich an. Kommen Sie?« Nigel nickte.

Als sie draußen auf dem Flur waren, sagte Nicholas: »Oje, ich habe scheußliche Kopfschmerzen. Wenn ich nicht noch etwas frische Luft schnappe, werde ich wohl kaum schlafen können. Ich mache noch einen kleinen Spaziergang. Haben Sie Lust mitzukommen?«

»Nein, danke. Wenn ich noch frische Luft brauche, werde ich meinen Kopf aus dem Fenster strecken.«

»Recht haben Sie«, sagte Nicholas, »aber denken Sie an die Verdunklung. Übrigens«, fügte er hinzu, »was hat Rachel zu Ihnen gesagt, bevor sie ging? Mir war, als hätte ich eine scharfe Kritik an unserem bewundernswerten Geschlecht gehört.«

»Der übliche Lobgesang auf Yseut.«

»Ach das!« Nicholas lachte. »Rachel haßt Yseut. Die Pose der beherrschten und verständnisvollen Frau kann nicht einmal ein Baby täuschen. Sie verabscheut sie.«

»Ist es eine Pose?« fragte Nigel.

Nicholas zuckte die Achseln. »Wer weiß? Ich jedenfalls glaube, daß es eine ist. ›Männer sind alle gleich‹«, zitierte er spöttisch: »›Jede Abwechslung bedeutet eine Verbesserung.‹«

»Ist das nicht so?«

»Jede ›Abwechslung‹, wie gut sie auch sein mag, macht alles nur schlimmer«, sagte Nicholas bestimmt. »Nun ist aber genug geplappert. Eine gute Nacht wünsche ich Ihnen.« Er ging die Treppe hinunter davon, und Nigel kehrte auf sein Zimmer zurück und begann sich auszuziehen.

Auf den langen Fluren des Hotels war das Licht schon lange ausgeschaltet, nur ein paar gedämpfte, weit auseinander liegende Lampen brannten noch. Peter Graham stöhnte und drehte sich unruhig im Schlaf hin und her. In der großen Eingangshalle, die nur von einer einzigen Birne erleuchtet war, döste der Nachtportier unbequem auf einem Stuhl, und so sah er weder die Person, die sich leise die Treppe zum Zimmer von Peter Graham hinaufschlich, noch was sie auf dem Rückweg bei sich hatte. Die Drehtüre quietschte ein wenig, und der Nachtportier wurde halb wach, als er dann aber niemanden sah, schlief er wieder ein. Nigel fiel in seinem Zimmer ein Kragenknopf unter den Toilettentisch.

»Verdammt!« sagte er.

Aus einem unerklärlichen Grund war er äußerst unruhig, irgend etwas schrie danach, überprüft zu werden. Der kühle Verstand sagte ihm, er sollte es vergessen und schlafen gehen. Aber eine irrationale Furcht, eine Ahnung erwies sich stärker als der kühle Verstand. »Das ist ein verdammt albernes und sinnloses Unterfangen«, sagte er sich, als er in seinen Morgenmantel schlüpfte. Zwei Minuten später öffnete er die Tür zu Peter Grahams Wohnzimmer.

Er schaltete das Licht an. Nichts hatte sich verändert; der Zigarettendunst hing wie zuvor über allem, die Asche war noch immer in den Teppich getreten. Er verfluchte sich als abergläubischen Narren und ging leise zu der Schublade, in die der Revolver gelegt worden war. Ein unangenehmes Prickeln machte sich auf seiner Kopfhaut bemerkbar, als er die Schublade öffnete und hineinsah.

Die Schublade war leer. Revolver und Patronen waren verschwunden.

Er schloß sie wieder, und einer jähen, heftigen Eingebung folgend, wischte er mit einem Zipfel seines Morgenmantels den Griff dort ab, wo er ihn berührt hatte. Dann ging er hinüber zur Schlafzimmertür und schob sie einen Spalt auf. Licht fiel in die Dunkelheit dahinter. Aus dem Zimmer drang das tiefe Atmen eines Schlafenden. Er schloß vorsichtig die Tür und ging zurück auf sein Zimmer.

Nigel schlief in dieser Nacht nur in Schüben. Immer wieder wachte er auf, lag lange Zeit wach, rauchte und dachte über das nach, was er entdeckt hatte. Nicholas, dessen Zimmer neben seinem lag, kehrte spät zurück und machte, wie Nigel fand, beim Zubettgehen unnötigen Lärm. Aber das war wohl sein geringstes Problem. Wenn man die Sache losgelöst betrachtete, so war das Verschwinden der Pistole selbst nicht besonders beunruhigend; vielleicht hatte sich jemand einen Scherz erlaubt, oder sie war, aus welchem Grund auch immer, von Peter Graham an einen Gast auf der Party verliehen worden. Er hatte jedoch alle beobachtet, als sie gegangen waren, und hätte schwören können, daß niemand die Waffe bei sich trug – schließlich war es ein schweres, unhandliches Ding, ein 38er Colt. Der einzige, und zudem äußerst unangenehme Schluß, den er daraus ziehen konnte, war der, daß jemand nach der Party zurückgekommen und ihn an sich genommen hatte. Das aber konnte nur in dem Zeitraum gewesen sein, nachdem Nicholas sich von ihm getrennt hatte und bevor er selbst wieder in das Zimmer zurückgekehrt war. Nicholas? Das war die wahrscheinlichste Lösung, aber jeder konnte es gewesen sein.

Er stand früh auf, frühstückte und fragte sich, wie sich die ausschweifenderen Partygäste heute wohl fühlen würden. Gegen halb zehn ging er auf sein Zimmer zurück, um sich ein Buch zu holen. Sein Weg führte ihn über den Flur, an dem Roberts und Rachels Zimmer lagen, und so wurde er Zeuge eines Ereignisses, das sich später als sehr bedeutend erweisen sollte. Als er an Rachels Zimmer vorbeigehen wollte, kam sie gerade heraus. Sie war auf dem Weg zum Frühstück.

Exakt im diesem Moment öffnete sich die Tür des gegenüberliegenden Zimmers von Robert, und heraus trat Yseut.

Alle drei blieben sie wie angewurzelt stehen. Für Nigel jedenfalls bestand kein Zweifel daran, was Yseuts Anwesenheit zu bedeuten hatte. Zu sagen, er sei erstaunt gewesen, wäre eine ziemliche Untertreibung, er war wie betäubt. Es schien unvorstellbar, daß Robert die Nacht mit Yseut verbracht hatte, erst recht, wenn man sich den Zustand vor Augen hielt, in dem sie sich befand, als Helen sie nach Hause gebracht hatte. Aber was sollte man sonst annehmen? Rachel war offensichtlich der gleichen Meinung, und der Ausdruck auf ihrem Gesicht war kein besonders angenehmer Anblick. Zudem schockierte das Erscheinungsbild Yseuts Nigel unbeschreiblich. Sie war nachlässig mit Bluse und Hose bekleidet, trug eine Tasche und ein kleines rotes Notizbuch. Der Ausdruck in ihren Augen wechselte zwischen Angst und höchster Befriedigung und war zutiefst abstoßend.

Einen Augenblick sahen sie einander schweigend an, dann entfernte sich Yseut mit einem leicht höhnischen Lächeln in Richtung Treppe. Kein einziges Wort war gefallen.

Rachel war im Begriff, in Roberts Zimmer zu stürzen, aber Nigel hielt sie am Arm fest.

»Ist das klug?« fragte er.

Nach einem kaum wahrnehmbaren Zögern nickte sie und folgte langsam Yseut die Treppe hinunter.

Nigel setzte bestürzt den Weg zu seinem Zimmer fort. Die ganze Sache war unvorstellbar. Unwillkürlich kamen ihm Troilos' Worte in den Sinn.

»O Wahnsinn dieses Denkens,
Das Gründe aufstellt für und gegen sich.
Zwiespältige Gewalt! Vernunft empört sich
Und bricht doch nicht. Und der Verlust wird weise
Ohne Empörung ...«

Natürlich ging ihn das alles gar nichts an; natürlich lohnte es kaum, ein solches Gewese darum zu machen. Dennoch, es gelang ihm nicht, die spekulative Gedankenflut in seinem Kopf aufzuhalten, und unterhalb der Bewußtseinsschwelle nistete sich eine formlose Angst ein. Es fiel ihm schwer, an etwas anderes zu denken.

Er sollte Yseut an diesem Morgen noch einmal begegnen. Seit zehn Uhr hatte er mit Robert in der Bar zusammengesessen und mit ihm einen recht zähen Small talk geführt. Etwa um zehn nach zehn war Donald Fellowes hereingekommen, hatte einen Armvoll Orgelnoten auf einem Heizkörper abgeladen und sich zu ihnen gesellt. Er stellte keine besonders angenehme Gesellschaft dar an jenem Morgen, vielmehr schien er in einen dauerhaft mürrischen Zustand gefallen zu sein. Er wandte sich in der Unterhaltung ostentativ an Nigel, was Robert – der dies nur zwei Tage zuvor allerhöchstens amüsant gefunden hätte – in höchstem Maße verärgerte. Da er hauptsächlich über Musik sprach, ein Thema von dem Nigel nicht viel verstand und noch weniger verstehen wollte, kam die Unterhaltung immer mehr ins Stocken. Alle drei weigerten sich hartnäckig, über Persönliches zu sprechen, und damit wurde als Gesprächsthema alles ausgeschlossen, was über ein paar vage und eher konventionelle Bemerkungen über die Party am Abend zuvor hinausging. Ganz offensichtlich hatte Donald einen heftigen Kater.

Die Probe würde an diesem Morgen erst um elf Uhr beginnen. Seit der ersten Probe hatte Nigel keine weitere mehr besucht und wollte erst wieder zur Generalprobe kommen.

»Wir werden heute eine einstündige Mittagspause einlegen«, sagte Robert, »und dann bis in den späten Nachmittag hinein durcharbeiten.«

»Würden Sie Helen sagen, daß ich mich freuen würde, sie zu sehen, falls sie Lust hat, mit mir eine Kleinigkeit zu essen? Ich werde ab zwölf Uhr hier in der Hotelhalle sein.«

»Helen? Ja, sicher.«

Dann betrat Yseut die Bar. Sie trug noch immer die unordentliche Kleidung, in der Nigel sie am Morgen gesehen hatte, sowie ihre Tasche und ihr Notizbuch. Als sie hereinkam, sah er, wie Roberts Ausdruck sich veränderte, kalte Wut spiegelte sich auf seinem Gesicht. Er machte Anstalten, von seinem Stuhl aufzuspringen, dann entspannte er sich plötzlich wieder und lehnte sich zurück. Man sah ihm an, daß er sich äußerst unwohl fühlte. (Angst, daß sie sich ihm in aller Öffentlichkeit an den Hals wirft und die ganze Angelegenheit mit vielen, dunklen Andeutungen offensichtlich macht, dachte Nigel und fügte im Geist eine Fußnote hinzu: und genau das wird sie tun.) Yseut sah Robert direkt in die Augen mit einem Ausdruck, in dem sich auf seltsame Art Triumph mit Herausforderung paarte. Sie warf ihre Sachen hin und stolzierte zur Bar. Keiner der drei Männer rührte sich, um ihr etwas zu trinken zu holen. Aber sie beobachtete die drei genau, während sie ihren Brandy bestellte und zu ihnen kam.

»Nun, meine lieben Kinder«, sagte sie, »wie fühlt ihr euch nach dem gestrigen Trinkgelage? Armer Donald, du siehst ein bißchen grün aus.«

»Ich glaube, es wäre angebrachter, wenn wir Ihnen diese Frage stellen würden«, sagte Nigel trocken.

»War ich sehr besoffen letzte Nacht?« Sie lachte nicht sehr überzeugend. »Tja, man ist nur einmal jung, wie man so schön sagt. Ich ... äh ... bin heute morgen in deinem Zimmer gewesen, lieber Robert. Ich war so traurig, daß du nicht da warst. Ich befürchte, als der liebe Nigel mich herauskommen sah, hat er sich die schrecklichsten Dinge gedacht. Rachel natürlich auch. Wirklich schade, daß ich ausgerechnet über sie stolpern mußte: Ich dachte, ich wäre so diskret gewesen.« Mit zittriger Hand griff sie nach ihrem Glas und trank es in einem Zug halb aus. »Dennoch, ich habe gefunden, wonach ich gesucht habe.« Sie lächelte zufrieden.

»Ich bin entzückt«, sagte Robert. »Und wie du schon selbst gesagt hast, wie schade, daß ich dich verpaßt habe.«

»Mach dir nichts draus – Liebling.«

(Aha, dachte Nigel finster, jetzt sind wir bei versteckten Anspielungen.)

Robert fuhr fort: »Wahrscheinlich werde ich dich heute nicht bei der Probe sehen, aber ich denke, es gibt da etwas, worüber du mit mir reden willst –«

Sie zog die Augenbrauen hoch. »Ich, Liebling? Nein, nichts, wirklich nicht das geringste. Du klingst so verschwörerisch – nicht wahr, Nigel? Als wolltest du mir einen Scheck zustecken, um eine Erpressung zu bezahlen. Aber selbstverständlich nehme ich keine Schecks an und erpresse auch niemanden. Das ist so unklug, und es ist viel, viel besser, wenn die Wahrheit ans Licht kommt.«

»Wovon redest du, Yseut?« fragte Donald abrupt.

»Nichts, mein Schätzchen. Nur ein Scherz. Ein Scherz unter Eingeweihten.«

»Ich muß jetzt gehen«, murmelte Donald etwas verlegen.

»Ach wirklich, Donald? Wirst du auf deiner Orgel üben? Dann sieh aber zu, daß du auch wirklich schön spielst.«

Donald erhob sich und nahm seine Noten. Einen kurzen Augenblick stand er da und schaute sie an. Dann drehte er sich rasch auf dem Absatz um und ging. Yseut lächelte ihm nach.

»Ein süßer Junge«, sagte sie, »aber ein klein wenig unbeholfen. Darf ich euch noch etwas zu trinken holen?«

Nigel stand automatisch auf.

»Was wollt ihr? Whisky? Kommen Sie mit mir an die Bar, Nigel, und helfen Sie mir die Drinks tragen?«

Auf dem Weg dorthin schaute Yseut fortwährend über die Schulter zurück und lächelte Robert zu. An der Bar lehnte sie sich bequem mit dem Rücken dagegen und ließ Nigel die Bestellungen erledigen.

Als der Barmann ihm Yseuts Brandy geben wollte, entglitt Nigel unglücklicherweise das Glas, und er verschüttete den Inhalt auf dem Tresen. Rasch zog er sie von der Theke weg, aber es war zu spät, und er konnte nicht verhindern, daß ein wenig davon auf ihre Bluse floß.

»Verdammter Mist!« sagte sie. »Tölpel! Ein Taschentuch, verdammt noch mal, ich muß das abwischen.«

Nigel gab ihr das Taschentuch. Es war ihm völlig unmöglich, auch nur den kleinsten Hauch von Reue über den Vorfall zu empfinden. Er bestellte einen neuen Brandy, während sie völlig erfolglos an dem Stoff herumrieb. Es war ihm plötzlich äußerst schlecht, zweifellos eine verspätete Nachwirkung der Party, und er wurde Yseuts und aller, die mit ihr zu tun hatten, unendlich müde. Mit einem Mal überkam ihn mürrische Verärgerung: Ich wünschte, sie würden sich alle erhängen, dachte er.

Sie kehrten mit den Getränken zu Robert zurück (die Yseut praktischerweise zu zahlen vergessen hatte). Nigel sah, wie sie sich hektisch umsah, dann wurde sie plötzlich ganz steif und glühte vor Wut. Sie sah Robert mit einem solchen Haß in den Augen an, daß ihr gegen ihren Willen Tränen in die Augen traten.

»Verfluchter Scheißkerl!« sagte sie. Und nachdem sie ihren Brandy buchstäblich auf den Tisch geschüttet hatte, nahm sie ihre Tasche und ging.

Völlig bestürzt sah Robert ihr nach.

»Was um Himmels willen!« rief er aus. »Was um alles in der Welt –?«

Nigel drückte durch ein Stöhnen sein Mißbehagen aus, als er sich hinsetzte. »Gott sei Dank ist sie weg«, sagte er müde und leerte seinen doppelten Whisky in einem Zug. Danach ging es ihm noch schlechter als zuvor, was nicht allzusehr überraschte, und er war erleichtert, als Rachel hereinkam und sich ihm somit die Möglichkeit bot, sich dezent zu verabschieden; offensichtlich wollte sie mit Robert sprechen; nach einigen belanglosen Worten stand er schließlich auf, um zu gehen.

»Sie denken an die Nachricht für Helen?« sagte er.

»Nachricht?« antwortete Robert vage. »O ja, natürlich. Ja, ich werde daran denken.«

»Dann, auf Wiedersehen.«

Rachel schenkte ihm ein gespenstisches Lächeln.

»Arrivederci«, sagte Robert.

»Arrivederci«, wiederholte er gedankenlos und ging.

Was für ein heuchlerischer Abschied, sagte er sich grimmig, während er der Drehtür einen Schubs versetzte und durch sie auf die Straße trat. Dann machte er sich in Richtung St. Christopher's auf. Ich wäre entzückt, wenn ich niemals wieder einen von ihnen sehen müßte, dachte er. Sollen sie sich doch streiten, soviel sie wollen, sollen sie sich doch gegenseitig ihre verdammten Köpfe abreißen. Sollen sie sich gegenseitig mit gestohlenen Revolvern erschießen, und ich soll verflucht sein, wenn sie mir leid tun. Aber dazu werden sie nicht den Mut haben. Es ist alles oberflächlich, konventionell, ganz einfach dumm. Sie hätten nicht den Mumm dazu.

Aber er sollte sich irren. Denn jetzt kehrten an den Grenzen des Bewußtseins die Schakale und Hyänen in ihr Lager zurück, und leise begannen die Wölfe sich anzuschleichen, in Kreisen, die immer enger und enger wurden, bis sie schließlich über eine sich sträubende, schreiende Gestalt herfielen und sie verstummen ließen. Die Sticheleien und der Streit wurden durch eine schlagartige verborgene Alchemie in physischen Terror, physischen Schmerz und gewaltsamen Tod verwandelt. Am Nachmittag verließ Nigel Oxford und kehrte nach London zurück. Am nächsten Abend kam er zurück und hörte einen Schuß.

Als er Yseut das nächste Mal sah, war sie tot.

Kapitel 5

»Cave Ne Exeat«

I have seen phantoms there that were as men,
And men that were as phantoms flit and roam.
JAMES THOMSON

Phantome sah ich, die ganz Menschen glichen,
und Menschen von mir huschen wie ein Spuk.

Intuition,« sagte Gervase Fen bestimmt, »das ist alles, worauf es am Ende hinausläuft – Intuition.«

Er starrte auf die versammelte Gesellschaft, als wollte er jemanden herausfordern, ihm zu widersprechen. Aber niemand tat es. Zunächst einmal war es *sein* Zimmer, und alle waren benommen vom Portwein aus dem Dozentenzimmer, den er bezahlt hatte, somit schien es unhöflich herumzudebattieren. Zudem war es außerordentlich heiß, und besonders Nigel fühlte kaum eine andere Neigung, als sich zu entspannen. Es war Freitag abend, acht Uhr, und erst vor drei Stunden hatte er die abscheuliche Bahnfahrt von London nach Oxford hinter sich gebracht. Er war müde, streckte seine Beine aus, bereit, alles aufzusaugen, was Fen zu seinem Lieblingsthema zu sagen hatte.

Fens Zimmer war groß und erstreckte sich über die ganze Breite des südlichsten Flügels des zweiten Gebäudekomplexes von St. Christopher's. Die Gebäudekomplexe waren jeweils um den zentralen viereckigen Hof herumgebaut. Der Raum lag im ersten Stock und war über eine Treppe, die von einem offenen Durchgang aus hinaufführte, zu erreichen. Der Durchgang führte weiter in den Garten. Auf der südlichen Seite des Raumes lag der Garten, auf der nördlichen der zentrale Hof. Der Raum war sparsam, aber komfortabel möbliert, von den cremefarben abgetönten Wänden hoben sich in Dunkelgrün der Teppich und die Vorhänge ab. Er war nur mit ein paar Porzellanminiaturen dekoriert und beherrscht von sorgfältig angeordneten Büchern auf niedrigen Bücherregalen, die alle Seiten des Raumes einnahmen. Auf dem Kaminsims standen einige etwas bestoßene Reliefs und Büsten bedeutender Meister der englischen Literatur. Ein riesiger Schreibtisch, der mit einem unordentlichen Durcheinander von Büchern und Papier bedeckt war, dominierte die Nordwand. Fens Frau, eine schlichte, bebrillte, sensible kleine Frau, die den nicht ganz passenden Namen Dolly trug, saß an der einen Seite des Kamins, in dem völlig überflüssigerweise ein paar Holzscheite glühten; Fen selbst saß auf der anderen Seite. Zwischen ihnen saßen mit unterschiedlichem Abstand zueinander Nigel, Sir Richard Freeman und ein sehr alter Dozent namens Wilkes, der sich ohne besonderen Grund vor ein paar Minuten zu der kleinen Gruppe gesellt hatte. Fen war äußerst grob mit ihm umgegangen, aber Fen war für gewöhnlich grob gegenüber jedermann. Was, wie Nigel entschieden hatte, die natürliche Konsequenz seiner außerordentlich überbordenden Vitalität war.

»Oh, und was kann ich für Sie tun?« hatte er gefragt. Aber Wilkes hatte sich niedergelassen und verlangte nach einem Whisky, offenbar fest entschlossen, lange zu bleiben und erst spät wieder zu gehen.

»Es tut mir ja sehr leid, daß Sie sich extra herbemüht haben«, verfolgte Fen die einmal eingeschlagene Richtung weiter. »Ich fürchte, all diese Leute werden Sie sehr langweilen.« Wer mit dieser Bemerkung herabgesetzt werden sollte, war unmöglich zu sagen.

Wilkes, der ziemlich taub war, überraschten diese Bemerkungen jedoch überhaupt nicht. Er lächelte alle ringsum gütig an und wiederholte seine Bitte, daß er gerne einen Whisky hätte. Mit größtem Widerstreben holte Fen ihm einen und begnügte sich fortan damit, mit einem kaum zu überhörenden Flüstern böse Bemerkungen über den alten Mann zu machen. Alle waren darüber höchst bestürzt, außer Mrs. Fen, die ganz offensichtlich daran gewöhnt war und alle paar Minuten auf vorwurfsvolle, aber automatische Art »Also bitte, Fen!« sagte.

Es wurde dunkel. Auf einer Seite verschwand langsam eine Fassade von Inigo Jones im Schatten, auf der anderen die große von Bäumen und Blumenbeeten umsäumte Rasenfläche. Am Horizont warfen drei Suchscheinwerfer ihre komplexen trigonometrischen Muster in den Himmel. Und eine Gruppe Studenten grölte ein Lied, dessen Text wohl kaum in gedruckter Fassung vorliegen durfte.

Sir Richard Freeman hüstelte mißbilligend, als Fen zu seinen spitzfindigen Ausführungen ansetzte. Er kannte das alles schon. Aber Fen nahm solch feine Andeutungen gar nicht zur Kenntnis und fuhr mit unbezähmbarer Begeisterung fort, sich über seine Ideen weitläufig auszulassen.

»Wie ich dir immer sage, Dick«, sagte er, »polizeiliche Ermittlungen und Literaturkritik laufen auf dasselbe hinaus: Intuition – dieses traurige und mißachtete Angebot unserer modernen Pseudowissenschaften – jedoch, darum geht es jetzt nicht«, fuhr er fort, wobei es ihm offensichtlich schwerfiel, den eingeschobenen Gedankengang nicht weiter zu verfolgen. »Worum es geht, um es ganz einfach auszudrücken, ist das Verhältnis eines Indizes zum anderen. Ich möchte behaupten, daß die Natur der Beziehung eines Indizes zum anderen dem Kriminalisten auf dieselbe Art bewußt wird, egal, ob es sich dabei um eine beschleunigte Logik oder um eine paralogische Fähigkeit handelt, wie die Beziehung zwischen, sagen wir, Ben Jonson und Dryden dem Literaturkritiker bewußt wird.«

Hier hielt er ein wenig zweifelnd inne, vielleicht weil er eine innere Schwäche im dargebotenen Sachverhalt spürte, dann aber ging er rasch darüber hinweg und kehrte in die sichereren Regionen der Abstraktion zurück.

»Hat sich der Gedanke erst einmal herausgebildet, so läßt er sich am Text belegen, oder anhand der restlichen Indizien. Natürlich wird man gelegentlich irregeleitet, aber immer kann man auf die Logik zurückgreifen, um etwas zu bestätigen oder zu verwerfen. Daraus folgt«, sagte er, wobei er freundlich grinste und erregt die Füße hin- und herschob, »wenn auch Kriminalisten nicht notwendig gute Literaturkritiker sind,« (zufrieden winkte er Sir Richard zu) »so sind doch Literaturkritiker, wenn sie sich die Mühe machen, sich die elementaren Techniken der Polizeiarbeit anzueignen,« (an diesem Punkt stöhnte Sir Richard auf) »immer gute Detektive. Ich selbst bin ein sehr guter Detektiv«, schloß er äußerst bescheiden. »Ich bin sogar der einzige Literaturkritiker in der gesamten Literatur, der zum Detektiv wurde.«

Die kleine Gesellschaft setzte sich einen Augenblick schweigend mit diesem Anspruch auseinander. Aber jeder Kommentar, den sie vielleicht gerne dazu abgegeben hätten, wurde durch das plötzliche Klingeln des Telefons auf Fens Schreibtisch verhindert. Wie ein Springteufel aus seiner Schachtel sprang Fen auf und ging mit mächtigen, federnden Schritten zum Telefon. Die übrigen blieben mit jenem etwas verlegenen Gefühl zurück, das sich immer einstellt, wenn man gezwungen ist, einem privaten Telefonat zuzuhören. Wilkes begann das Eröffnungsmotiv von Strauß' *Heldenleben* zu singen. Es führte ihn über dreieinhalb Oktaven und ließ ihn eine ausgesprochen ungewöhnliche Klangserie erzeugen. Der kaum hörbare Nachhall von einem Radio oder Grammophon von irgendwo draußen begleitete ihn dabei. Nigel fiel auf, daß Wilkes wohl nicht sehr taub sein konnte, wenn er das hörte. Durch diese Lautkulisse hindurch konnte man Fen in den Apparat sprechen hören:

»Wer? … Ja sicher. Schicken Sie ihn direkt herüber.« Er legte den Hörer auf und kehrte zurück, wobei er sich aufgeregt die Hände rieb. »Das war der Pförtner«, kündigte er an. »Robert Warner, der Dramatiker, kommt mich besuchen. Eine ausgezeichnete Gelegenheit, um zu erfahren, wie er sich fühlt, wenn er schreibt, und wie er das alles so anpackt.«

Ein allgemeines entsetztes Stöhnen erhob sich; Fens Angewohnheit, widerwillige Menschen nach ihrer Arbeit auszufragen, war nicht gerade eine seiner angenehmeren Eigenschaften.

»Wir Literaturkritiker müssen uns mit dem Fundamentalen beschäftigen«, fügte er hinzu. Dann fiel sein Blick auf Wilkes, und er sagte sehnsüchtig: »Möchten Sie jetzt gehen, Wilkes? Ich befürchte, das ist alles etwas zu hoch für Sie.«

»Nein, ich möchte nicht gehen«, antwortete der alte Wilkes mit überraschender Schärfe. »Ich bin ja eben erst gekommen. In Gottes Namen, Mann, setzen Sie sich«, kreischte er, »und hören Sie auf herumzuhampeln.«

Dies bestürzte Fen so sehr, daß er sich hinsetzte und vor sich hin schmollte, bis ein paar Minuten später Robert Warner hereinkam.

Freundlich begrüßte er Nigel und wurde den übrigen vorgestellt. Er wahrte erstaunliche Contenance, während Fen ihm einen Stuhl, etwas zu trinken und eine Schachtel Zigaretten anbot, die er zur Hälfte auf dem Boden verstreute. Als ihm alle geholfen hatten, sie wieder einzusammeln, und atemlos und mit geröteten Gesichtern einen Augenblick schweigend dasaßen, zerschnitt unerwartet Wilkes entschlossene Stimme die Stille:

»Ich werde Ihnen jetzt eine Gespenstergeschichte erzählen.«

»Nein, nein«, rief Fen, der zusammenfuhr. »Das ist wirklich nicht nötig, Wilkes. Ich hoffe, es wird uns auch ohne ihre Geschichte gelingen, die Unterhaltung in Gang zu halten.«

»Ich glaube, sie wird von einigem Interesse sein«, fuhr Wilkes unbeirrt fort, »nicht nur, weil sie dieses College betrifft, sondern auch weil sie zufälligerweise wahr ist. Zudem ist sie, wie die wenigsten wahren Gespenstergeschichten, sehr interessant, fast ein wenig aufregend. Aber natürlich will ich Sie nicht langweilen –« Seine liebenswürdig fragenden Augen wanderten über die Runde.

»Sie werden uns sicher nicht langweilen«, sagte Sir Richard, wofür er einen unheilvollen Blick von Fen erntete. »Ich persönlich könnte gut ein wenig Unterhaltung vertragen.« Er gähnte. »Ich bin ein wenig schläfrig.«

»Wir anderen auch«, setzte Nigel an und ergänzte hastig »könnten ein wenig Entspannung vertragen.«

»Dann sind Sie also damit einverstanden, daß ich fortfahre?« fragte Wilkes.

Undeutliches Gemurmel.

»Sie sind sicher, daß es allen recht ist?«

Weiteres Gemurmel, vielleicht sogar noch ein wenig undeutlicher.

»Nun, also gut. Zu einem kleinen Teil basiert diese Geschichte auf meinen eigenen Erlebnissen. Ich war damals, Ende des letzten Jahrhunderts, Student, und obgleich man sehr darauf bedacht war, das kleinere Aufsehen, das die ganze Angelegenheit auslöste, innerhalb bestimmter enger Kreise zu halten, erfuhr ich einiges, da ich einige der Betroffenen persönlich kannte. Damals gab es natürlich noch keine Gesellschaften für Experimentalphysik, Sidgwick und Myers haben zwar 1882 eine gegründet, aber die Gesellschaft war nie von Bedeutung, und ich habe den Eindruck, selbst wenn Nachforschungen in dieser Richtung angestellt worden wären – trotz Kruzifix und Pentagramm –, so wäre dabei nicht viel mehr herausgekommen. Es hätte alles nur noch schlimmer gemacht. Jedenfalls betrachtete der damalige Rektor, Sir Arthur Hobbes, die Sache mit gesundem Menschenverstand und tat das Naheliegende; wenngleich unklar ist, ob es uns gelungen ist, das Ding, das damals freikam, wieder einzuschließen und zu bannen, und ich denke, das werden wir auch niemals erfahren. Jedenfalls hat sich seither nichts Vergleichbares zugetragen; wenn auch irgendwo vielleicht ein Springteufel darauf lauert, daß jemand ein zweites Mal – nein, ein drittes Mal – seine Schachtel öffnet.«

Er machte eine Pause und sah sich rasch unter seinen Zuhörern um. Fen, der anfangs noch herumgezappelt hatte, saß jetzt unbeweglich da; Sir Richard hatte sich in seinem Stuhl zurückgelehnt, die Augen geschlossen und die Hände gefaltet; Robert rauchte und schien aufmerksam zuzuhören, aber Nigel hatte den Eindruck, daß er in Gedanken mit wichtigerem beschäftigt war; Mrs. Fen saß nach vorne gebeugt und strickte. Wilkes fuhr fort:

»Alles begann, als die Wand in der Kapellenvorhalle abgerissen wurde, die, wie Sie wissen, am nordöstlichen Ende des Chores liegt. Die ganze Kapelle wurde zu dieser Zeit von einem ganz fähigen Architekten aus London restauriert und schließlich so gestaltet, wie wir sie jetzt noch vorfinden. Sicherlich war die Bausubstanz zu jenem Zeitpunkt recht marode und konnte nicht so belassen werden, und alles in allem wurde die ursprüngliche Schönheit des Gebäudes nur wenig beeinträchtigt. Jedenfalls herrschte in jener Zeit ein solcher Erneuerungswille, der unsere endlosen und übereifrigen Bemühungen, Altes zu bewahren, ein wenig beschämt, zumal dieser Bewahrungsinstinkt ohne Zweifel dem Bewußtsein entspringt, keine neuen Kunstformen erschaffen zu können. Ich glaube nicht, daß irgendeiner der Universitätshonoratioren oder einer aus dem Kapellenkomitee einer Renovierung widersprochen hatte, außer dem alten Dr. Beddoes, der sich aus Gewohnheit allem widersetzte und leicht überstimmt werden konnte.

Die Geschichte der Collegegebäude ist nur sehr schlecht dokumentiert, und wir hatten immer den Eindruck, daß die Vorhalle der Kapelle von einem der Rektoren unter Charles I. als Beerdigungsstätte für sich und seine sehr große Familie eingefügt worden war. Im Prinzip erwies sich dies als richtig, allerdings stellte sich heraus, daß es sich bei dieser Vorhalle um den teilweisen Wiederaufbau eines älteren Gemäuers handelte, möglicherweise um die Sakristei der Benediktinermönche, deren Kloster ursprünglich an diesem Ort stand, und von dem ein paar Reste im nördlichen Quadrangel und in der Kapelle erhalten geblieben sind. Nun gut, jedenfalls wurde durch die Entfernung der Verkleidung an der nördlichen Wand des Kapellenvorraumes – die sich, wie die Handwerker sagten, mit fast beängstigender Geschwindigkeit abtragen ließ, als erst einmal der Anfang gemacht war – eine viel ältere Wand freigelegt. In ihrer Mitte befand sich eine einzelne ungeschliffene Steinplatte, die kaum später als 1300 datiert werden konnte. Natürlich verursachte dies einige Aufregung, und Menschen, die an solchen Dingen interessiert sind, kamen aus ganz Oxford, um sie sich anzusehen. Jedoch soll sich der Kaplan, der zu dieser Zeit Messen im Schiff abhielt, beklagt haben, daß die Kapelle aus irgendeinem Grunde plötzlich sehr feucht sei, und bereits einen Tag später erkrankte er an einer Bronchitis, so daß die Gottesdienste vom Rektor übernommen werden mußten. Der aber war darin so ungeübt, daß häufig die Liturgie und der vierunddreißigste Artikel völlig ins Wasser fielen.

Die Platte, von der ich gesprochen habe, war eine Weile nach dem ursprünglichen Mauerbau in die Wand eingefügt worden und trug vier Inschriften, oder besser gesagt drei Inschriften und einen späteren Zusatz in unentfernbarer Kreide oder Tinte. Zunächst war da das Datum – *1556* –, das zeigte, daß sie aus der Zeit der Martyrien selbst stammte. Dann ein einzelner Name: *Johannes Kettenburgus*. Der Bibliothekar, der in den Universitätsurkunden sehr bewandert war, spürte sehr schnell einen Hinweis auf einen John Kettenburgh, Student im Jahre 1554, auf. Dieser Kettenburgh war ein leidenschaftlicher Anhänger der Reformationsbewegung gewesen, und wie den recht vorsichtigen

Formulierungen eines zeitgenössischen Dokuments entnommen werden konnte, wurde er von einer aufgebrachten Menge von Bürgern und Mitstudenten durch das College gejagt – er hatte seine Ansichten wohl etwas zu aggressiv verbreitet – und an einer der Wände der Kapelle totgeschlagen. Sie können sich dieses Dokument jederzeit ansehen, aber natürlich ist es jetzt weggeschlossen. Was mit den Tätern geschah, darüber wird nichts ausgesagt, aber unter den gegebenen Umständen hatten sie wohl keine Vergeltungsmaßnahmen zu befürchten. Vermutlich ist die Platte eingefügt worden, als sich die anglikanischen Reformen schließlich durchsetzten, obgleich nichts davon erwähnt wird.«

Er machte wieder eine Pause. Nigel hatte plötzlich das Bild des jungen Mannes so lebhaft vor sich, daß ihm fast schlecht wurde. Wie ein gejagtes Tier kauerte er sich an die Wand der Kapellenvorhalle, die Knochen seiner Handgelenke und Finger wurden gebrochen. Dann wurde ihm der endgültige Schlag versetzt, der eine Seite des Schädels zertrümmerte und die Knochensplitter ins Gehirn trieb. Trotz der Wärme des Abends war ihm plötzlich kalt, und er war froh über den tröstenden Druck der breiten Stuhllehne im Rücken.

»Aber die dritte Inschrift war die interessanteste«, fuhr Wilkes fort. »Sie bestand ganz einfach aus den Worten: ›*Quaeram dum inveniam*‹, was, wie ich annehme, soviel bedeutet wie ›Ich werde suchen, bis ich es finde‹. Während die vierte, die in einer Handschrift aus einer späteren Zeit offensichtlich in großer Eile hingekritzelt wurde, lautete: ›*Cave ne exeat*‹«.

»›Hüte dich davor, es herauszulassen‹«, sagte Nigel.

»Genau. Sie sehen, wer oder was ist nicht genauer erläutert, wenn wir auch später einige Vermutungen hinsichtlich der Antwort auf die erste Frage hatten. Es gab jede Menge aufgeregter Spekulationen um die Inschriften. Aber niemand kam zu einem überzeugenden Ergebnis, außer vielleicht, daß ganz offensichtlich die Wandverkleidung schon früher einmal entfernt worden sein mußte und daß bei dieser Gelegenheit die vierte Inschrift hinzugefügt worden ist. Ein Mitglied des Magdalen College, ein Experte auf diesem Gebiet, datierte die Handschrift aufgrund der Gestaltung der Buchstaben und des benutzten Materials, an die genauen Details kann ich mich im Moment nicht erinnern, auf das achtzehnte Jahrhundert; und der Bibliothekar verbrachte jede freie Minute damit, eine beträchtliche Zahl an Dokumenten und Rechnungsbüchern aus jener Zeit zu durchforsten.

Ein oder zwei Tage geschah nicht viel, wenn man davon absieht, daß die Handwerker eine unerklärliche Abneigung zeigten, in der Kapellenvorhalle zu arbeiten, und einer der Chorknaben auf der südlichen Chorseite eines Morgens während des *Venite* einen hysterischen Anfall bekam und hinausgebracht werden mußte, und wie es schien, gab es dafür keinen plausiblen Grund, zumindest keinen, an den er sich später erinnern konnte. Auch zeigte der Mörtelstaub, der beim Abriß verursacht worden war und der in feinen Nebelschwaden in der Luft hing, keinerlei Neigung sich zu legen, obgleich es in der Kapelle nicht zog. Er schien sogar jeden Tag dichter und hinderlicher zu werden, so daß schließlich die Notgottesdienste völlig eingestellt werden mußten, sehr zum Widerwillen des Kaplans, der sich in der Sache seine eigene Meinung gebildet hatte. Vom Krankenbett aus verkündete er, die Gottesdienste hätten zumindest einen vorbeugenden Wert, was aber höflich ignoriert wurde.

Wir kommen nun zu Mr. Archer, dem Dekan, einem geschätzten Mann, der zur geistigen Elite seiner Zeit zählte. Teil dieser Elite zu sein brachte ein kompromißloses Festhalten am Rationalismus mit sich sowie eine damit einhergehende Begeisterung für Männer wie Spencer, Darwin, Bacon von Verulam und William Morris. Seine Lieblingslektüren waren vermutlich Gibbons Abhandlungen über das Christentum und die ernsthafteren Stellen bei Voltaire. Deshalb hatte er auch verständlicherweise keinerlei Interesse an irgendwelchen Restaurierungen der

Kapelle gezeigt und hatte nur halblaut bemerkt, daß er es als keinen besonders großen Verlust empfände, wenn sie völlig abgerissen würde. Es scheint, daß er eines Abends noch spät aufgewesen war und gelesen hatte. (Ich weiß das nur aus zweiter Hand von einem mit ihm befreundeten Dozenten.) Nachdem er seine Pfeife ausgeklopft hatte, um ins Bett zu gehen, schaltete er das Licht aus und sah aus dem Fenster in den Garten. Es war eine windstille Nacht mit nur ein paar Wolken und einem blassen, kraftlosen Mond (angesichts dessen er, so glaube ich, die passenden Zeilen von Shelley zitierte). Fast augenblicklich fiel ihm auf, daß irgend etwas daran ungewöhnlich war. Als er später befragt wurde, konnte er nur sagen, er hätte den Eindruck einer gehetzten Suche gehabt. Überall im Garten schienen die Büsche wie von einer plötzlichen Windböe auf die Seite gestoßen zu werden, und seine Augen nahmen fasziniert und entsetzt zugleich eine unregelmäßige Bewegung von einem Busch zum anderen wahr – so als huschte jemand zwischen ihnen hin und her –, das alles wirkte so methodisch und gezielt, daß es ein bißchen gruselig war. Es ist ganz klar, daß er für einen Augenblick sehr erschrocken war, und es spricht für ihn, daß er geblieben ist, wo er war, anstatt wegzugehen und sich eine angenehmere Gesellschaft zu suchen als die, die sich da im Garten zu schaffen machte. Nach ein paar Minuten wurde seine Hartnäckigkeit belohnt. Am hinteren Ende des Gartens tauchte eine dunkle Gestalt aus den Büschen auf, sah sich um und kam dann mit ungeheurem Tempo auf das College zugelaufen. Als die Gestalt näher kam, sah er, daß es ein Student war, Parks, der damalige Organist, und daß sein Gesicht vor Angst verzerrt war. Er erreichte jedoch sicher die Gebäude, und als Archer wieder aufsah, schien der Garten wieder in seinem Normalzustand, und nichts bewegte sich mehr; nur aus den Augenwinkeln glaubte er, einen kurzen Blick von etwas Weißem erhascht zu haben, das an der Südseite der Kapelle lag, dort, wo sie an den Garten grenzt. Aber als er ein wenig zögernd den Kopf aus dem Fenster streckte, um es etwas genauer in Augenschein zu nehmen, sah er, daß es, sollte dort jemals etwas gewesen sein, jetzt weg war.

Nun gut, was war zu tun? Es war nach ein Uhr, und offensichtlich hatte Parks nicht den üblichen Zugang zum College benutzt, sondern war über die mit Zinnen gekrönte, hohe Mauer am Gartenende geklettert. Somit würde eine sofortige Verwarnung eine Entschuldigung dafür bieten, herauszufinden, was ihn so sehr erschreckt hatte. Ich sollte vielleicht erwähnen, daß dieses Zimmer damals Archers Zimmer war und daß damals wie heute die Zimmer darunter, in denen heute Fellowes wohnt, vom Organisten bewohnt wurden.«

Fen grummelte vor sich hin. Nigel warf einen kurzen Blick aus dem Fenster, an dem Archer damals vor mehr als fünfzig Jahren gestanden haben mußte, und fühlte sich unbehaglicher, als er für möglich gehalten hätte. Der Raum war jetzt sehr dunkel, aber niemand schlug vor, das Licht anzuschalten. Er wünschte sich sehr, jemand würde es tun.

»Nun, Archer ging hinunter zu Parks und – um es kurz zu machen – fand ihn blaß und zitternd vor. Parks schien jedoch sein Selbstvertrauen teilweise wiedergefunden zu haben. Er gab ganz offen zu, daß er länger als erlaubt bei einem Trinkgelage geblieben und daher über die Mauer zurückgekommen sei. Aber als Archer ihn drängte zu erzählen, was ihn so sehr verstört habe, wurden seine Aussagen sehr viel unzusammenhängender, und er schien wenig Lust zu haben, darüber zu sprechen. Es schien, als sei er ohne irgendwelche Schwierigkeiten an der Außenmauer hochgeklettert (im Geiste machte sich Archer eine Notiz, der Sache nachzugehen), daß er sich aber plötzlich, als er von oben in den Garten sprang, in den Armen von etwas befunden habe, das dort auf ihn gewartet zu haben schien und über das er nicht mehr sagen konnte, als daß es Knochen und Zähne gehabt habe, daß einige davon gebrochen gewesen zu sein schienen, daß es sich sehr wackelig bewegt und dabei ein Bein nachgezogen habe. Das sei wohl auch der Grund, so glaube er, daß es dem Etwas nicht gelungen sei, ihn einzuholen. Archer jedoch, der die Suche beobachtet hatte, hatte in dieser Hinsicht gewisse Vorbehalte.

Kurzum, Archer ging zu Bett, sorgte sich ein wenig, ob er Parks in dieser Nacht alleine lassen könne, und war selbst nicht sehr erfreut darüber, die Nacht alleine verbringen zu müssen, war aber überzeugt, daß die Begegnung ein Zufall gewesen war und daß zumindest vorläufig nichts mehr zu befürchten war. Er las ein Kapitel in Bradlaugh, bevor er das Licht ausschaltete, aber die Lektüre befriedigte ihn nicht wie gewöhnlich, und der Schlaf stellte sich nur langsam ein. Am nächsten Morgen erwies sich Parks noch immer gesund und munter, war sogar ein wenig übermütig hinsichtlich seines Abenteuers, da der Dekan aufgrund der näheren Umstände es nicht klug gefunden hatte, ihn auf irgendeine Weise zu bestrafen. Noch am selben Abend jedoch drang schreckliches Schreien aus seinem Zimmer. Natürlich eilte sofort Hilfe herbei, mit Archer weit an der Spitze. Aber es war zu spät. Sie fanden ihn mit eingeschlagenem Kopf, von einer Waffe keine Spur.«

»Großer Gott!« rief Sir Richard. »Mord!«

»Wenn Sie es so nennen wollen, ja. Es schien, daß alle Schreie, zumindest die, die klar zu verstehen waren, aus dem Wort ›arce‹ bestanden hätten, was, wenn mich mein Gedächtnis nicht im Stich läßt, der lateinische Ausdruck für ›halt es fern‹ ist. Alle, die ihn gehört hatten, stimmten darin überein, daß es dieses Wort gewesen war. Weshalb er jedoch ausgerechnet Latein gesprochen haben sollte, angesichts dessen, was ihm da widerfuhr, zumal er gar keine klassischen Sprachen studierte, wußte niemand zu sagen. Man konnte nur mutmaßen, daß ihn die Inschriften, die in der Kapelle gefunden worden waren, beeindruckt hatten – in der Tat hatte er ein großes Interesse daran gezeigt – und daß er das Wort nach dem Abenteuer in der vorangegangenen Nacht als eine Art Abwehrzauber betrachtet hatte, für den Fall, daß es zu einer weiteren Begegnung kommen sollte. Es wurde, glaube ich, bewiesen, daß das Wort eine wichtige Rolle in einer rituellen Geisteraustreibung spielt, und er hatte sich vielleicht gedacht, es könne helfen, auch wenn es ihn weiß Gott schmählich im Stich gelassen hat.«

»Wurde die Sache aufgeklärt?« fragte Nigel.

»Natürlich gab es polizeiliche Nachforschungen, aber dabei ist nicht viel herausgekommen. Der Untersuchungsrichter erließ ein Urteil gegen eine oder mehrere unbekannte Personen wegen Mordes.«

»Und was ist Ihre Meinung?«

Wilkes zuckte mit den Achseln. »Ich schließe mich der Meinung der Collegeleitung an. Nach einer kurzen Beratung wurde angeordnet, daß die Wand wieder verkleidet werden solle, was auch sehr rasch geschah. Die anonyme Warnung aus dem achtzehnten Jahrhundert wurde auf eine kleine Platte nach außen versetzt und ist jetzt noch dort. Der Bibliothekar entdeckte übrigens eine kurze Niederschrift über den ersten Abriß, der offensichtlich vorgenommen wurde, um die Errichtung eines Grabes zu erleichtern, und außer einem wirklichen Todesfall scheint damals etwas Ähnliches passiert zu sein. Ich habe den College-Geistlichen gefragt, was wohl das Ziel der Sache gewesen sein könnte. Er war ein Mann, der neben seiner normalen Beschäftigung mit der göttlichen Allmacht auch einen gesunden Respekt vor dem verruchten Widersacher hatte. ›In der Bibel gibt es einen Hinweis‹, sagte er kurz, ›auf jemanden, der umhergeht und etwas sucht, das er verschlingen kann.‹ Aber er weigerte sich, die Sache weiter zu erörtern. Ich glaube, seine anglikanische Seele war schockiert darüber, daß ein früher Anhänger seines Glaubens im Jenseits eine so unerfreuliche Entwicklung genommen hatte.«

»Und weiter geschah nichts?« fragte Robert.

»Nein, außer vielleicht, daß der Dekan zu jedermanns Überraschung begann, die Kirche zu besuchen, und sein Leben, wie ich glaube, als treuer Kirchenmann beendete. Oh, da gibt es noch etwas, das ich vielleicht hätte erwähnen sollen: In dem Dokument, das von dem Mord an John Kettenburgh berichtet, wird auch der Anführer der Gruppe erwähnt. Es handelte sich dabei um einen gewissen Richard Pegwell, der damals Organist war. Aber ob das etwas zur Sache tut, kann ich nicht sagen.«

Sie saßen schweigend, während Fen zunächst die Verdunklung vornahm und dann die Lichter anschaltete. Robert schlich zu ihm hinüber und erkundigte sich flüsternd, wo die nächste Toilette sei.

»Am Fuß der Treppe, rechts, mein lieber Freund. Sie werden aber zurückkommen, nicht wahr?«

»Natürlich. Ich bin gleich wieder da.« Robert nickte und schlüpfte hinaus.

»Eine sehr angenehme Geschichte«, sagte Sir Richard. »Oder umgekehrt, eine sehr unangenehme. Was halten Sie davon, Mrs. Fen? Ich bin sicher, Sie sind die vernünftigste von uns hier.«

»Ich denke, es war eine gute Geschichte«, sagte Mrs. Fen, »und sehr gut erzählt, Mr. Wilkes. Aber es klang alles, wenn Sie mir verzeihen wollen, ein wenig zu glatt und künstlich, um wahr zu sein. Wie Mr. Wilkes bereits gesagt hat, richtige Geister scheinen langweiliger und weniger unternehmungslustig zu sein, obgleich ich ganz sicher noch keinem begegnet bin und auch nie einem begegnen möchte.« Sie nahm ihr Strickzeug wieder auf und strickte weiter.

Fen sah sie mit dem triumphierenden und sentimentalen Stolz eines Hundebesitzers an, dessen Liebling gerade erfolgreich einen Keks auf der Nase balanciert hat.

»Genau meine Meinung!« sagte er. Dann fügte er etwas mißtrauisch hinzu: »Übrigens, Wilkes, wie kommt es, daß ich die-

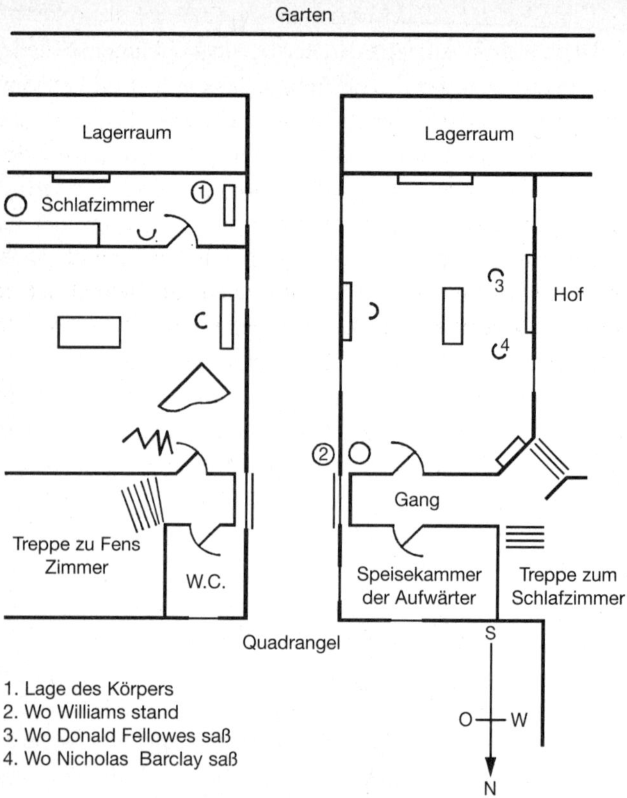

se Geschichte noch nie zuvor gehört habe? Sie haben sie doch nicht erfunden?«

Zu Nigels Überraschung schüttelte Wilkes den Kopf. »Nein«, sagte er, »ich habe sie nicht erfunden. Einige der Beteiligten leben noch immer und können sie bestätigen. Wie bereits gesagt, es wurde alles ziemlich geheimgehalten, wahrscheinlich haben Sie deshalb nichts davon gehört.«

»Was denken Sie? Besteht eine Chance, daß das – Ding – wieder auftaucht?« fragte Nigel etwas verschämt. Im hellen elektrischen Licht betrachtet klang die Frage sehr viel verrückter, als sie noch vor ein paar Minuten geklungen hätte.

Aber Wilkes nahm sie ernst. »Vielleicht nicht auf dieselbe Art. Die Menschen haben immer noch Angst vor herumwandelnden Gerippen, aber sie glauben, daß sie die ganze Angelegenheit irgendwie erklären und damit umgehen können. Wahrscheinlich wird es sich anders abspielen. Schließlich ist der Mord das Wesentliche, egal, durch welche Mittel und Wege er zustandekommt. Töten führt immer zu weiterem Töten, das heißt, die Schulden werden niemals getilgt. John Kettenburgh hat, wenn man darüber nachdenkt, noch einige Rechnungen zu begleichen. Ich wage also zu sagen, daß eines Tages, irgendwie –«

Genau in diesem Augenblick hörten sie den Schuß.

Kapitel 6

Lebt wohl Wonnen der Welt

The nudity of flesh will blush though tameless,
The extreme nudity of bone grins shameless,
The unsexed skeleton mocks shroud and pall.
James Thompson

Des Fleisches Blöße schämt sich ungezähmt,
Der Knochen grenzenlose Blöße grinst ganz unverschämt,
Geschlechtslos spottet das Skelett des Leichentuchs, des Sargs.

Im Raum war es so still geworden, daß der Knall für einen Augenblick ohrenbetäubend schien. Nachdem sich Nigel von seiner anfänglichen Lähmung erholt hatte, wurde ihm klar, daß das Geräusch von unten gekommen war – aus Donald Fellowes Zimmer. Vor dem Hintergrund der Geschichte, die sie gerade gehört hatten, war es kein ermutigender Klang. Sogar der phlegmatische Sir Richard richtete sich abrupt auf. Er sagte:

»Ist das irgendein Blödsinn von einem deiner idiotischen Studenten, Fen?«

»Wenn das so ist«, sagte Fen und erhob sich entschlossen, »dann werden die jetzt was zu hören bekommen. Du wartest hier, meine Liebe«, sagte er zu seiner Frau, »und ich gehe mal nachsehen, was da passiert ist.«

»Ich komme mit«, sagte Sir Richard.

»Ich auch«, sagte Nigel.

Fens Frau nickte und strickte weiter. Wilkes sagte nichts und starrte nur geistesabwesend in die langsam erlöschende Glut im

Kamin. Als sie, wie Nigel später sagen sollte, sehr entschlossen und grimmig dreinschauend den Raum verließen, nahm Sir Richard seine Uhr heraus und wandte sich an Nigel.

»Wie spät haben Sie es?« fragte er.

»Genau 8.24 Uhr«, sagte Nigel nach einem kurzen Blick auf seine Uhr.

»Richtig. Es ist jetzt etwa eine Minute vergangen. 8.23 Uhr dürfte genau genug sein.«

»Ist das nicht ein wenig voreilig?« fragte Nigel.

»Sicher ist sicher«, antwortete er kurz. Dann folgten sie Fen die Treppe hinunter.

Am Fuß der Treppe trafen sie Robert Warner, der gerade mit einem lächerlich ängstlichen Ausdruck auf dem Gesicht aus der Toilette kam.

»Was in aller Welt war das für ein Getöse?« erkundigte er sich. »Hörte sich für mich wie ein Schuß an.«

»Genau das wollen wir herausfinden«, sagte Fen. »Ich glaube, ich liege richtig, wenn ich sage, der Schuß kam von hier.«

Die Tür des Wohnraumes zu ihrer Linken, über der in weißer Schrift »Mr. D. A. Fellowes« stand, war nur angelehnt. Fen stieß sie ganz auf, und sie folgten ihm hinein. Im Raum gab es nichts von besonderem Interesse. Wie die meisten Collegeräume war er nur spärlich möbliert, und das einzige ungewöhnliche Merkmal, das er aufwies, war ein Flügel rechts neben der Tür. Links war ein Paravent, der vermutlich dazu da war, gegen die Zugluft zu schützen, die, wie sich Nigel gut erinnerte, in den meisten Collegezimmern beträchtlich war. Ein flüchtiger Blick dahinter ergab, daß dort nichts oder niemand verborgen war. Vor dem hinteren Fenster rechts stand ein kleiner Schreibtisch ohne Aufbau, in der Mitte eines abgetretenen Teppichs ein Tisch mit ein oder zwei unbequemen Stühlen, am Kamin auf der linken Seite standen zwei mit Kattun bezogene Sessel. Das einzige darüber hinaus vorhandene Möbelstück war ein großes Bücherregal. In einem seiner Fächer standen ein paar verloren aussehende Bände, und auf einem anderen lagen riesige Stapel mit Notenblättern, Gesang- und Choralbüchern. Die Wände, die düster in dunkler Eiche getäfelt waren, wurden nur durch ein paar sehr kleine Reproduktionen moderner Gemälde aufgehellt, und in der Dämmerung vermittelte der Raum den Eindruck einer tiefen Finsternis. Aber das Zimmer war durchaus typisch, und da niemand da war, weder Donald Fellowes noch sonstwer, verschwendete Nigel nicht mehr als einen kurzen Blick und eilte Fen und Sir Richard hinterher, die auf die Tür in der gegenüberliegenden Wand zusteuerten, die ins Schlafzimmer führte.

Auch diese Tür war angelehnt. Als sie eingetreten waren, standen sie in einem kühlen, sargähnlichen Raum ohne jeden Komfort. Er war noch spärlicher möbliert als der Wohnraum, den sie gerade verlassen hatten. Aber im Augenblick hatten sie keine Augen für die Details.

Denn neben der Tür stand ein Mann und starrte auf Yseut Haskell hinunter, die mit einem großen schwarzen Loch mitten in der Stirn auf dem Boden lag. Die ganze obere Hälfte ihres Gesichtes war schwarz versengt.

Wie die meisten Menschen hatte Nigel oft versucht sich vorzustellen, wie er sich wohl fühlen würde, wenn er plötzlich mit dem Opfer einer Gewalttat konfrontiert würde. Wie die meisten Menschen dachte er, er würde ruhig, gefaßt und fast gleichgültig sein. Somit war der Verstandesmensch Nigel völlig unvorbereitet auf den plötzlich eintretenden Anfall akuter Übelkeit, die ihn beim Anblick der bewegungslosen, leblosen Gestalt ergriff. Rasch ging er in den Wohnraum zurück, setzte sich und barg das Gesicht in den Händen. Inmitten des unkontrollierten Wirbels von Gedanken und Verdächtigungen hörte er Sir Richard mit einer Höflichkeit, die er im Rückblick etwas übertrieben fand, fragen:

»Würden Sie mir bitte sagen, wer Sie sind und was Sie hier tun?«

Es war eine verständige, schlichte Stimme, die antwortete.

»Ja, Sir, natürlich, Sir, und der Professor hier kann bestätigen, was ich sag. Mein Name ist Joe Williams, und ich hab im Bogengang da drüben gearbeitet, hab das Mauerwerk repariert. Ich hab gerad mein Werkzeug weggepackt und wollt weg, nach Haus. Dann hab ich den verdammten Krach – 'tschuldigen Sie bitte – gehört. Und ich bin hier rein, so schnell wie der Blitz, um nachzuschau'n. Muß nur eine Minute vor Ihnen dagewesen sein, meine Herrn.«

»Sie haben nichts angefaßt, oder?«

Die Stimme antwortete mit einiger Verachtung:

»Wohl kaum. Aber ich hab mich hier und im Zimmer da drüben genau umgesehen. Keiner versteckt hier drin, außer vielleicht im Schrank da. Und Sie können sicher sein, den hab ich im Auge behalten. Keiner ist hier raus, seit ich hier bin. Stimmt doch, nicht, Professor?«

»Williams ist in Ordnung, Dick«, sagte Fen. »Er arbeitet seit Jahren hier im College. Er erledigt hier alle anfallenden Arbeiten, und ich glaube nicht, daß er plötzlich von Mordgier befallen wird.«

»Ich doch nicht.«

»Schalte das Licht an, Fen«, sagte Sir Richard.

»Verdunklung«, sagte Fen finster.

»Zum Teufel mit der Verdunklung. Wir dürfen nichts anfassen.«

»Trotzdem, Verdunklung.«

»Na gut.« Nigel hörte, wie an einem Fenster die Vorhänge zugezogen wurden, und ein Lichtschein fiel durch die halboffene Tür in den Wohnraum. Rasch riß er sich zusammen und stand auf und verdunkelte den Raum, wobei er sich fragte, ob er dabei vielleicht wertvolle Beweise zerstörte.

Aus dem Schlafzimmer hörte er Sir Richard sagen: »Nun, ich muß das Revier verständigen, bevor ich irgend etwas anderes tue. Wo ist das nächste Telefon?«

»In meinem Zimmer«, sagte Fen. »Der Pförtner wird dich durchstellen. Besser, du sagst Wilkes und meiner Frau, was hier passiert ist, aber laß sie nicht herkommen. Sag Dolly, wenn sie ein wenig warten will, ich werde oben sein, sobald ich für einen Moment wegkann. Wilkes soll besser nach Hause gehen, die alte Landplage.«

»In Ordnung. Behalte die Dinge im Auge, während ich weg bin, und murkse um Gottes Willen nicht herum.«

»Ich murkse nie herum«, sagte Fen mit gequälter Stimme.

»Williams, Sie gehen besser zum Pförtner rüber und warten dort. Wir werden Sie später noch befragen müssen.«

»Jawohl«, antwortete Williams freundlich. »Dauert sowieso noch anderthalb Stunden, bis die Kneipen dichtmachen. Vielleicht nehmen Sie mich zuerst?« fügte er hoffnungsvoll hinzu.

»Sagen Sie Parsons, er soll Ihnen in meinem Auftrag ein Bier aus der Kantine besorgen.«

»Oh, danke, Sir, sicherlich.« Williams kam aus dem Schlafzimmer. Er blieb stehen und pfiff, als er Nigel sah. »Nun, wenn das nicht Mr. Blake ist! Wie geht's Ihnen, Sir, nach all den Jahren? Freut mich, Sie wiederzusehen, wirklich.«

»Mir geht's gut, Williams, danke. Und Ihnen?«

»Könnt schlechter sein, Sir, könnt schlechter sein. Reicht gerade noch, um aufrecht zu sitzen und Nahrung einzunehmen, wie man so sagt.« Dann senkte er seine Stimme: »Scheußliche Geschichte, das hier, Sir. Hübsches junges Ding, noch dazu. Freundin von Mr. Fellowes. Hab sie schon ein paarmal hier reinkommen sehen. Ist erst zwanzig Minuten her, daß sie gekommen ist. Sagt immer freundlich ›guten Abend‹, richtig nett, wie es einem so gefällt.«

»Sie haben sie hereinkommen sehen? Das kann wichtig sein.«

»Ohne jeden Zweifel, Sir, ohne jeden Zweifel. Na ja, sollte wohl nichts sagen, bevor die Polizei hier ist, nehm ich an. Die werden da aber nicht viel zu tun haben. Ist Selbstmord, klar wie Kloßbrühe.«

»Glauben Sie?«

»Was soll's denn sonst sein? Keiner ist reingekommen oder rausgegangen außer sie selbst. Und durch's Fenster kann sie nicht erschossen worden sein, weil es nämlich zu war, als ich reinkam.«

Nigel fühlte ein tiefes Gefühl der Erleichterung in sich aufsteigen. »Das freut mich«, sagte er. »Das heißt, daß sonst niemand mit der Sache zu tun hat.«

»Ja, genau. Aber was hat sie dazu gebracht, so was zu tun, das wüßt ich gern? So ein hübsches, freundliches Ding, hab ich immer gedacht. Hat doch überhaupt keine Sorgen gehabt, so wie's aussah. Nun gut, ich muß jetzt weiter. Ich seh Sie sicher später, Sir.« Er salutierte und ging dann hinaus, seine schweren Stiefel polterten die Treppe hinunter Richtung Quadrangel.

Wenigstens ein Mensch hat seine Illusionen über Yseut bewahrt, dachte Nigel bitter. Nur sehr wenige ihrer Bekannten würden über ihren Tod traurig sein. Er fragte sich, wo Donald war und wie er die Nachricht aufnehmen würde. Dann ging er zu den anderen, obgleich er es für den Augenblick sorgsam vermied, den toten Körper wieder anzusehen.

Fen und Sir Richard befanden sich gerade in einer kurzen gedämpften Unterredung. Robert Warner stand daneben. Er sah sich sehr konzentriert und systematisch im Raum um. Nigel war höchst bestürzt, als ihm bewußt wurde, daß auch er in dem Zimmer war. Weniger als fünf Minuten zuvor waren sie gemeinsam hereingekommen, aber der Schock, Yseut so zu sehen, hatte alles andere aus seinem Kopf gefegt. Er wagte einen erneuten Blick auf die Leiche und stellte erleichtert fest, daß sich die erste Übelkeit nicht wiederholte.

Sir Richard wandte sich an Robert. »Ich möchte Sie nicht aufhalten, Mr. Warner«, sagte er.

»Es tut mir leid«, antwortete Robert. »Natürlich wollen Sie nicht, daß eine Menge Leute hier herumlungern. Es war nur, daß – nun, das ist alles ein solcher Schock, und auf eine Art fühle ich mich – na ja, verantwortlich für die Frau.«

»Sie wissen, wer sie ist?« fragte Sir Richard scharf.

»O ja. Ihr Name ist Yseut Haskell, sie ist Schauspielerin hier am Theater.«

»Ich verstehe«, sagte Sir Richard freundlicher. »In diesem Fall können Sie uns sicherlich helfen. Aber es würde mich freuen, wenn Sie sich nicht hier aufhalten würden. Vielleicht macht es Ihnen ja nichts aus, ein wenig in Fens Zimmer zu warten. Ich kann nichts machen, bevor die zuständigen Leute nicht hier sind. Ich bin mir sicher, Fen hat nichts dagegen, wenn Sie derweilen seine Zigaretten rauchen und seinen Whisky trinken.«

»Nein, nein, fühlen Sie sich wie zu Hause«, sagte Fen etwas geistesabwesend. Er wanderte durch den Raum und starrte düster auf die Möbel. »Diese Zimmer sind feucht«, fügte er hinzu. »Man sollte etwas dagegen tun. Ich werde mit der Verwaltung darüber sprechen.«

»Und Mr. Blake –« sagte Sir Richard, wobei er sich Nigel zuwandte.

»O nein, schick Nigel nicht weg«, unterbrach ihn Fen. »Ich möchte, daß er mit mir Wache hält. Ich gehe doch davon aus«, fuhr er ziemlich sehnsüchtig fort, »daß ich helfen darf?«

Sir Richard grinste. »Auf jeden Fall. Aber ich denke, diesmal wirst du nicht allzu viel zu ermitteln haben. Es handelt sich ganz offensichtlich um Selbstmord.«

»Ja?« sagte Fen und sah ihn neugierig an. »Ich werde trotzdem die Augen offenhalten, wenn du nichts dagegen hast.«

»Ganz wie du willst. Ich muß hinaufgehen und telefonieren. Laß niemanden herein.« Er ging mit Robert nach oben.

Zum ersten Mal hatte Nigel Muße, sich umzuschauen. Yseut lag seitlich auf dem linken Arm, die Beine unter dem Körper angewinkelt, den rechten Arm mit geöffneter Handfläche nach oben ausgestreckt. Daneben lag ein schwerer Revolver aus bläulichem Metall, und an einem ihrer Finger steckte ein auffälliger Ring. Sie trug einen dunkelbraunen Mantel und einen grünen Rock, braune Schuhe und Seidenstrümpfe und war allem Anschein nach ohne Hut, Handschuhe und Tasche. Sie lag vor einer Kommode. Eine der Schubladen war offen und gab den Blick auf den unordentlichen Inhalt frei. Auf der Kommode lagen ein Handspiegel, ein Kamm und eine Bürste und eine teuer wirkende Flasche Haarwasser. Ansonsten bot sich Nigels unerfahrenem Auge nur wenig in dem Zimmer. Es gab ein Bett, einen Waschtisch, einen Kleiderschrank, einen Bettvorleger, einen Nachtisch mit Lampe, ein Buch und einen Aschenbecher, in dem sich ein oder zwei Zigarettenstummel befanden, und verschiedene einzelne Schuhe waren über den Boden verstreut. Ein Hemd war achtlos über einen Stuhl geworfen, der am Bettende stand. Der Geruch von Schießpulver hing immer noch in der Luft. Das Fenster war offensichtlich verschlossen, aber das konnte momentan nicht untersucht werden.

Also wandte Nigel seine Aufmerksamkeit wieder dem zu, was von Yseut übrig war. Seltsam, dachte er, wie vollständig der Tod sie ihrer Persönlichkeit beraubt hatte. Aber vielleicht war das auch gar nicht so seltsam, denn im Zentrum ihrer Persönlichkeit hatte immer ihre Sexualität gestanden, und jetzt, da kein Leben mehr in ihr war, war auch diese verschwunden und ließ sie plötzlich als armseliges Neutrum, als uninteressante irdische Hülle zurück. Sie war eine attraktive Frau gewesen. Aber dieses

›gewesen‹ war mehr als ein konventionelles Zugeständnis an die Realität des Todes. Es war das ehrliche Eingeständnis, daß selbst der schönste Körper mit dem Tod jedes Interesse verliert. Wir sind keine Körper, dachte Nigel, wir sind Leben. Und seltsamerweise bildete sich in ihm in diesem Moment eine neue und starke Überzeugung vom Wesen der Liebe.

Er schaute Yseut noch einmal an, erinnerte sich an ihren Gesang und ihren Tanz, an Helens Satz: »Sie ist kein schlechter Mensch, weißt du, nur albern«, und von ganzem Herzen und trotz der Unannehmlichkeiten, die sie verursacht hatte, wünschte er sich, sie würde wieder leben:

»Ja, aber sterben! Gehn, wer weiß, wohin
Daliegen, kalt und regungslos und faulen ...«

So wie für Claudio in *Maß für Maß* verglichen mit der Sterblichkeit die Jungfräulichkeit nichts bedeutete, so verblaßten für Nigel alle anderen Erwägungen angesichts des Todes ... Gereizt schüttelte er sich; das war nun wirklich nicht der richtige Augenblick für literarische Zitate. Wenn Yseut tatsächlich umgebracht worden war ... Er sah Fen fragend an, aber der Experte, der die unausgesprochene Frage erriet, sagte, ohne sich festzulegen: »Es sieht nach Selbstmord aus«, dann setzte er seine ratlose Suche auf dem Boden um den Leichnam herum fort.

Sir Richard kam händereibend zurück. »Ihre Frau wird warten«, sagte er zu Fen. »Im Moment unterhält sie sich mit Warner, und es ist mir gelungen, den alten Wilkes auf sein Zimmer zu schaffen. Die Polizei wird so rasch wie möglich hier sein, und das wird – dem Himmel sei Dank – offiziell meine Verantwortung hier beenden.«

Fen nickte. Dann sagte er abrupt: »Wo, in drei Teufels Namen, kommt dieser Lärm her? Nigel, bitte geh und sag denen, sie sollen das ausschalten.«

Nigel wurde plötzlich bewußt, daß offenbar aus dem gegenüberliegenden Raum ein Stück aus *Heldenleben* in den Nachthimmel hinaustrompetet wurde. Er hatte das Radio, das er früher am Abend gehört hatte, völlig vergessen. Er ging hinüber und klopfte an die Tür, trat dann direkt ein, da er überzeugt war, falls überhaupt jemand auf sein Klopfen antworten würde, er dies aufgrund des Lautpegels vermutlich gar nicht hören würde.

Er war mehr als überrascht, als er sah, daß es sich bei den beiden Anwesenden um Nicholas und Donald handelte. Sie saßen in Sesseln vor dem Kamin und hörten Radio, das auf einem Tisch neben ihnen stand. Als er die beiden sah, blieb er stehen, und als Nicholas mit wilder Gestik Ruhe verlangte, winkte Nigel ungeduldig ab.

»Yseut ist tot«, sagte er mit unnötiger Schroffheit und fügte Donald gegenüber hinzu: »Sie liegt in ihrem Zimmer. Schalten Sie in Gottes Namen das Ding aus. Ich verstehe mein eigenes Wort nicht.« Nicholas schaltete es aus. »Sieh an, sieh an!« war sein einziger Kommentar.

Donald saß schweigend da. Er zeigte keinerlei für Nigel erkennbare Reaktion, außer vielleicht, daß er ein wenig blaß wurde. »Was sagen Sie, tot?« murmelte er. »Warum in meinem Zimmer?«

»Schuß in den Kopf.«

»Ermordet?« fragte Nicholas und fügte hartherzig hinzu: »Kann nicht sagen, daß mich das überrascht. Warst du's, Donald?« erkundigte er sich interessiert.

»Nein, verdammt noch mal, ich war's nicht.«

»Es weist alles auf Selbstmord hin«, sagte Nigel.

Donald zeigte das erste Anzeichen wirklichen Gefühls. »Selbstmord?« fragte er zweifelnd.

»Das scheint Sie zu überraschen.«

Donald wurde rot und stammelte. »Ich – nun – sie war nicht besonders beliebt, wissen Sie. Und sie war eigentlich nicht der

Typ – der sich umbringt.« Er vergrub sein Gesicht in den Händen. »O mein Gott!« sagte er.

Nigel fühlte sich unwohl und wußte nicht, was er sagen sollte.

»Ich denke, ich sollte mit hinüberkommen«, sagte Donald kurz darauf.

»Das steht Ihnen sicherlich frei. Schließlich ist es Ihr Zimmer. Zweifellos werden Ihnen die Polizeibeamten einige Fragen stellen wollen, sobald sie da sind.«

»Oh!« sagte Nicholas. »Dann sind sie also noch nicht da? Wann ist es passiert?«

»Vor etwa zehn Minuten. Sir Richard hat fürs erste die Sache in die Hand genommen, und Fen hilft ihm.«

Nicholas spitzte die Lippen und schaute ernst drein. »Der harmlose College-Detektiv, wie? Soso, sie halten es für Selbstmord. Vor zehn Minuten? Das muß der Lärm gewesen sein, den wir gehört haben, Donald. Aber die Schlachtpassage machte einen solchen Höllenlärm, daß wir es gar nicht weiter beachtet haben, und du hast noch gemeint, da würden ein paar Erstsemester herumalbern. Glauben Sie, daß die mich auch sehen wollen?« fragte Nicholas. »Oder kann ich nach Hause gehen?«

»Ich gehe davon aus, früher oder später werden sie jeden sehen wollen, der etwas mit Yseut zu tun hatte. Also können Sie auch gleich dableiben.«

»Ich werde nicht da reingehen«, sagte plötzlich Donald. »Ich – will – nicht sehen –«

»In Ordnung, mein Junge«, sagte Nicholas. »Wir bleiben hier und trösten einander. Und wenn einer von uns ausbüxen und den Zug zur nächsten Fähre nach Ostende nehmen will, dann wird ihn der andere davon abhalten. Bis später, Nigel.«

Nigel nickte und ging hinaus. Die Reaktionen der beiden, dachte er, waren eigentlich typisch: Nicholas' Respektlosigkeit war nichts Neues. Trotzdem hatte es ihn ein wenig irritiert, wie wenig die beiden über die Nachricht überrascht zu sein schienen. Es war fast, als hätten sie es erwartet.

Er fand Fen und Sir Richard im Wohnraum vor, wo sie Aktivität vortäuschten, auch wenn es eigentlich nichts zu tun gab, bevor der Arzt, die Spurensicherung und die Photographen ihre Arbeit erledigt hatten. Nigel erzählte ihnen, wo sich Nicholas und Donald aufhielten und daß sie in Nicholas' Zimmer bleiben würden, und Sir Richard nickte zustimmend, nachdem er ein paar Fragen gestellt hatte, die die Identität der beiden und ihre Beziehung zu Yseut betrafen.

»Wir können unmöglich jeden im Auge behalten«, sagte er, »und wenn irgendein anderer als die Frau selbst verantwortlich ist, dann wäre es ziemlich dumm von ihm, sich aus dem Staub zu machen.«

Eine Viertelstunde später trafen die Polizeibeamten ein und wurden mit den Tatsachen vertraut gemacht. Der Inspektor, ein aufmerksamer Mann mit scharfem Blick und strenger Stimme, der Cordery hieß, stellte die üblichen Fragen zur Sache und sah sich kurz um. Dann beriet er sich mit Sir Richard, während die Sergeants ihrer jeweiligen Arbeit nachgingen, Fingerabdrücke nahmen und die Tote photographierten. Der Polizeiarzt, ein großer, lakonischer Mann mit tiefer Stimme, untersuchte die Tote zunächst oberflächlich und wartete dann geduldig, bis die anderen fertig waren.

»Besser, Sie nehmen von allem, was in Frage kommt, Fingerabdrücke«, hatte der Inspektor gesagt. »Natürlich haben wir momentan nur die Fingerabdrücke der Toten zum Vergleich.«

Der vorläufige Bericht des Arztes war kurz und knapp: »Der Tod trat vor etwa zwanzig Minuten bis zu einer halben Stunde ein«, verkündete er. »Todesursache ist offensichtlich, es sei denn, es sind hier der Wissenschaft noch unbekannte Gifte im Spiel. Die Kugel sitzt vermutlich irgendwo hinten im Kleinhirn.

Eintrittswinkel vermutlich annähernd horizontal. Mehr kann ich Ihnen nicht sagen, und natürlich muß eine Autopsie vorgenommen werden.«

Nigel, der ein paar Minuten zugeschaut hatte, wie einer der Sergeants mit Rußpulver, Kamelhaarpinseln, Glasplättchen und unangenehm riechenden Salben herumhantierte, war rasch gelangweilt und schlenderte zu Fen zurück, um mit ihm zu sprechen.

Fens Veränderung war erstaunlich. Seine übliche exzentrische Naivität war völlig verschwunden. An ihre Stelle war eine ziemlich beeindruckende, eiskalte Konzentration getreten. Sir Richard, der diese Zeichen zu lesen wußte, schaute von seiner Unterredung mit dem Inspektor auf und seufzte. Zu Beginn einer Untersuchung war Fens Stimmung stabil, wie immer, wenn er sich besonders stark konzentrierte. War er aber an den Dingen, die sich um ihn herum abspielten, nicht interessiert, dann verfiel er in eine etwas übertriebene und nervige großmäulige Fröhlichkeit. Hatte er aber irgend etwas von Bedeutung entdeckt, dann wurde er rasch melancholisch. In der Art der jungen Dame aus dem Limerick, die so närrisch war, sich auf eine Stechpalme zu setzen. War der Fall schließlich abgeschlossen, verfiel er in eine tiefe Depression, und es dauerte Tage, bevor man ihn wieder daraus hervorholen konnte. Diese instabilen, sich wie die Farbe eines Chamäleons wechselnden Gefühlszustände gingen den Menschen, die mit ihm zu tun hatten, verständlicherweise auf die Nerven.

Der Sergeant, der mit den Fingerabdrücken beschäftigt war, streckte seinen Kopf aus der Schlafzimmertür. »Was ist mit den Fenstern, Sir« sagte er, mit feiner Unparteilichkeit an alle gerichtet. »Soll ich die auch machen?«

»Ja, Sergeant«, sagte Sir Richard. »Wir können damit nicht bis morgen warten, für den Fall, daß sich jemand daran zu schaffen macht. Vergessen Sie einfach mal kurz die Verdunklung. Wir haben ja keinen Alarm, zudem übernehme ich die Verantwortung. Aber erledigen Sie es so schnell wie möglich.«

»Gut, Sir«, sagte der Sergeant und verschwand wieder. Einen Augenblick später bahnte sich ein Lichtkegel den Weg in den Nachthimmel. Ein vorbeifliegender Pilot des Freien Frankreich schüttelte traurig den Kopf. »Le Verdunklung anglais«, sagte er sich, und seine Miene verriet, daß seine schlimmsten Befürchtungen bestätigt worden waren.

Es dauerte nicht lange, bis die Fingerabdrücke genommen waren und der Arzt zurückging, um eine zweite, ausführlichere Untersuchung vorzunehmen. Bevor er jedoch den Raum verließ, ging Fen zu ihm und flüsterte ihm etwas zu. Der Arzt sah Sir Richard fragend an.

»Das ist schon in Ordnung, Henderson«, sagte er. »Der Professor hilft uns bei dem Fall.«

Der Arzt nickte und verschwand im Schlafzimmer. Auch für die zweite Untersuchung brauchte er nicht lange. »Nicht viel hinzuzufügen«, sagte er, als er wieder auftauchte. »Leichte Schürfungen an der linken Hüfte und an der linken Seite des Kopfes, vermutlich durch den Sturz verursacht. Sonst kann ich im Augenblick nichts von Bedeutung erkennen.« Dann wandte er sich an Fen: »Sie haben ganz recht, die Sehnen der beiden Knie sind stark angespannt.«

Der Inspektor sah Fen scharf an, enthielt sich aber für den Augenblick eines Kommentars.

»Oh, da gibt es noch etwas. Ich weiß nicht, ob Ihnen das aufgefallen ist«, fuhr der Arzt fort. »Der Ring am Ringfinger der rechten Hand steckt über dem Gelenk, fast so, als sei er nach dem Tod dort hingesteckt worden. Allerdings kann ich mir nicht vorstellen, was jemanden dazu bringen sollte, so etwas zu tun. Das stellt Selbstmord etwas in Frage; wissen Sie, normalerweise laufen die Leute nicht mit einem so unbequem auf den Finger gesteckten Ring herum.«

Der Inspektor knurrte. »Nehmen Sie ihn ab, Spencer«, sagte er zum Sergeant. »Vielleicht hilft er uns weiter. Ich gehe davon aus, daß Sie ihn auf Fingerabdrücke untersucht haben?«

»Ja, Sir. Leider nichts.« Spencer ging ins Schlafzimmer.

»Das ist allerdings sehr eigenartig«, sagte der Inspektor. »Zumindest die linken Fingerabdrücke der Frau müßten darauf sein, wenn sie ihn selbst angesteckt hat. Nun ja, wir werden diese Brücke überqueren, sobald wir zu ihr kommen.«

»Bei allem Respekt für diese abgegriffene Metapher«, sagte Fen, »ich habe nie ganz kapiert, wie man eine Brücke überqueren soll, bevor man sie erreicht hat«, und zog sich für diese Bemerkung einen feindseligen Blick des Inspektors zu.

»Falls Sie mit Ihrem Palaver fertig sind«, sagte der Arzt, wobei keineswegs klar war, worauf er abzielte, »sind Sie dann damit einverstanden, daß ich die Frau jetzt mitnehme?«

Fen, Sir Richard und der Inspektor sahen sich fragend an, erhoben aber keinen Einspruch. Fen schien völlig das Interesse an den Vorgängen verloren zu haben.

»Ja, nehmen Sie sie mit«, sagte der Inspektor müde. Der Arzt ging hinaus und kehrte mit zwei Polizisten und einer Trage zurück, auf die der Körper gelegt und zu einer draußen wartenden Ambulanz gebracht wurde.

Inzwischen kam Sergeant Spencer mit dem Ring zurück, legte ihn vor dem Inspektor auf den Tisch und alle starrten ihn mit großem Interesse an. Es handelte sich um ein schweres, goldenes Schmuckstück von ziemlichem Ausmaß. Auf einer ovalen Form befand sich ein eigenartiges stilisiertes Motiv, das eine Art Insekt mit Flügeln darstellte.

»Sieht irgendwie ägyptisch aus, wenn Sie mich fragen«, sagte der Inspektor. »Es ist kein Gold, oder?« fragte er ganz allgemein.

»Nein, vergoldet«, sagte Nigel. »Ist nicht viel wert, würde ich denken.«

»Ich glaube es ist ägyptisch«, sagte Fen, »oder zumindest die

Nachbildung einer ägyptischen Vorlage. Ich kann das leicht herausfinden, wenn Sie glauben, daß es wichtig ist«, sein Gesichtsausdruck zeigte, daß er selbst nicht davon ausging. »Wir haben hier am College einen Professor für Ägyptologie. Ich glaube, er ist heute abend da. Jedenfalls habe ich ihn im Speisesaal gesehen.

»Wir sollten ihn fragen, Sir«, sagte der Inspektor. »Wenn sich herausstellt, daß der Ring nicht Miss Haskell gehört hat, müssen wir ohnehin versuchen festzustellen, wo er herkommt, wissen Sie.«

»Hm. Ja«, sagte Fen zweifelnd. »Nigel, würden Sie bitte nachsehen, ob Sie Burrows finden können? Sie wissen, wo sein Zimmer ist.«

Burrows wurde ohne Schwierigkeiten ausfindig gemacht und drückte sein Entzücken darüber aus, daß er bei der Aufklärung eines Mordes helfen sollte, versicherte zudem, auf jede ihm mögliche Weise helfen zu wollen. Der Ring, so erklärte er, sei die Reproduktion eines Schmuckstückes aus der 12. Dynastie und befände sich derzeit im Britischen Museum. Als er gefragt wurde, ob es üblich sei, solche Objekte als Vorlage für zeitgenössischen Schmuck zu verwenden, antwortete er, daß diese Frage zwar etwas außerhalb seines Faches läge, aber er glaube, daß das wohl nicht der Fall sei. Zudem sei das sicher eine teuere Angelegenheit, weil dazu wohl die Zustimmung der Kuratoren des Museums nötig sei. Der Inspektor machte sich eine Notiz hinsichtlich des letzten Punktes, weil, wie er überlegte, dadurch die Herkunft des Ringes viel einfacher zurückverfolgt werden konnte. Sir Richard, der anscheinend plötzlich von einem selbstlosen Wissensdurst erfaßt wurde, fragte, was für eine Art von Insekt es wohl darstellen solle, woraufhin ihm etwas mitleidsvoll erklärt wurde, daß es sich dabei um eine Fliege handele. Als er daraufhin bemerkte, daß die Flügel aber nach vorne und nicht nach hinten gerichtet seien, wie bei den meisten Fliegen, wurde ihm ferner mitgeteilt, daß, soweit das bei einer solch stark stilisierten Darstellung überhaupt zu beurteilen sei, es sich wohl um die *Chrysotoxum bicinctum*, eine Zweiband-Wespenschwebfliege, eine gold-umgürtelte Fliege handle. An diesem Punkt wurde auf den Professor für Entomologie verwiesen, aber da der Inspektor den Eindruck hatte, die Dinge gerieten nun doch ein wenig außer Kontrolle, wurde die Diskussion rasch beendet, und Burrows zog sich unter Danksagungen und äußerst zufrieden mit sich zurück.

Nun fand eine Art Konferenz am runden Tisch statt, die eine vorläufige Zusammenfassung des Falls beinhaltete. Das nächste Objekt, auf das sich die Aufmerksamkeit richtete, war die Waffe.

»Nun, Spencer«, sagte der Inspektor, wobei er sich mit einem Seufzer in seinem Stuhl zurücklehnte, »wie sieht es mit Fingerabdrücken aus?«

Nigel schaltete sich ein, bevor Spencer antworten konnte. »Ich glaube«, sagte er, »ich kann Ihnen sagen, woher die Waffe stammt.« Dann erzählte er den Zwischenfall auf der Party und von seiner Entdeckung, daß die Waffe verschwunden war. »Selbstverständlich«, schloß er, »kann ich nicht mit Sicherheit sagen, daß es sich um dieselbe Waffe handelt, aber wenn Sie sich an den Besitzer wenden, er wird es wissen.«

»Aha, danke, Sir«, sagte der Inspektor. »Das ist sehr hilfreich, wirklich sehr hilfreich. Obgleich«, fügte er ein wenig mißtrauisch hinzu, »mir ist nicht ganz klar, was Sie dazu gebracht hat, zurückzugehen und nachzusehen, ob die Waffe verschwunden ist.«

Nigel kam sich ein wenig lächerlich vor und dankte dem Himmel, daß er für die Mordzeit ein wasserdichtes Alibi hatte. Er murmelte etwas von einer spontanen Anwandlung.

»Sieh an, eine spontane Anwandlung«, sagte der Inspektor und machte sich überflüssigerweise eine Notiz zu diesem Thema. »Wir alle handeln gelegentlich impulsiv«, fuhr er pedantisch fort, mit einem Ausdruck, als habe er gerade eine metaphysische Theorie von erstaunlicher Originalität vorgelegt. »Nun, wie spät wird es wohl gewesen sein, als Sie zurückgingen und feststellten, daß die Waffe verschwunden war?«

»Lassen Sie mich überlegen; ich verließ Nicholas auf dem Flur um circa 1.30 Uhr«, sagte Nigel. »Und ich habe nicht mehr als zehn Minuten gebraucht, um mich auszuziehen. Sagen wir also 1.40 Uhr.«

»Circa 1.40 Uhr«, wiederholte der Inspektor und machte sich eine weitere Notiz. »Und der Name des Besitzers der Waffe, des Gentleman, der die Party gab?«

»Captain Peter Graham.«

»Ah ja. Elbow!« rief der Inspektor dem Polizisten zu, der an der Tür stand. »Bitte rufen Sie das ›Mace and Sceptre‹ an und fragen Sie Captain Peter Graham, ob er vielleicht so freundlich sein würde, im Laufe des Abends hier vorbeizukommen. Sobald er es einrichten kann.« Elbow verschwand und ging seinem Auftrag nach. »Nun, Spencer«, sagte der Inspektor, wobei er sich entspannte. »Die Fingerabdrücke.«

»Ja, Sir. Einige alte Abdrücke auf dem Lauf und auf der Trommel, die ich natürlich noch nicht identifizieren konnte. Keine am Griff oder am Abzug, außer von der rechten Hand der jungen Dame: Daumen auf dem Abzug, Finger um den hinteren Teil und an der rechten Seite des Griffs.«

»Das ist eine merkwürdige Anordnung, nicht wahr?« fragte Sir Richard.

»Nicht, wenn man erst einmal darüber nachgedacht hat, Sir«, sagte der Inspektor. Er nahm die Waffe hoch und richtete sie auf seine Stirn, dabei hielt er sie verkehrt herum mit der Hand hinten um den Griff und den Daumen am Abzug. »Wirklich, die einzig bequeme Art, ihn zu halten, wenn man vorhat, sich selbst zu erschießen, was sie allem Anschein nach getan hat.«

»Waren da irgendwelche Abdrücke am Spannhahn«, fragte Fen. »Irgendwelche Anzeichen, daß die Waffe gespannt worden ist?«

»Nun, Sir, das ist ein wenig schwierig zu sagen. Der Spannhahn hat eine Art Netzmuster, das keine Fingerabdrücke annimmt. Aber ich denke, daß ich mit relativ hoher Sicherheit sagen kann, daß er nicht berührt wurde.« Fen nickte und blickte düster.

»Gab es sonst noch irgendwelche Abdrücke?« fragte der Inspektor.

»Jede Menge Fingerabdrücke, von denen ich annehme, daß sie zu demjenigen gehören, der hier wohnt.« Der Sergeant sah sich mit ein wenig Widerwillen um, so, als erwarte er einen unbeschreiblich schmutzigen und bärtigen Einsiedler fröhlich in einer Ecke herumhüpfen zu sehen. »Fingerabdrücke der Frau auf beiden Türklinken, an den Schubladen des Schreibtisches hier und an den Schubladen der Kommode am Fenster des Schlafzimmers.«

»Hm. Sieht fast so aus, als hätte sie nach etwas gesucht. Natürlich gibt es so etwas wie Handschuhe«, fügte der Inspektor allzu offensichtlich hinzu. »Aber abgesehen von der Sache mit dem Ring, die, wie ich zugeben muß, etwas seltsam ist, sieht bis jetzt alles ziemlich klar nach Selbstmord aus.«

»Nein, nein, Inspektor«, sagte Fen, der nachdenklich auf einen unansehlichen Modigliani starrte, der neben ihm an der Wand hing, »ich fürchte, ich kann da nicht zustimmen.«

Der Inspektor sah ihn einen Augenblick finster an, dann sagte er mit qualvoll gedehnter Stimme: »Nun Sir?«

»Alles spricht dagegen. Wollen wir für einen Moment die Fragen beiseite lassen, welchen Grund die Frau überhaupt gehabt haben soll, Selbstmord zu begehen, warum sie keine Nachricht hinterlassen hat, weshalb sie ausgerechnet ein unansehnliches Schlafzimmer als Ort für ihren Selbstmord gewählt haben sollte, das nicht einmal ihr eigenes war, und weshalb sie es noch dazu während – nicht am Ende, wohlgemerkt – einer sehr intensiven Suche getan haben sollte. Sie erinnern sich, eine der Schubladen war noch offen –«

»Nun ja, Sir«, warf der Inspektor ein, »ist es nicht möglich, daß sie die Waffe in genau dieser Schublade gefunden hat? Wir wissen schließlich nicht, wer sie genommen hat. Und dann hat sie sich gleichsam einer spontanen Anwandlung folgend erschossen?«

»Ich sage nicht, daß es unmöglich ist; aber ich halte es für außerordentlich unwahrscheinlich. Wie dem auch sei, sehen Sie sich doch einmal die materiellen Beweise an und benutzen Sie ihren gesunden Menschenverstand«, fügte Fen ein wenig außer sich hinzu. »O Gott! Sehen Sie – warten Sie einen Augenblick, ich zeige Ihnen, was ich meine.« Er lief aus dem Raum und kehrte eine Minute später mit seiner Frau zurück. Nachdem sie den Inspektor mit einem zögernden, freundlichen Lächeln begrüßt hatte, griff Fen nach der Waffe, reichte sie ihr und sagte:

»Dolly könntest du kurz einmal Selbstmord begehen?«

»Sicher.« Mrs. Fen blieb erstaunlich ruhig angesichts dieser etwas beunruhigenden Bitte. Sie nahm den Revolver in ihre rechte Hand mit dem Zeigefinger am Abzug, dann richtete sie ihn gegen ihre rechte Schläfe.

»Da!« sagte Fen triumphierend.

»Soll ich abdrücken?« fragte Mrs. Fen.

»Auf jeden Fall«, sagte er geistesabwesend, aber Sir Richard sprang von seinem Stuhl auf und schrie harsch: »Nicht! Sie ist geladen!« und riß ihr die Waffe aus der Hand. Sie lächelte ihn an. »Danke, Sir Richard«, sagte sie liebevoll, »Gervase ist hoffnungslos zerstreut. Ich hätte es nie und nimmer getan. Ist das alles, was ich für Sie tun kann, Gentlemen?«

Der Inspektor nickte stumm und starrte Fen an, der völlig unbewegt durch den Zwischenfall blieb.

»Schön«, sagte Mrs. Fen. »Dann gehe ich jetzt nach Hause, Gervase. Komm bitte nicht so spät und weck die Kinder nicht auf, wenn du hereinkommst.« Sie schenkte allen ein anerkennendes Lächeln und ging.

Fen kam möglichen weiteren Vorhaltungen von Sir Richard zuvor und wandte sich wieder an den Inspektor: »Sehen Sie, was ich meine? Sie können das mit jeder beliebigen Frau versuchen, alle werden genau das gleiche tun.* Die andere Version ist psychologisch unwahrscheinlich, auch wenn ich zugeben muß, daß sie rein theoretisch möglich erscheint. Da war jemand offensichtlich ein wenig zu clever. Bedenken Sie obendrein, wie schwer das Ding ist und was für ein verhältnismäßig großer Kraftaufwand nötig ist, um abzudrücken. Versuchen Sie doch einmal so, wie es die Fingerabdrücke nahelegen, abzudrücken. Sie werden merken, das ist höllisch schwer. Und dann überlegen Sie sich einmal, ob Sie auf eine solch mühsame und nervenzehrende Art Selbstmord begehen würden. Sie werden feststellen, es ist schier unwahrscheinlich. Alles ist sehr viel einfacher, wenn der Hahn vorher gespannt wird, das macht den Abzug hochempfindlich, so daß bereits die kleinste Berührung den Schuß auslöst. Aber wie Spencer gesagt hat, wurde das höchstwahrscheinlich nicht getan.«

»Das ist richtig, Sir«, sagte Spencer. Er fühlte, daß etwas von ihm erwartet wurde.

»Gut, Sir«, sagte der Inspektor, der langsam etwas unglücklich aussah. »Ich stimme soweit zu. Was sonst noch?«

»Dann ist da natürlich noch der Ring. Können Sie sich in Ihren wildesten Träumen jemanden vorstellen, der sich einen Ring in eine derart unbequeme Position steckt, wenn er Selbstmord begehen will, und noch dazu genau an die Hand, in der er die Waffe hält? Sicher nicht. Selbstmörder geben sich die größte Mühe, es sich bequem zu machen. Also ist es ganz offensichtlich, daß jemand – und wenn ich mich nicht täusche, dann war

* Sollte der Leser das Experiment selbst durchführen wollen, so wird er feststellen, daß sich Fens Aussage bestätigen wird. E. C.

dieser jemand in großer Eile – aus welchem Grund auch immer der Frau den Ring auf den Finger geschoben hat, als sie bereits tot war.

Und schließlich muß man auch dic Tatsache berücksichtigen, daß das Mädchen kniete, als sie erschossen wurde; sie kniete an der Kommode, die, wie sie sehen, nicht sehr hoch ist.«

Der Inspektor lehnte sich nach vorne. »Wie kommen Sie darauf?«

»Schauen Sie sich doch einfach die Position des Körpers an, Mann. Wenn sie gestanden hätte, als sie erschossen wurde, wäre vielleicht ein Bein unter dem Körper angewinkelt gewesen, aber nicht beide ordentlich nebeneinander. Zudem bedenken Sie die Kraft, die eine Kugel mit einem schweren Kaliber beim Einschlag auf den Körper ausübt: er wird ganz plötzlich zurückgeworfen mit den Knien als Drehpunkt. Ich haben den Arzt gebeten nachzusehen, ob die Sehnen in den Knien angespannt waren, und genau das waren sie. *Et voilà*.«

Nigel saß mit großen Augen und offenem Mund da, der Inspektor sah noch unglücklicher aus als zuvor, und Sir Richard nickte. »Gut gemacht, Gervase«, sagte er. »Und wie geht's weiter?«

»Unfall?« schlug Nigel zögernd vor.

Der Inspektor, erleichtert über diese Manifestation einer Intelligenz, die noch niedriger war als die seine, sah ihn mit Abscheu an. »Wohl kaum, Sir«, sagte er. »Erinnern Sie sich, die Kugel ist horizontal eingetreten. Das hätte eine ziemlich phantastische Anhäufung von Umständen erfordert.«

»Wenn es keine phantastischen Umstände gäbe, würden keine Unfälle passieren.« Nigel blieb hartnäckig, er wollte sich nicht mit der dritten Möglichkeit beschäftigen. »Die Menschen treffen nur normale Sicherheitsvorkehrungen.«

»Nein, Nigel, das wird nicht ausreichen«, sagte Fen, »es gibt keinerlei Anhaltspunkte dafür.« Nigel verfiel wieder in eine milde Form von Schmollen.

»Und das«, sagte Sir Richard nachdenklich, »läßt uns nur eine Möglichkeit offen.«

Seinen Worten folgte ein unbehagliches Schweigen. Der Inspektor brach es, indem er plötzlich auf den Tisch schlug und sagte:

»Aber, das kann auch nicht sein, Professor! Dieser Williams sagt ja, niemand sei dem Mädchen hier hereingefolgt. Niemand kam aus diesem Zimmer –«

»Halt, warten Sie mal!« unterbrach Nigel. »Jemand war hier unten. Robert Warner ist zur Toilette gegangen, etwa zwei oder drei Minuten bevor wir den Schuß gehört haben.«

»Hm«, war der einzige Kommentar des Inspektors dazu.

»Ja, richtig, Inspektor«, sagte Sir Richard. »Niemand hätte die Frau erschießen und dann innerhalb der halben Minute, bevor Williams hereinkam, einen Selbstmord vortäuschen können, selbst nicht innerhalb der eineinhalb Minuten, die es dauerte, bis wir hier waren. Zudem, denke ich, Warners Alibi ist solide. Ich hörte, wie er die Spülung betätigte, als wir die Treppe herunterkamen, und er entriegelte die Tür und kam genau in dem Augenblick heraus, als wir unten ankamen.«

Nigel brummte zustimmend.

»Niemand war hier im Raum, als wir hereinkamen, selbst wenn jemand hier gewartet haben sollte, als das Mädchen hereinkam, er wäre danach nicht mehr herausgekommen.«

Nigel hatte eine andere Idee. »Das Fenster«, sagte er, völlig unberührt durch seine beiden vorausgegangenen Fehlschläge.

»Jaa«, sagte der Inspektor zweifelnd. »Sie meinen, wer immer es auch war, hätte sich zunächst hier versteckt, dann die Frau getötet, gewartet bis Williams hereinkam und wäre dann, als gleichsam die Wache draußen abgezogen war, hinausgesprungen. Aber das wäre verdammt riskant gewesen.«

»Zudem löst das nicht die Schwierigkeit, daß er keine Zeit gehabt hätte, den Selbstmord vorzutäuschen«, fügte Sir Richard hinzu. Nigel seufzte und wagte es nicht, weitere Ideen zu äußern.

»Wie dem auch sei«, sagte der Inspektor, »man sollte sich die Sache etwas genauer ansehen. Jeder, der aus dem Fenster gestiegen wäre, hätte mit Sicherheit Fingerabdrücke hinterlassen. Abgesehen davon weiß ich nicht so recht –«

»Selbstmord«, sagte Sir Richard, »darüber sind wir uns einig, ist höchst unwahrscheinlich, wegen des Rings, der Tatsache, daß die Frau kniete, und der ganzen Geschichte mit der Waffe; abgesehen davon, daß es keinen einleuchtenden Grund gibt, weshalb sie es hier tun sollte. Unfall ist praktisch unmöglich. Mord ist allem Anschein nach ganz unmöglich. Somit kann man nur sagen, daß es –«

»Der einzige Schluß, der sich ziehen läßt ist«, sagte der Inspektor, »ist der, daß es gar nicht passiert ist.« Er erinnerte sich plötzlich an seine Schulzeit und fügte hinzu: »*Quia absurdum est*.«

Kapitel 7

Bewertung der Motive

Who can tell what thief or foe,
In the covert of the night,
For his prey will work my woe,
Or through wicked foul despite?
CAMPION

Wer weiß, welcher Schurke wacht
in der Hülle dieser Nacht,
micht tötend um der Beute willen
oder seinen Haß zu stillen?

Nun«, sagte Sir Richard unbeirrt, »das bedeutet, daß wir etwas übersehen haben. Wir werden weitermachen und herausfinden, was es war. Das ist alles.«

Der Inspektor seufzte. Ein hieb- und stichfester Fall von Selbstmord löste sich in Wohlgefallen auf. Es sah ganz so aus, als läge einiges an ermüdender Arbeit vor ihm. Er sagte nur: »Wo fangen wir also an, abgesehen von den grundsätzlichen Ermittlungen: den exakten Uhrzeiten und so weiter. Beim Pförtner und diesem Williams?«

»Kriminalistische Untersuchungen beginnen immer im engsten Umfeld«, sagte Fen ein wenig müde.

»Mir scheint«, fuhr der Inspektor fort, »wir werden herausfinden müssen, ob jemand ein Motiv hatte, die Frau umzubringen, und wenn jemand eins hatte, dann müssen wir demjenigen ein wenig auf den Zahn fühlen.«

»Wäre es nicht besser, etwas weniger voreingenommen an die Sache heranzugehen?« schlug Sir Richard vor. »Schließlich wissen wir ja nicht, ob sie umgebracht wurde.«

»Nun, Sir«, sagte der Inspektor eine Spur ungeduldig, »was für eine andere Ausgangsbasis würden Sie vorschlagen?«

Sir Richard starrte ihn an, als habe er sich eben erst aus einem Kokon herausgeschält, hielt sich aber mit einer Antwort zurück, und das aus gutem Grund: Ihm fiel nichts dazu ein.

»Ich denke, das ist eine gute Idee, Inspektor«, warf Fen schläfrig ein. »Aber um Himmels willen nicht in diesem deprimierenden Loch. Lassen Sie uns in mein Zimmer zurückgehen.«

»Ist da nicht dieser Mr. Warner?«

»O Gott, ja. Nun, angenommen wir reden mit dem Pförtner und Williams hier unten, dann gehen wir hinauf und befassen uns mit Warner, und wenn wir ihn los sind, dann holen wir die beiden anderen herauf.«

»Mr. Fellowes und Mr. Barclay, das klingt vernünftig«, gab der Inspektor zögernd seine Zustimmung. »Wenn ich auch nicht ganz sicher bin, ob es nicht besser ist, Zeugen in einer etwas unbehaglicheren Umgebung zu befragen.«

»Das ist sicher auf eine Art richtig«, sagte Fen noch ein wenig müder als zuvor. »Aber wenn sie irgendwelche Lügen erzählen wollen, dann werden sie sie vielleicht in entspannter Haltung aus den Tiefen eines Sessels heraus mehr ausschmücken und damit offensichtlicher machen. Was ist das doch für eine traurige Geschichte!« beendete Fen seinen Kommentar in einem eigenartig überraschten Tonfall.

»Da ist noch etwas«, sagte der Inspektor. »Die nächsten Angehörigen müssen informiert werden. Hat die Frau hier in Oxford irgendwelche Verwandten?«

Nigel dachte zum ersten Mal an diesem Abend an Helen. Die beiden Schwestern glichen sich so wenig und waren zudem so schlecht miteinander ausgekommen, daß er völlig vergessen hatte, daß es eine Beziehung zwischen ihnen gab. Sein Herz wurde schwer. »Es gibt eine Schwester«, brach es aus ihm heraus. »Helen, sie arbeitet auch am Theater.«

Der Inspektor machte sich die unausweichliche Notiz. »Wir werden mit ihr sprechen müssen. Ich gehe davon aus, daß man das Theater telefonisch erreichen kann?«

»Ja, aber – glauben Sie, es gibt Einwände dagegen, daß ich ihr die Nachricht überbringe? Wir sind gute Freunde, wissen Sie, und –«

Der Inspektor blickte sehr streng, erwies sich aber als zugänglich. »Einverstanden«, sagte er, »aber wenn ich Sie wäre, würde ich nicht allzu viel über die näheren Umstände reden. Natürlich müssen wir ihr ein paar Fragen stellen. Ich gehe davon aus«, er sah auf seine winzige, mehr zu einem weiblichen Handgelenk passende Armbanduhr, »daß sie im Moment arbeitet.«

»Ja. Und soweit ich sehe, sollte man es ihr nicht unbedingt erzählen, bevor die Vorstellung vorbei ist.«

»Nein, das sehe ich auch so. Eltern?« Er stellte die Frage, als vermutete er eine Art von Urzeugung.

»Beide tot. Eine entfernte Tante, soviel ich weiß, sie war ihr Vormund. Aber ich kenne die Schwestern erst sehr kurz. Ich weiß wirklich nur sehr wenig darüber. Natürlich sind beide jetzt volljährig.«

Der Inspektor nickte, und da ihm nicht einfiel, was er sagen sollte, blies er ein paar undefinierbare Töne durch die Nase. Sir Richard stupste Fen an, der mittlerweile völlig eingeschlummert war. Wie eine Schlafmaus wachte er mit einem kleinen Quieken auf und sagte:

»Ich würde vorschlagen, daß Nigel uns jetzt einmal etwas über die tote Frau, ihr näheres Umfeld und die Beziehungen innerhalb dieses Kreises erzählt, zumindest soweit er sich während der letzten paar Tage einen Eindruck davon machen konnte. Ich gehe davon aus«, sagte er zum Inspektor, »daß er nicht unter Verdacht steht, da er durch mich und Sir Richard ein wasserdichtes Alibi hat, und wenn man eine abenteuerliche Konstruktion mit Elektromagneten und Flaschenzügen ausschließt, die Tat eigentlich nicht begangen haben kann.«

Rundum ertönte zustimmendes Brummen. Nachdem Fen seine Zigarettenschachtel vor ihnen hin und her geschwenkt hatte und alle schließlich rauchten, begann Nigel seine Geschichte.*

Sie hörten aufmerksam zu, sogar Fen, der sich von seinem vorausgegangenen Nickerchen erholt hatte. Obgleich er nervös die Füße hin und her schob und im Laufe der Zeit immer schwermütiger wurde, war es offensichtlich, daß es ihm an nichts fehlte. Nigel profitierte von seiner journalistischen Erfahrung. Er lieferte eine kurze Zusammenfassung, sprach flüssig, drückte sich einfach aus und erinnerte sich ohne Schwierigkeit an Einzelheiten der Gespräche. Trotzdem dauerte es einige Zeit, und es war fast zehn Uhr, als er seinen Bericht beendet hatte. Der Inspektor machte sich mit einschläfernder Routine Notizen. Sir Richard fingerte an seinem Bart herum und hörte nur halb zu, da er in Gedanken eine neue Theorie über die dramatischen Fähigkeiten Massingers aufstellte.

»– Sie sehen also«, schloß Nigel, »Sie können unter einer Vielzahl von Motiven wählen, wenn die Frau wirklich ermordet wurde.« Dann lehnte er sich zurück, erleichtert darüber, daß er die Sache hinter sich gebracht hatte, holte tief Atem und zündete sich eine neue Zigarette an.

* Nigel Blakes Bericht entsprach einer gekürzten Zusammenfassung der Kapitel 2–4. Nichts wurde ausgelassen und nichts hinzugefügt. E.C.

»Du meine Güte, wie spät es geworden ist«, sagte Sir Richard vorwurfsvoll. »Wir werden einiges auf morgen vertagen müssen, Cordery.«

»Ja, Sir, da muß ich Ihnen zustimmen. Ich würde vorschlagen, daß wir jetzt so genau wie möglich die Zeiten festlegen und dann vielleicht mit Mr. Warner sprechen, wenn er so freundlich war zu warten. Was die beiden anderen Gentlemen betrifft«, er sah ein wenig zweifelnd drein, »ich glaube, die können wir jetzt bis morgen wegschicken. Wenn es Mr. Blake nichts ausmacht, könnte er sie vielleicht darüber informieren –«

»Fellowes ist die ganze Nacht im College«, unterbrach Fen. »Er kann gar nicht hinaus, es sei denn, er würde beim Fahrradschuppen über die Mauer klettern oder sich durch den Garten des Rektors schleichen.« Er sah so aus, als habe er den Eindruck, sich entschuldigen zu müssen. »Das hängt damit zusammen, daß das System hier noch zur Hälfte klösterlich ist«, fügte er betrübt und ein wenig belanglos hinzu.

»Oh, nun gut«, sagte der Inspektor ein wenig mürrisch, »dann werden wir heute nacht mit ihm sprechen. Aber es gibt keinen Grund, daß dieser Mr. Barclay hierbleibt, wenn er nicht will.« Langsam verwirrte ihn alles. »Wer ist nun wieder dieser Mr. Barclay?« fragte er mit verzeihlicher Gereiztheit. »Und was hat er damit zu tun?«

»Es ist alles in Ordnung«, sagte Sir Richard, mit dem nervösen Tonfall von jemandem, der ein neurotisches und leicht erregbares Kind beruhigt. »Er war nur ein Bekannter der Toten und zufällig zur Tatzeit im College.«

»Ich verstehe«, sagte der Inspektor unbesänftigt. »Gut, wenn Mr. Blake –«

»Jaja, Inspektor«, sagte Nigel rasch und kehrte in das Zimmer gegenüber zurück, wobei er sich fragte, weshalb immer er als Laufbursche herhalten mußte. Er traf Donald und Nicholas umgeben von Bierflaschen beim Kartenspiel an. Donald war schlecht gelaunt und ziemlich mitgenommen, Nicholas zeigte den üblichen weltmännischen Ausdruck auf seinem dunklen, schmalen Gesicht. Seine Manieriertheit begann Nigel extrem zu ärgern.

»Nun?« sagte er, eine Augenbraue hochziehend, als Nigel hereinkam. »Na, wie läuft es, gibt es schon eine Verhaftung? ›Wärst du für die Frage in den Block gesetzt, so hättest du's wohl verdient.‹« fügte er mit einer etwas überstrapazierten femininen Handbewegung hinzu.

»Es deutet noch immer«, log Nigel, »alles auf Selbstmord hin.«

Nicholas, der die Abneigung in seiner Stimme spürte, zuckte mit den Schultern und schwieg.

»Es gibt keinen Grund mehr, daß Sie hierbleiben, wenn Sie nicht wollen.«

»Mein lieber Freund«, antwortete Nicholas, »wenn ich gewollt hätte, dann wäre ich schon lange gegangen, und so, wie es aussieht, werde ich bleiben. Ich bin neugierig.«

»Wie Sie wünschen«, sagte Nigel kurz, ging hinaus und verfluchte Nicholas leise. Auch Donald hatte ihm nicht gefallen, es war abzusehen, daß er zum Zeitpunkt seiner Befragung noch betrunkener sein würde. Das würde einen schlechten Eindruck machen, aber wahrscheinlich würde es dadurch ziemlich einfach sein, ihn auszufragen. Aber welchen Grund hatte er überhaupt, Donald oder sonst irgendwen zu verdächtigen? Ihm wurde bewußt, daß, wenn Fen nicht gewesen wäre, die ganze Angelegenheit schon lange als Selbstmord abgebucht worden wäre. Einen Augenblick zweifelte er daran, ob Fens Ruf berechtigt war – versuchte er nicht, die ganze Sache hochzuspielen? Jedoch, wenn er sich an das fast sublime, konzentrierte Leuchten in Fens Augen erinnerte und wenn er die Beweise noch einmal Revue passieren ließ, dann mußte er den Schluß ziehen, daß etwas an der ganzen Angelegenheit nicht stimmte. Während er sich das Gehirn nach einer Lösung zermarterte, ging er rasch zurück.

Der Inspektor erwartete ihn. Mit theatralischer Konzentration starrte er auf sein Notizbuch. Ohne Begeisterung nahm er die Nachricht von Nicholas Entscheidung auf und fragte sich, ob er in dieser Nacht jemals ins Bett kommen würde. Er hatte einen anstrengenden Tag auf der Wache hinter sich und erst kürzlich eine junge Frau geheiratet, seine Haltung war also zu verzeihen. Entschlossen, wenn auch mit ein wenig Bedauern, widmete er sich wieder seinen Aufgaben.

»Nun, Sir«, sagte er, »wie Sie berichtet haben, gibt es eine ganze Anzahl von Personen, die allen Grund haben, die junge Dame, die getötet wurde, nicht zu mögen. Ich will sie einmal aufzählen.« Er zählte sie an den Fingern ab.

»(1) Mr. Robert Warner. Er kannte Miss Haskell bereits seit einiger Zeit, und Sie glauben, er hatte eine Affäre mit ihr.«

Er bemühte sich um einen Ausdruck, der zeigte, daß er dies in hohem Maße mißbilligte und zudem äußerst verdächtig fand, aber da ihm plötzlich bewußt wurde, daß es möglicherweise nicht angebracht war, verfiel er rasch in ein ausgedehntes und nicht sehr überzeugendes Husten.

»Zudem«, fuhr er fort, »hat ihn die junge Dame seit seiner Ankunft sehr hartnäckig verfolgt, und offensichtlich hat sie ihn in der vorletzten Nacht in eine kompromittierende Situation gebracht, da er eng mit einer anderen jungen Dame befreundet ist, Miss Rachel West.« Er legte, entsetzt über diese erotischen Komplikationen, eine Pause ein und ging dann zur nächsten Person auf seiner Liste über.

»(2) Miss West selbst, aus den bereits genannten Gründen, das heißt, sie war eifersüchtig auf Miss Haskell wegen Robert Warner.«

»(3) Mr. Donald Fellowes, der, obgleich verliebt in Miss Haskell, wütend darüber war, wegen Mr. Warner abserviert worden zu sein, und der zudem ihre herausfordernde Darstellung auf der Bühne mißbilligte.«

»Oh, nein!« murmelte Nigel angesichts dieser alarmierenden Charakterisierungen, aber der Inspektor fuhr unaufhaltsam fort.

»(4) Miss Jean Whitelegge, die in Mr. Fellowes verliebt ist, und obgleich sie ihm seine Zuneigung zu Miss Haskell vorwarf und als Verblendung empfand, war sie auch der Ansicht, daß sie (Miss Haskell) mit seinen (Mr. Fellowes') Gefühlen spielte.« Er erwog diese weiteren Beweise der Aktivitäten der Venus Pandemos mit zunehmender Bestürzung. Nigel unterdrückte das Verlangen loszukichern.

»(5) Mr. Nicholas Barclay, der der Meinung war, Mr. Fellowes verschwende seine Talente durch diese Vernarrtheit in Miss Haskell. Darüber hinaus mochte er sie ganz allgemein nicht. Das ist wohl kaum ein Motiv, Sir«, sagte er und unterbrach für einen Augenblick seine offizielle Rede. »Und was den ersten Teil betrifft, muß ich zugeben, daß mir nicht ganz klar ist, was Sie damit gemeint haben.«

Sir Richard, der im Begriff war eine längere Erörterung über den Wert des Künstlers für die Gesellschaft zu beginnen, überlegte es sich anders und schwieg.

»Nun, das muß alles nicht so sein«, gab Nigel zu. »Das war nur mein Eindruck, verstehen Sie? Natürlich gibt es vielleicht andere, von denen ich nichts weiß, die noch viel mehr Grund haben, Yseut zu hassen. Sie war nicht sehr beliebt.«

»Das habe ich gemerkt. Aber vielleicht haben wir ja für den Moment erst einmal genug, womit wir uns beschäftigen können.«

»Ich hoffe«, sagte Nigel, »daß ich mir durch meinen Bericht nicht ein halbes Dutzend Verleumdungsklagen einhandele?«

»Nein, nein, Sir. Sie wurden ganz offiziell gebeten, Ihre Eindrücke zu schildern, und das haben Sie getan, mehr gibt es dazu nicht zu sagen. Es werden Ihnen keine Nachteile entstehen, auch wenn sich Ihre Eindrücke als falsch erweisen.« Er sah Nigel mit der Ernsthaftigkeit eines mittelalterlichen Inquisitors an, der einen starrköpfigen Katharer dazu bringen will, seinem Glauben abzuschwören. Nigel blieb jedoch ungerührt.

In dem Moment steckte der Polizist den Kopf durch die Tür. »Captain Graham ist da, Sir«, sagte er. »Wollen Sie ihn direkt sprechen?«

»Ja, Elbow. Führen Sie ihn herein.«

Peter Graham sah sehr geläutert aus. Sein jugendlicher Schwung war verschwunden, und Furchen einer ungeübten und daher irgendwie unpassenden Ernsthaftigkeit gruben sich in seine Stirn. Nervös begrüßte er Nigel, setzte sich auf die Stuhlkante und legte die Hände in den Schoß.

Ja, das sei seine Waffe, sagte er. Beim Aufräumen am Tag nach der Party habe er ihr Verschwinden bemerkt. Er habe einen entsetzlichen Kater gehabt, bemerkte er überflüssigerweise, jedoch nicht ganz überraschend, und sei sehr in Sorge gewesen, als er entdeckte, daß sie weg war. Ja, er habe gehört, was passiert sei, die Arme, und fühle sich teilweise verantwortlich. Aber man könne doch, verdammt noch mal, solche Dinge nicht voraussehen, und zweifelsohne wäre es bestimmt auch passiert, wenn niemand gewußt hätte, daß er die Waffe besäße. Er sei es ja schließlich nicht gewesen, der sie herausgeholt und vor jedermanns Nase herumgeschwenkt habe. Auf die Frage, weshalb er den Verlust des Revolvers nicht der Polizei gemeldet habe, antwortete er, daß er sich erstens in den letzten Tagen ziemlich schlecht gefühlt habe und zweitens auch nicht sicher gewesen sei, ob jemand den Revolver mitgenommen habe, um sich einen Scherz mit ihm zu machen, und ihn wieder zurückbringen würde. Die Frage, ob er eine Vermutung habe, wer ihn denn genommen haben könne, verneinte er.

Danach wurde er nach seiner Beziehung zu Yseut befragt. Aber abgesehen davon, daß sie sich mit ihm im Zug unterhalten und er sie am Montag abend in der Bar getroffen habe und sie zu seiner Party gekommen war, konnte er keine Informationen geben. Er sagte, er habe nicht viel über sie nachgedacht, obwohl sie vermutlich attraktiv gewesen sei. Von ihren privaten Angelegenheiten wisse er nichts. Allem Anschein nach sei sie auf der Party sehr betrunken gewesen und sehr wütend geworden, als er ihr den Revolver abgenommen habe. Aber schließlich seien Parties nun mal Parties, und Alkohol, so stellte er fest, hätte doch eine recht eigenartige Wirkung auf Frauen. Er sei ziemlich bestürzt über die ganze Sache, sagte er, und könne sich nicht vorstellen, weshalb sie Selbstmord begangen haben solle, aber genausowenig, weshalb sie es nicht getan haben solle.

In der Tat, dachte Nigel, er sieht zutiefst bestürzt aus. Als er aufstand, um zu gehen, fragte er, ob er seine Waffe wiederhaben könne. Aber es wurde ihm erklärt, daß sie als Beweismittel aufbewahrt werden müsse. Nachdem Spencer ihm die Fingerabdrücke abgenommen hatte, ging er mit zutiefst unglücklichem Gesicht hinaus.

Als er weg war, sagte der Inspektor: »Das muß natürlich alles überprüft werden. Vielleicht weiß er mehr über das Mädchen, als er zugibt. Aber zunächst müssen wir uns um das Naheliegende kümmern und erst später um andere Dinge. Auf den ersten Blick, so muß ich zugeben, erscheint mir der Angriff der Frau auf ihn etwas eigenartig.« Er seufzte. Es war, so überlegte er sich, nicht gerade angenehm, einen Fall zu bearbeiten, während einem der oberste Vorgesetzte die ganze Zeit dabei zuschaute.

Fen hatte das ganze Verhör über keine Fragen gestellt, obgleich er aufmerksam zuhörte. Aber sein Benehmen wurde zunehmend heiter, was zur Konsequenz hatte, daß Sir Richard mit dem Urvertrauen eines frühen christlichen Märtyrers dem Ganzen überhaupt keine Aufmerksamkeit schenkte.

»Seine Abdrücke sind alte an Lauf und Trommel«, sagte Spencer, der sie verglichen hatte. »Und die darunterliegenden, zum Teil überlagerten Abdrücke sind von der Frau, vermutlich, als sie mit der Waffe hantierte.«

Als nächster wurde William befragt, der in der Zwischenzeit einigen Gläsern Bier zugesprochen hatte und etwas angeheitert war. Die junge Frau, so meinte er, sei etwa zwanzig Minuten, bevor er den Schuß hörte, hereingekommen, aber wann das genau war, daran könne er sich jetzt nicht mehr erinnern. Sie habe ihm einen »guten Abend« gewünscht, und da sie eine verdammt flotte Biene gewesen sei (obwohl, fügte er eigenartigerweise hinzu, er nicht schlecht über die Toten reden wolle), habe er ihren Gruß mit einem charmanten Lächeln, wie er es nannte, erwidert.

»Haben Sie zwischen dem Zeitpunkt, an dem das Mädchen ankam, und dem Zeitpunkt, an dem der Schuß fiel, sonst irgendwen im Durchgang gesehen?«

»Ja, Sir, da war ein Herr, groß, dunkel und ein bißchen dürr vielleicht. Hab ihm über die Schulter einen Blick zugeworfen, der ist direkt die Treppe hinauf zum Zimmer des Professors.«

»Robert Warner«, warf Sir Richard ein.

»Wann, glauben Sie, war das?«

»Vielleicht fünf oder sechs Minuten nach der jungen Dame, nehm ich an. Könnt ich aber nicht genau sagen.«

»Sonst haben Sie während dieses Zeitraums niemanden gesehen? Und Sie sind bereit, das zu beschwören?«

Williams grübelte einen Augenblick über dieser Frage, wobei er kaum hörbar Luft zwischen den Zähnen einsog. Dann sagte er: »Nein, Sir, sonst war da niemand. Da bin ich sicher.«

Der Inspektor wandte sich an Fen. »Wohin führt der Gang auf der anderen Seite, nur zu anderen Räumen?«

»Wenn Sie hereinkommen, ist rechts die Vorratskammer des Hausdieners«, sagte Fen, »links ist ein Aufenthaltsraum, dahinter geht rechts eine Treppe hinauf in ein kleines Schlafzimmer über der Vorratskammer. Der Gang führt weiter auf einen gepflasterten Hof.«

»Und der führt wohin?«

»Er ist von Mauern umgeben, bis auf eine kleine Tür an der Westseite. Die führt auf die Straße.«

»Diese Tür ist also offen, nehme ich an?«

»Ja, bis neun Uhr.«

»Aha.« Der Inspektor schien zufrieden. »Also, Williams, wie ich annehme, kam niemand im erwähnten Zeitraum über den Hof?«

Williams sah ihn empört an. »Nein, wohl kaum. Die wär'n ja über mich gestolpert, wenn die von dort gekommen wären. Mr. Fellowes und ein anderer Gentleman sind schon früher am Abend von hier drüben gekommen und in den Raum auf der anderen Seite gegangen. Das war, bevor die Gentlemen mit dem Professor vom Essen gekommen sind. Aber das war alles.«

»Nun gut, erzählen Sie uns, was Sie getan haben, als Sie den Schuß hörten.«

»Bin so schnell wie der Blitz hier rein und habe die junge Frau gefunden, wie Sie sie gesehen haben«, erwiderte Williams prompt.

»Bitte etwas präziser«, sagte Fen. »Was heißt so schnell wie der Blitz? Genau und in allen Einzelheiten, was haben Sie getan?«

»Nun, Sir, ich wollte gerade Feierabend machen, war zu dunkel geworden, um weiterzumachen. Da hab ich's gehört. Hab meinen Kopf angehoben und zu mir gesagt ›hast du gehört, was du denkst gehört zu haben?‹ Dann habe ich mein Werkzeug in meine Tasche gepackt, sie auf die Treppe gestellt und bin direkt hier rüber.«

»Ich würde das nicht ›schnell wie der Blitz‹ nennen«, wandte Sir Richard ein. »Wie lange haben Sie gebraucht, um ihr Werkzeug wegzuräumen?«

Man sah Williams an, daß er sich nicht ganz wohl fühlte. »Könnt ich nicht sagen, Sir, fürcht ich.«

»Gut, lassen Sie mich einmal anders fragen: Wie lange waren Sie bereits im Schlafzimmer, als wir herunterkamen?«

»Oh, nur einen Moment oder zwei, Sir.«

»Hm. Und es hat keine zwei Minuten gedauert, bis wir hier unten waren. Sieht ganz so aus, als müßte Ihr Bericht noch etwas überarbeitet werden, Williams.«

Williams sah bestürzt aus, so, als sei er mit einer rauchenden Waffe in der Hand überrascht worden.

»Sagen Sie mir, Williams«, sagte Fen. »Konnten Sie durch die Fenster in diesen Raum oder in die Räume gegenüber sehen?«

»Ich kann nicht sagen, wie ich geguckt hab, Sir. Aber, es war auch so dunkel. Wenn ich geguckt hätte, hätt ich wohl nichts gesehen.«

Fen nickte. »War der Schuß sehr laut?«

»Nun, Sir, das Radio hat ziemlichen Radau gemacht, wenn Sie sich erinnern. Nein, ich kann nicht sagen, wie laut es war. Nicht so, daß man zusammenfährt, so nicht.«

»Haben Sie Mr. Warner zur Toilette herunterkommen sehen oder gehört?«

»Nein, Sir, hab ich nicht. Da ist ein Teppich auf der Treppe, und ich hab in die andere Richtung geschaut, also hätt ich's gar nicht gekonnt. Vielleicht hab ich gehört, wie er die Tür zugemacht hat, aber da würd ich nicht drauf schwören.«

»Das war nicht besonders hilfreich«, sagte der Inspektor, als man ihn schließlich entlassen hatte. »Aber das war auch wohl nicht zu erwarten. Eine Sache konnten wir jedoch bestätigen, daß niemand diesen Raum nach der Frau betreten hat.«

»Wissen Sie«, sagte Fen, »wir vermuten ja nur, daß sie vom Zeitpunkt, als sie hier ankam, bis zum Zeitpunkt, als sie erschossen wurde, in einem dieser beiden Räume geblieben ist.«

»Wohin hätte sie sonst gehen können?«

»Nun, sie hätte die Treppe hinaufgehen können zur Tür meines Zimmers, ohne hereinzukommen, oder sie hätte zur Toilette gehen können.«

Der Inspektor überdachte diese neuen Komplikationen mit unverhohlen finsterem Blick. »Damit werden wir uns genauer beschäftigen müssen«, gestand er zögernd ein. Hätte man ihn jedoch gedrängt zu sagen, wie er dabei vorzugehen gedachte, so hätte sich gezeigt, daß er nicht die geringste Vorstellung hatte. »Ich denke, das werden wir untersuchen müssen, aber später. Im Augenblick werden wir erst einmal mit Parsons, dem Pförtner, sprechen und versuchen, die Zeiten etwas genauer festzulegen.«

Nigel nutzte die Gelegenheit, in Fens Zimmer hinaufzugehen und Helen anzurufen. Als er oben ankam, fand er Robert lesend vor. Der nickte nur und wandte sich sofort wieder seinem Buch zu.

Helen nahm den Anruf am Telefon beim Bühneneingang selbst entgegen. Nigel erzählte ihr ohne viel Umschweife, was geschehen war. Am anderen Ende der Leitung trat ein langes Schweigen ein. Dann sagte sie leise:

»Oh, mein Gott! Wie ist es passiert?«

»Momentan sieht es nach Selbstmord aus«, log Nigel zum zweiten Mal an diesem Abend.

»Aber – warum?«

»Weiß der Himmel, Liebling, ich weiß es nicht.« Wieder trat Schweigen ein. Dann sagte Helen langsam:

»Ich kann eigentlich nicht sagen, daß ich sehr traurig bin, obwohl ich das eigentlich sein sollte. Es ist – es ist nur der Schock. Weiß man, wann es passiert ist? Hier gab es ein Riesendurcheinander, Jane mußte an ihrer Stelle auf die Bühne. Alle paar Minuten hat sie probiert, sie zu erreichen. Sheila ist stinksauer.«

»Etwa vor zwei Stunden.«

Man hörte sie Luft holen. »Zwei Stunden – oh, mein Gott!«

»Helen, Liebling, ist alles in Ordnung mit dir? Soll ich vorbeikommen?«

»Nein, Liebster, es geht. Vermutlich wird die Polizei mit mir sprechen wollen?«

»Ich fürchte, ja. Sie werden morgen früh vorbeikommen.«

»In Ordnung, Nigel. Ich muß mich jetzt weiter abschminken. Es ist kalt hier, und ich habe fast nichts an.«

»Mach's gut, Liebling. Kann ich dich morgen früh sehen?«

»Aber ja, mein Lieber, natürlich.« Nigel legte auf und kehrte nach unten zurück.

Als er ankam, war Parsons, der Pförtner, gerade im Begriff zu gehen. Nigel erinnerte sich an ihn – ein großer, furchterregender Mann mit Hornbrille, dessen unveränderlich bissige und aggressive Art sich schlecht mit seinem Status am College vereinbaren ließ. Wie alle anderen Collegepförtner hatte er, wie Nigel vermutete, in zahllosen Büchern über Oxford den Hinweis gefunden, daß der Pförtner der ungekrönte König des College ist. Diese Vorstellung beeinflußte zutiefst seine Sicht der Dinge, und er weigerte sich auch nach vielen Jahren bitterer, entgegengesetzter Erfahrungen, sie zu revidieren. Sein Verhalten gegenüber den Studenten war unverhohlen einschüchternd, gepaart mit einer nur schlecht damit zu vereinbarenden konventionellen Unterwürfigkeit, wobei er nur jene respektierte, die sich nicht einschüchtern ließen. Aber das waren nur wenige jeder Studentengeneration. Nigel war einer von ihnen gewesen, und als er eintrat, wurde er sehr herzlich begrüßt.

Die Aussage des Pförtners war kurz und sachbezogen. Yseut hatte das College sechs Minuten vor acht betreten. Er hatte automatisch auf die Uhr geschaut, da Frauen nach neun Uhr keinen Zugang hatten. Sie war, soweit er das beurteilen konnte, direkt zu Mr. Fellowes' Zimmer gegangen. Robert Warner war fünf Minuten nach acht eingetroffen und hatte sich nach Fens Zimmer erkundigt. Auch er sei direkt dorthin gegangen, nachdem er sich vergewissert hatte, daß er erwartet würde. Nach dem Abendessen hätten keine weiteren Fremden das College betreten, obgleich Mr. Fellowes bereits früher, etwa um halb sieben, wie er glaube, einen Gast in den Speisesaal mitgebracht habe. Die Collegemitglieder seien wie üblich hereingekommen oder hinausgegangen, aber er könne nicht sagen, zu welcher Zeit. Mit Würde entfernte er sich, und der Inspektor wirkte etwas zufriedener mit sich.

»Nun, das war das«, sagte Fen, der zunehmend nervöser wurde. »Dem Himmel sei Dank, daß wir jetzt hinauf in mein Zimmer gehen und es uns etwas bequemer machen können.« Sie gingen.

Robert legte sein Buch nieder und erhob sich, als sie eintraten. Er begrüßte sie der Reihe nach und stellte freundlich einige Fragen, wie sich die Dinge inzwischen entwickelt hätten. Fen ließ sich in seinen Sessel fallen und bat ihn, ihnen allen einen Whisky einzuschenken. Die anderen nahmen etwas ernster Platz. Spencer war emsig damit beschäftigt, Robert Fingerabdrücke abzunehmen.

»Nun, Mr. Warner«, sagte der Inspektor, »nur ein paar Dinge, wenn es Ihnen nichts ausmacht.«

»Selbstverständlich.«

»Sie kannten die – Miss Haskell?«

»Ja. Ich habe sie bei einer Premierenfeier in London vor über einem Jahr kennengelernt. Wir sahen uns einige Wochen, dann ist sie wieder nach Oxford zurückgereist. In der Zwischenzeit hatten wir keinen Kontakt miteinander, aber natürlich haben wir uns wiedergesehen, als ich hierherkam.«

»Was tun Sie hier in Oxford, Mr. Warner?«

»Ich inszeniere mein neues Stück hier am Theater.«

»Ah ja. Und wann sind Sie angekommen?«

»Am Sonntag. Die Proben haben erst am Dienstag begonnen, aber ich wollte mich umsehen und das Ensemble kennenlernen.«

»Und Ihre Beziehung zu Miss Haskell war –«

Man sah Robert an, daß er sich unwohl fühlte. »Sehr schlecht. Sie gehörte nicht gerade zu den Menschen, die man so ohne weiteres ins Herz schließt. Als ich hier ankam, hat sie sich mir an den Hals geworfen und wollte unsere alte Affäre wieder aufleben lassen. Ich hatte aber nicht die geringste Absicht in der Richtung. Das machte die Sache natürlich etwas schwierig. Zudem war sie eine schlechte Schauspielerin, sie konnte oder wollte sich von mir nichts sagen lassen. Dauernd hat sie hinter meinem Rücken das Stück und die Inszenierung kritisiert. Alles in allem, das muß ich offen eingestehen, war sie mir in jeder Hinsicht verdammt lästig.«

Der Inspektor fühlte sich etwas überrumpelt durch diesen Ausbruch an Offenheit, der, wie er unbestimmt fühlte, ein wenig unschicklich war.

»*De mortuis nil nisi malum*«, fügte Robert nachträglich hinzu.

»Verstehe ich Sie richtig? Sie bestärkten die junge Dame nicht in ihrer – äh – Zuneigung für Sie?«

»Nicht im geringsten.«

»Sie war Mittwoch nacht nicht in Ihrem Zimmer? Sie müssen entschuldigen, daß ich Ihnen eine derart persönliche Frage stelle, aber ich versichere Ihnen, daß, sollte Ihre Antwort in keiner Weise hinsichtlich des Falls von Interesse sein, ich es dabei bewenden lassen werde.«

Robert sah überrascht aus, aber Nigel konnte sich nicht entscheiden, ob diese Überraschung echt war oder nicht. »Nein«, sagte er, »es sein denn, sie hätte sich hereingeschlichen, während ich schlief. Jedenfalls habe ich sie nicht gesehen.«

»Mr. Warner, Mittwoch nacht, haben Sie – äh – waren Sie –?«

»Der Inspektor möchte gerne wissen«, unterbrach Sir Richard dessen verzweifelte Suche nach einer höflichen Umschreibung, »ob Sie in dieser Nacht mit Miss Haskell geschlafen haben?«

»Nein«, sagte Robert unbeirrt, »das habe ich ganz sicher nicht.«

»Nun, Sir«, fuhr der Inspektor fort, »Sie waren auf der Party. Ohne Zweifel haben Sie den Vorfall mit dem Revolver mitbekommen?«

»O Gott, ja. Sicher, ich war gewissermaßen beteiligt. Die kleine –«, er bremste sich und fuhr fort: »Yseut drängte mich, Gaham niederzuschlagen, weil er ihr die Waffe abgenommen hatte. Sie war zu diesem Zeitpunkt ziemlich betrunken.«

»Ja, sicher. Was haben Sie getan, als die Party vorbei war? Waren Sie einer der letzten, die gingen?«

»Ich denke, ja. Rachel und ich gingen sofort auf unsere Zimmer, haben ein paar Gemeinplätze ausgetauscht über die Unannehmlichkeit von Parties im allgemeinen und Yseut im besonderen und haben uns dann gute Nacht gewünscht. Dann habe ich mich ausgezogen, bin ins Badezimmer gegangen, habe ein Aspirin genommen, um irgendwelchen Nachwirkungen vorzubeugen« – das paßt zu diesem Mann, dachte Nigel – »und bin zu Bett gegangen. Ich habe noch etwa eine halbe Stunde gelesen, dann bin ich eingeschlafen.«

»Waren Sie am nächsten Morgen früh auf?«

»Um acht Uhr, wenn das für Sie früh ist. Für mich ist es das nicht.«

»Ich habe nach Ihnen gefragt«, warf Nigel plötzlich mißtrauisch ein. »Der Portier sagte, er habe Sie noch nicht gesehen, und der Kellner sagte, Sie hätten noch nicht gefrühstückt.«

»Ach ja?« sagte Robert kühl. »Es war so, daß ich direkt einen Spaziergang gemacht habe, und ich frühstücke nur sehr selten.«

»Sind Sie irgendwann vor zehn Uhr in Ihr Zimmer zurückgekommen?« fragte der Inspektor.

»Nein. Warum sollte ich? Rachel steht im Gegensatz zu mir nie früh auf, und ich bin nicht davon ausgegangen, daß ich sie vor halb elf zu sehen bekommen würde.«

»Sind Sie auf Ihrem Spaziergang jemandem begegnet?«

»Es waren einige Leute unterwegs. Niemand, den ich kannte. Und wenn ich so sagen darf, Inspektor«, fügte er ein wenig unfreundlich hinzu, »wenn Sie beweisen wollen, daß ich die Nacht mit Yseut verbracht habe, dann wird das ein ziemliches Stück Arbeit für Sie.«

»Wissen Sie, daß Miss Haskell am nächsten Morgen in Ihrem Zimmer war?« sagte der Inspektor unbeeindruckt.

»Ja, das hat sie mir erzählt.«

»Haben Sie irgendeine Ahnung, weshalb sie dorthin gegangen ist?«

»Nicht die geringste.«

»Sind Sie sicher, Sir?«

Robert wurde plötzlich wütend. »Ja, verdammt noch mal«, sagte er.

»Sehr gut, Sir.« Der Inspektor lächelte ein wenig. »Nun, zu heute abend. Würde es Ihnen etwas ausmachen, uns genau zu erzählen, was Sie heute seit dem späteren Nachmittag gemacht haben.«

»Die Probe war um 16.30 Uhr zu Ende. Ich bin mit Rachel zum Hotel zurückgegangen, und wir haben zusammen Tee getrunken. Um sechs Uhr sind wir in die Bar gegangen und haben mit Donald Fellowes und Nicholas Barclay etwas getrunken. Die beiden sind kurz vor halb sieben gegangen. Rachel ging kurz danach, um mit Freunden im Norden von Oxford zu Abend zu essen. Ich habe allein im Hotel gegessen, dann bin ich wieder in die Bar gegangen. Kurz nach acht habe ich das Hotel verlassen und bin hierhergekommen.«

»Waren Sie nach dem Essen in der Bar mit jemandem zusammen, den Sie kennen?«

»Nein.«

»Und Sie wissen nicht, wann Sie genau gegangen sind?«

»Du meine Güte, nein. Ist das wichtig?«

»Vielleicht, Sir, vielleicht auch nicht«, sagte der Inspektor ernst. »Wir versuchen nur, so viele Einzelheiten wie möglich zu sammeln. Würden Sie mir sagen, wie Miss West auf die Annäherungsversuche von Miss Haskell Ihnen gegenüber reagiert hat?«

Robert sah plötzlich besorgt aus. »Ich war überrascht, daß sie sehr verärgert darüber war. Für gewöhnlich ist sie äußerst verständnisvoll, was diese Dinge betrifft. Schließlich wurden diese Annäherungsversuche, wie Sie es nennen, nicht erwidert. Ja, sie war wütend auf uns beide, auf mich ebenso wie auf Yseut.«

»Obwohl sie im ersten Fall keinen Grund dazu hatte?« sagte der Inspektor rasch.

Zwei rote Flecken glühten auf Roberts Wangen, aber er antwortete ruhig: »Nicht den geringsten.«

»Wenn sie für gewöhnlich ›verständnisvoll‹ war, was diese Dinge betrifft, wie Sie es ausdrücken, dann hatte sie sicher –«

»Ich sagte, sie hatte keinerlei Grund, nicht den geringsten.«

Der Inspektor lehnte sich mit einem etwas einfältigen, selbstgefälligen Lächeln zurück. »Und als Sie hier ankamen?«

»Ich habe mich an der Pforte nach dem Weg zu diesem Zimmer erkundigt, und da ich die Örtlichkeiten überhaupt nicht kenne, bin ich direkt hierherauf gekommen. Dann habe ich mir etwa zehn Minuten lang eine nette kleine Gespenstergeschichte angehört und bin für eine Minute hinausgegangen, um zur Toilette zu gehen. Dort habe ich aus der näheren Umgebung einen Knall gehört, und als ich herauskam, traf ich auf die anderen, die gerade die Treppe herunterkamen. Den Rest kennen Sie.«

»Trugen Sie Handschuhe, Mr. Warner?«

»Handschuhe? Um Gottes willen, nein, nicht bei dieser Hitze.«

»Danke, Sir. Ich denke, das ist im Augenblick alles. Sir Richard, Professor: Haben Sie noch irgendwelche Fragen?«

Sir Richard schüttelte den Kopf und sah Fen fragend an.

»Nur eine Sache«, sagte Fen behaglich hinter einem Glas Whisky. »Wissen Sie irgend etwas über Ägypten?«

Robert sah ihn entgeistert an. »Ich war vor dem Krieg dort«, sagte er. »Aber ich weiß nicht viel mehr als der durchschnittliche Tourist – eben das, was jeder so aufschnappt.«

»Nichts über die religiöse Symbolik der alten Ägypter beispielsweise?«

Robert sah ihn eine Weile interessiert an. »Nein«, sagte er langsam. »Überhaupt nichts, fürchte ich.«

»Gut, Sir, das wäre dann alles«, sagte der Inspektor.

»In diesem Fall«, sagte Robert und erhob sich, »werde ich mich sofort verabschieden.«

Fen, der sich ein wenig spät an seine Pflichten als Gastgeber erinnerte, schwang sich auf. »Mein lieber Freund«, rief er, »ich muß mich bei Ihnen entschuldigen, daß ich Ihnen einen solch schrecklichen Abend beschert habe. Ich fürchte, Sie werden niemals wieder hierherkommen wollen, und ich hatte mich so sehr darauf gefreut, mit Ihnen über Ihr Stück zu sprechen. Aber ich werde es mir am Montag abend ansehen, und ich würde gerne morgen zur Probe kommen, wenn ich darf.«

»Auf jeden Fall«, sagte Robert zustimmend, »und entschuldigen Sie sich um Himmels willen nicht. Es ist ja nicht Ihre Schuld, wenn vor Ihrer Nase ein Mord begangen wird. Ich wünsche Ihnen weiter viel Glück. Wenn ich noch irgend etwas für Sie tun kann, lassen Sie es mich wissen.«

»Ich befürchte, diese Sache wird Ihnen einige Schwierigkeiten bereiten«, sagte Fen. »Sie werden kurzfristig jemanden finden müssen, der die Rolle von Yseut übernimmt.«

»Da mache ich mir keine Sorgen«, sagte Robert. »Jane, ihre zweite Besetzung, ist hervorragend.«

Fen nickte, und Robert ging zur Tür, nachdem er sich leicht vor Sir Richard, Nigel und dem Inspektor verneigt hatte. Dort drehte er sich noch einmal um und sah zurück.

»Übrigens«, sagte er, »gehe ich recht in der Annahme, daß es sich bei der Waffe, mit der Yseut getötet wurde, um dieselbe handelt, mit der sie auf der Party herumgespielt hat? Es scheint das Nächstliegende zu sein.«

»Ja, Mr. Warner«, antwortete der Inspektor. »Irgend jemand, wir wissen nicht wer, ist nach der Party zurückgegangen und hat sie weggenommen.«

»In diesem Fall«, sagte Robert, »kann ich Ihnen etwas mehr helfen. Wissen Sie, ich habe die Person gesehen, die sie genommen hat.«

»Sie haben was?« rief der Inspektor und richtete sich schlagartig auf.

»Natürlich habe ich bis heute abend nicht gewußt, was diese Person damit vorhatte. Als ich, bevor ich zu Bett ging, auf dem Weg ins Badezimmer war, sah ich, wie sich jemand in Grahams Zimmer schlich, ohne das Licht anzumachen. Als diese Person wieder herauskam, trug sie etwas, das ich nicht erkennen konnte. Ich dachte einfach nur, daß irgendein Partygast etwas liegengelassen hätte.«

»Jaja!« der Inspektor schrie fast. »Und diese Person war –?«

»Jean Whitelegge«, sagte Robert.

Kapitel 8

Ein schöner und privater Ort

The grave's a fine and private place,
But none I think, do there embrace.
ANDREW MARVELL

Das Grab ist ein verschwiegener Ort,
Doch keiner, glaub ich, küßt dich dort.

Der Inspektor sah Robert streng an. Man fühlte, daß diese überraschende Information schon die ganze Zeit über in reiner und immaterieller Form auf dem Grunde seines Denkens geruht hatte. Die brutale Art, mit der sie jetzt ins grobe und beschränkte Medium der Sprache geschleudert worden war, beleidigte ihn. Er betrachtete Robert, wie man eben jemanden betrachtet, der glaubt, eine besonders subtile und treffende literarische Anspielung mit der abgedroschenen Banalität eines Sprichworts übertreffen zu können.

»Sie würden das beschwören?« fragte er automatisch. Die Frage war vollkommen rhetorisch. Ganz offensichtlich war ihm nicht bekannt, daß die Methode, jemanden mit der Frage die Wahrheit abzunötigen, seit etwa drei Jahrhunderten überholt war.

»Nun«, sagte Robert freundlich und zog sich auf die Darstellung der offensichtlichen, wenn auch etwas beschönigten Umstände zurück, die man für gewöhnlich verwendet, um einfache Gemüter zu belehren, »ich kann beschwören, daß sie in das Zimmer zurückgegangen ist. Natürlich kann ich nicht mit Sicherheit sagen, ob sie die Waffe mitgenommen hat.«

Der Inspektor registrierte diese vorsichtigen und feinsinnigen Berichtigungen und entließ ihn mit finsterem Blick. »Wir sind durchaus in der Lage, unsere eigenen Schlüsse zu ziehen, Sir«, sagte er. Sein verärgerter Gesichtsausdruck zeigte, daß er absolut nicht bereit war, auf ein Vorrecht zu verzichten. »Vielen Dank, Mr. Warner, Sie haben uns sehr geholfen, – wirklich sehr«, fügte er etwas verstärkend hinzu, da er fühlte, daß sein Ausdruck nicht ganz angemessen war. Robert verschwand fast unmerklich. Der Inspektor zermarterte sich den Kopf nach geeigneten Worten, um diese überraschende Mitteilung zu kommentieren, aber da er keine fand, trat er seine Verantwortung für eine treffende Bemerkung an die anderen ab und fragte nur ganz allgemein:

»Nun, was sollen wir dazu sagen?«

Zumindest Nigel hatte nichts zu sagen. Er hatte die Sache zur Kenntnis genommen. Aber mußte dazu jetzt wirklich etwas gesagt werden? Es war ohne Zweifel interessant. »Interessant.« Er äußerte diese Ansicht mit ein wenig Unbehagen, da er sich ihrer Nichtigkeit bewußt war.

»Ohne jeden Wert«, meinte Fen etwas provokanter.

»Das muß untersucht werden«, sagte Sir Richard sachlich.

Der letzte Kommentar schien geeignet, die störende Leerstelle im Kopf des Inspektors zu füllen. »Und es wird untersucht werden«, sagte er mit der zaudernden Tapferkeit des Achilles, von dem verlangt wird, gegen die Trojaner zu kämpfen. »Was den restlichen Teil des Verhörs betrifft, für *mich* scheint es offensichtlich« – er betonte das Pronomen, als sei er bereit gegen jedermann anzutreten, der Zweifel an seiner Aussage anmelden wollte – »daß Mr. Warner die Nacht mit Miss Haskell verbracht hat.« Er atmete schwer.

»Wenn Sie glauben, das hat irgend etwas mit dem Fall zu tun, Cordery«, sagte Sir Richard kühl, »dann war Ihre Beharrlichkeit in diesem Punkt ohne Zweifel richtig. Aber Sie sollten nicht vergessen, daß Sie Polizist sind und nicht Mitglied eines Sittenkomitees.«

Der Inspektor nahm die Zurechtweisung mit angemessen dosierter Reue entgegen. »Trotzdem, Sir«, sagte er, »Sie müssen zugeben, daß es in der Angelegenheit, mit der wir uns hier befassen, sehr wohl von Bedeutung sein kann.«

»Mich langweilt das alles zu Tode«, warf Fen plötzlich ein. »Ich werde gehen, wenn das so weitergeht. Im Labyrinth dieser Routineuntersuchungen verlieren wir völlig das Wesentliche aus den Augen.« Er nahm eine drohende Haltung ein. »Man muß nur unter zwei Kernfragen entscheiden: Erstens, war es Selbstmord? – Hier habe ich die Gründe aufgezeigt, weshalb es das ganz offensichtlich nicht war (übrigens, haben Sie bemerkt, daß die Waffe, als sie zu Boden fiel, auch nicht die winzigste Delle in dem weichen Fichtenholz hinterlassen hat? Eine weitere Nachlässigkeit). Und zweitens, wenn es ganz offensichtlich Mord war, wie wurde er begangen?« Er wurde wehleidig. »Man muß nur ein paar sinnvolle Fragen stellen, und die ganze Sache ist vorbei. Aber scheinbar müssen sie in einer Masse von völlig unwichtigem *Zeug* untergehen.« Er sprach das Wort Zeug mit Ekel aus, der durch seine Unfähigkeit, ein besseres zu finden, noch verstärkt wurde. »Das ist ja alles schön und gut in einem Detektivroman, wo es nur dazu dient, die Dinge, die wirklich von Bedeutung sind, ein wenig zu tarnen. Allerdings könnte man sich wirklich eine etwas unterhaltsamere Form der Tarnung ausdenken.«

Sir Richard richtete sich auf und sagte bitter. »Wirklich, Gervase, wenn es irgend etwas gibt, das ich zutiefst verabscheue, dann sind es Detektivromane, in denen sich die Figuren darüber auslassen, wie Detektivromane geschrieben werden sollten. Es ist schlimm genug, daß es Detektive gibt, die diesen Mist lesen – tun sie wohl alle –«

Überwältigende Wut packte den Inspektor. »Jetzt sind Sie es aber«, schrie er heiser, »die nicht bei der Sache bleiben. Das

Problem ist nicht, wie der Mord begangen wurde, obwohl das wichtig sein mag. Das Problem ist, wer es getan hat.«

»Aber das wissen wir doch, oder?« sagte Fen absichtlich boshaft.

Der Inspektor verstummte. Er schien Kräfte zu sammeln für einen gigantischen Gegenschlag gegen diese beleidigende Andeutung. Sein Unterkiefer fiel herunter, Blut strömte in seine Wangen und färbte sie rosa. Da ihm jedoch keine angemessene Rhetorik zur Verfügung stand und er mit Bedauern den Drang, sich gewaltsam und physisch auszudrücken, aufgab, zog er sich auf unterschwellige Ironie zurück. »*Sie* mögen es vielleicht wissen«, sagte er schließlich und erzielte damit keinesfalls die gewünschte Wirkung.

»Ja«, sagte Fen nur.

Sir Richard wurde augenblicklich zur Inkarnation des unverblümt aufrichtigen, gesunden Menschenverstandes. »Unsinn, Gervase.«

»Ich weiß es«, sagte Fen in theatralischem Jammerton, wie jemand, der von seinen Mitmenschen immer und ewig mißverstanden wird. »Als wir in das Zimmer kamen, wußte ich es bereits drei Minuten später.«

»Drei Mi-!« In Sir Richard kämpfte Neugier mit Entrüstung. Plötzlich siegte die Neugierde: »Also, wer?«

»Ah!«

Sir Richard hob verzweifelt beide Hände mit den Handflächen nach außen. »Oh, mein Gott!« sagte er. »Wieder einmal die große Mystifizierung. Ich weiß, vor dem letzten Kapitel darf nichts herauskommen.«

»Nichts dergleichen«, sagte Fen beleidigt. »Der Fall ist noch nicht vollständig. Zunächst einmal kann ich mir nicht vorstellen, warum diese Person so etwas tun sollte.«

»Ach du lieber Himmel! Schweben hier nicht genug Motive herum?«

»Alles sexuelle Motive, mein lieber Dick. Ich glaube nicht an das Verbrechen aus Leidenschaft, besonders wenn die Leidenschaft, wie hier der Fall, mehr nach Frustration aussieht. Geld, Rache, Sicherheit: das sind plausible Motive, danach werde ich mich umsehen. Ich muß gestehen, daß mich einige Details noch immer verwirren, auch wenn sie vielleicht nicht wesentlich sind.«

»So, das erleichtert mich ja ungeheuer«, sagte der Inspektor in einem plötzlichen Anflug nicht ganz überzeugender Heiterkeit. »Ich glaube«, fügte er vorsichtig hinzu, offensichtlich Einwände befürchtend, »wir sehen uns besser als nächstes Mr. Fellowes an.« Es schien ihn etwas zu trösten, die Initiative ergreifen zu können.

»Er wird jede Minute hier sein«, sagte Nicholas, der genau in dem Augenblick erschienen war, als der Inspektor die Worte aussprach. »Er muß sich gerade heftig übergeben. Auf mein Anraten hin. Er kann Alkohol schlecht vertragen. Meiner Meinung nach sollte man ihm gar nicht erlauben, welchen zu trinken oder jedenfalls nur sehr wenig.«

Er lächelte wohlwollend in die Runde, als suche er Unterstützung für seine Anregung. »Darf ich fragen, wie Sie vorankommen?«

»Das läßt sich im Moment nicht sagen«, meinte Sir Richard. »Wir machen Fortschritte, aber in welche Richtung – ist noch unklar – dazu fehlt der entsprechende Meilenstein.«

»Halten Sie noch immer an dieser absurden Selbstmordtheorie fest?«

»Sie glauben also, es war keiner?« Durch das Senken seiner Stimme am Ende des Satzes machte der Inspektor aus der Frage eine Feststellung. Nachdenklich versuchte er sich damit abzufinden.

»Die Vorstellung ist völlig lächerlich. Yseut war reich. Außerdem hat sie gerade erfolgreich eine Situation geschaffen, die ihr die unerfreulichsten Möglichkeiten eröffnet hätte – ein weites, fruchtbares Feld, um Zwietracht zu säen. All das einfach aufzugeben, hätte für sie bedeutet, alle ihre Grundsätze über den Haufen zu werfen. Das wichtigste für sie war: anderen Schmerz zufügen zu können, wie Hamlet es vielleicht genannt hätte.« Er überschaute diese Paraphrase einen Augenblick kritisch, bevor er sie geringeren Intelligenzen vorwarf. »Ganz sicher hätte sie diesen potentiellen Fundus des Widerwärtigen nicht dagegen eingetauscht, tot »mit rastloser Wut gejagt zu werden um die schwebende Erde«. Rachel, Jean, Donald und Robert hingen ihr alle am Schürzenzipfel, oder vielleicht sollte ich besser sagen am BH-Träger – ohne jede Würde. Ich befürchte, es war Mord, und das Motiv war entweder Geld oder Sex.«

»Fen«, sagte Sir Richard, »hat gerade Sex als Mordmotiv sehr abschätzig beurteilt.«

»›Mord ist der Wollust so nah, wie Rauch den Flammen‹«. antwortete Nicholas weltmännisch und fügte hinzu: »Ein banaler Vergleich.«

»Wie bitte, Sir?«

»Ein Zitat aus *Pericles*, Inspektor: ein unanständiges Stück über Bordelle, von Shakespeare – von dem Sie ohne Zweifel schon gehört haben.«

Sir Richard unterbrach hastig. »Und Geld? Das Mädchen war reich?«

»Ermüdend reich. Ungefähr zweitausend im Jahr, würde ich sagen. Und da wir gerade beim Thema sind, sollte ich vielleicht erwähnen, daß Yseut zu Helen neulich auf der Party gesagt hat, daß sie beabsichtige, in Kürze nach London zu fahren, um ihr Testament zu ändern.«

Nigel sagte: »Was zum Teufel wollen Sie damit andeuten?«

Nicholas winkte ab. »Die fehlgeleiteten Impulse der Ritterlichkeit – der *chevalerie*, wie der Franzose sagt, was, wie der Herr Inspektor sicher weiß, ursprünglich die Liebe zum Pferd bedeutete – sind hier völlig fehl am Platz.«

Der Inspektor starrte ihn mit Widerwillen an. »Sie sind bereit, das zu beschwören, Sir?« Schon wieder, dachte sich Nigel, ein völlig gedankenloser Reflex, der durch jede besonders ungeheuerliche Behauptung ausgelöst werden kann, genau so wie der Speichelfluß der Pawlowschen Hunde beim Klang der Essensglocke.

»Im Gegensatz zu Ihnen, Herr Inspektor«, sagte Nicholas mit gespielter Ernsthaftigkeit, »unterscheide ich nicht zwischen gewöhnlicher Wahrheit und Wahrheit unter Eid. Zudem neige ich der Auffassung der Agnostiker zu. Es gibt nichts, wobei ich mit Überzeugung schwören könnte.«

»Kein philosophisches Grundprinzip?« warf Nigel sarkastisch ein.

»Nein, abgesehen von dem philosophischen Grundsatz, daß es keinen philosophischen Grundsatz gibt«, antwortete Nicholas unbeirrt. »Aber wir verwirren unseren guten Inspektor. Sie dürfen das so verstehen, Inspektor, daß ich diese Unterhaltung, ohne es bewußt zu wollen, mit angehört habe.«

»Waren weitere Personen anwesend, Sir?«

»Zahlreiche andere Personen waren anwesend, Inspektor. Ob allerdings irgendeiner von ihnen das gehört hat, was ich gehört habe, kann ich beim besten Willen nicht sagen.«

Fen, der sich kritisch in einem Spiegel am anderen Ende des Zimmers betrachtet hatte, wandte sich in diesem Moment ab und schritt zielbewußt auf sie zu. »Sie sind kindisch und einfältig«, sagte er zu Nicholas. »Beantworten Sie mir eine Frage: Was hatten Sie und Fellowes an diesem Abend in einem Zimmer zu suchen, das keinem von Ihnen gehört.«

Nicholas' souveräne Beherrschung der Situation schwand auf der Stelle. »Wir haben Radio gehört«, antwortete er matt. »Donald hat kein Radio, und der Eigentümer des Zimmers war nicht da, da haben wir es in Besitz genommen.«

»Hat einer von Ihnen das Zimmer zu irgendeinem Zeitpunkt verlassen?« Fens Auftreten, eine abstoßende Parodie des Inspektors, wurde außerordentlich förmlich.

Nicholas kratzte sich verlegen an der Nase. »Nein«, sagte er in überraschender Kürze.

»Haben Sie den Schuß gehört?«

»Schwach. Es wurde gerade *Heldenleben* gespielt. Das Geräusch klang nicht besonders besorgniserregend, obwohl die Fenster geöffnet waren.«

»Um Himmels willen, Junge. Wollen Sie damit sagen, Sie haben bei offenem Fenster Radio gehört?«

»Nun«, sagte Nicholas zaghaft, »es war heiß.«

»Sie haben bei offenem Fenster Radio gehört!« sagte Fen. »Potztausend!« fügte er seine förmliche Haltung aufgebend hinzu. Der Inspektor starrte ihn mit höflichem Erstaunen an. »Da haben wir es endlich. Und was wurde vor *Heldenleben* gespielt, wenn ich fragen darf?« erkundigte er sich mit aalglatter Höflichkeit.

Nicholas war überrascht. »Die Ouvertüre der *Meistersinger*, glaube ich.«

»Die Ouvertüre der *Meistersinger*. Ausgezeichnet, ausgezeichnet!« Fen rieb sich die Hände und nahm plötzlich einen pädagogischen Ausdruck an. »Ein bewundernwertes Werk, bewundernswert, wirklich sehr bewundernswert.«

»Wirklich, Sir, ich glaube kaum –« begann der Inspektor, aber Fen unterbrach ihn.

»Ich habe es die ganze Zeit vermutet«, sagte er. »Nein, nein, mein Lieber, nicht Ihre Verstandeskraft. Die Methode, die Methode! Endlich haben wir es!« In einem Zustand unterdrückter Ekstase ließ er sich in den Sessel fallen und war allem Anschein nach im Begriff einzuschlafen.

»Ich glaube«, sagte der Inspektor, »falls sich Mr. Fellowes erholt hat –« Nicholas bewegte sich gehorsam Richtung Tür.

»Moment noch!« Fen drehte sich in seinem Sessel nach ihm um, eine für ihn scheinbar nicht sehr bequeme Haltung. Dann dachte er einen Augenblick nach. »Wann haben Sie verdunkelt?«

»Kurz bevor wir den Schuß hörten, glaube ich.«

»Wer hat es gemacht – Sie oder Fellowes?«

»Ich habe die Vorhänge auf der Seite zum Durchgang und Donald hat die zum Hof zugezogen.«

»Ist Ihnen zu diesem Zeitpunkt irgend etwas Ungewöhnliches aufgefallen?«

»Nein, es wurde gerade ziemlich dunkel.«

»Wo haben Sie gesessen?«

»In zwei Sesseln am Kamin.«

Fen brummte. Die Information schien ihn sehr zu befriedigen, wenn auch unklar war, weshalb. »Wer, glauben Sie, war der Mörder?« fragte er.

Nicholas fuhr zusammen. »Robert oder Rachel oder Jean würde ich annehmen; oder Sheila McGaw oder –«

»Oder wer?«

»Sheila McGaw.«

»Das ist ein neuer Name, Inspektor«, sagte Fen mit unverhüllter Schadenfreude. »Erzählen Sie uns etwas über sie«, fügte er in Richtung Nicholas hinzu.

»Sie ist eine junge Frau mit künstlerischen Neigungen, die regelmäßig am Repertoiretheater inszeniert.« Er betonte das Wort Repertoiretheater affektiert und vermied jede Abkürzung. »Als Yseut gerade ihr kurzes Gastspiel am Theater im West End aufnahm, wurde Sheila die Inszenierung des Stücks angeboten, in dem Yseut auftreten sollte. Die liebenswürdige junge Dame benutzte damals ihren ganzen Einfluß und sorgte dafür, daß Sheila diesen Job nicht bekam. Sie schaffte das, indem sie verbreitete, Sheilas sexuelle Neigungen seien nicht ganz normal.« Das

Sittenkomitee starrte ihn schockiert, mit ungläubigem, leicht schielenden Blicken an. »Sheila hat es herausgefunden und war verständlicherweise gekränkt. Sie sehen, Professor« – er warf Fen ein zögerndes Versöhnungsangebot zu – »ich kenne alle Skandale, ich bin eine Art zeitgenössischer Aubrey. Was mehr könnte sich die Polizei wünschen?«

»Abgesehen davon, daß Aubrey schreiben konnte«, sagte Fen kühl, »daß er, wenn er viel trank, betrunken war und daß er einen spontanen und köstlichen Sinn für Humor hatte, ist vielleicht an dem Vergleich etwas dran. Wahrscheinlich ist Ihr Wissen genauso oberflächlich wie seines. Wenn ich mich richtig erinnere, ist er so weit gegangen zu behaupten, daß es Ben Jonson war, der Marlowe getötet hat.« Man konnte aus seinem Gesichtsausdruck schließen, daß er diese Beschuldigung höchst widerwärtig fand.

Als Donald Fellowes erschien, zeigte sich, daß er sich nur teilweise von dem Zechgelage erholt hatte. Einen Teil des Alkohols hatte er erbrochen, was die Betäubung seiner Nerven etwas behob. Aber noch immer kroch, summte und dröhnte der Restalkohol durch seinen Körper, und daher war er nicht nur deprimiert, sondern es war ihm auch äußerst schlecht.

»Nun, Sie Schafskopf«, sagte Fen, der das Verhör jetzt völlig übernommen hatte, »was haben Sie zu Ihrer Rechtfertigung zu sagen.«

Diese unorthodoxe Frage hatte die erwünschte Wirkung, Donald zu verunsichern. Er murmelte vor sich hin.

»Bedauerst du Yseuts Tod?« fuhr Fen fort und fügte mit schmerzlich hörbarem Flüstern Richtung Nigel hinzu: »Das ist die psychologische Ermittlungsmethode.«

Donald wurde munter. »Psychologischer Unsinn«, sagte er. »Wenn Sie's genau wissen wollen, ich bin nur erleichtert, nicht traurig. Sie brauchen deshalb aber nicht anzunehmen, daß ich sie getötet habe. Ich habe ein Alibi«, schloß er mit dem Stolz eines Kleinkindes, das einem störrischen Erwachsenen sein Lieblingsmalbuch zeigt.

»Sie glauben, ein Alibi zu haben«, sagte Fen vorsichtig. »Aber wenn man eine geheime Absprache zwischen Nicholas und Ihnen unterstellt, dann hat keiner von Ihnen beiden etwas dergleichen.«

»Sie können keine Absprache nachweisen«, sagte Donald entrüstet.

Fen gab abrupt das unergiebige Thema auf. »Haben Sie gestern morgen Orgel geübt?« erkundigte er sich. »Und haben Sie davor im ›Mace and Sceptre‹ etwas getrunken?«

»Ja auf beide Fragen«, sagte Donald, der sich etwas erholt hatte. »Ich werde am Sonntag ein sehr schwieriges Präludium von Respighi spielen als freies Orgelstück unabhängig von der Liturgie.«

»Und Sie hatten die Noten mit in der Bar?« Nigel war verwundert darüber, welche Richtung das Verhör eingeschlagen hatte.

»Ja, hatte ich.«

»Viele?«

»Einen kleinen Stapel«, sagte Donald würdevoll.

»Ah«, sagte Fen, »Ihr Zeuge, Inspektor. Mein Interesse ist gestillt, ich überlasse Ihnen das weitere Vorgehen.«

Und dabei blieb es zunächst auch. Der Inspektor stellte einige Fragen, die Donalds Aktivitäten an diesem Abend, den Zwischenfall mit dem Revolver und seine Beziehung zu Yseut betrafen, aber sie erfuhren nichts Neues. Nigel hatte den Eindruck, als hämmere der Inspektor pflichtbewußt, aber völlig wirkungslos gegen eine Backsteinmauer. Er stellte seine Fragen aufs Geratewohl und hoffte, sie würden etwas zum Vorschein bringen. Zwar hatte er kurzfristig die Selbstmordtheorie aufgegeben, schien aber nicht in der Lage, statt dessen eine konkrete Befragungsstrategie zu entwickeln. Nigel empfand tiefstes Verständnis für diesen Geisteszustand. Er wurde langsam selbst sehr müde und verlor wie Fen völlig das Interesse an den weiteren Vorgängen. Seine erste Reaktion auf den Mord, so fühlte er, war sehr von seinen Emotionen bestimmt gewesen. Jetzt war er geneigt zu glauben, daß Yseuts Tod aus vielerlei Gesichtspunkten nicht unbedingt nur eine schlechte Sache war. Wäre sie von einem Bus überfahren worden, das Resultat wäre dasselbe gewesen. Weshalb also sollte man sich von moralischen Erwägungen beeinträchtigen lassen? Die Fidschianer, erinnerte er sich, töteten ihre alten Männer und Frauen aus dem bewundernswürdigsten Motiv: die soziale Evolution. Diese Überlegungen spielte sich jedoch nur im bewußten Teil seines Denkens ab; im Unbewußten lebte und gedieh noch immer sein abergläubisches Entsetzen vor dem gewaltsamen Tod, und dieser Bereich war gegen die Spitzfindigkeiten der rationalen Überlegungen durch eine undurchlässige Schicht geschützt. Diesen unbewußten Teil versuchte der bewußte zu unterdrücken, indem er alle weiteren Spekulationen zu diesem Thema abwies. Was ohne Zweifel blieb, war eine abergläubische Furcht, da die ausführende Kraft unbekannt war – es war wie eine atavistische Belebung des Glaubens an die Geister von Erde und Luft.

Gegen Ende des Verhörs schien Fens Interesse, allem Anschein nach eine recht flüchtige Angelegenheit, wieder erwacht zu sein.

»Was halten Sie von Jean Whitelegge?« fragte er in kunstvoller Vortäuschung von objektiver wissenschaftlicher Neugier.

»Ich glaube, sie ist verliebt in mich.«

»Mein lieber Freund, das wissen wir. Gehen Sie bloß nicht so selbstgefällig damit um. Glauben Sie, sie könnte Yseut getötet haben?«

»Jean?« Es gab ein Bruchstück einer Pause. Dann sah man Donald seinen Schock an: »Nein: das glaube ich ganz sicher nicht.«

»Ah«, sagte Fen, »was werden wir musikalisch am Sonntag zur Abendmesse geboten bekommen?«

»Dyson in D.«

»Sehr schön«, kommentierte Fen, »etwas theatralisch, aber schön. Sie müssen unbedingt kommen Nigel. Musikalisch ist es eine Schlacht der Religion gegen die Romantik, Eros gegen Agape.« Nigel nickte zustimmend, aber verwirrt über diese geistreichen Sprüche. Donald Fellowes zog sich in eines der Gästezimmer zurück, nachdem er sich noch unter den wachen Augen eines Polizisten einige Dinge aus seinem Schlafzimmer geholt hatte.

Schläfrigkeit ergriff Fen, Nigel, Sir Richard und den Inspektor. Sogar den beiden letztgenannten fiel es schwer, ihr Interesse aufrecht zu erhalten. Es war jetzt kurz vor Mitternacht. Der Inspektor kehrte mit heroischer Anstrengung zum Untersuchungsgegenstand zurück und versuchte eine kurze Zusammenfassung.

»Bestimmte Dinge werden noch untersucht oder geklärt werden müssen«, schloß er. »Die Alibis der anderen beteiligten Personen; die Frage, ob die Kugel aus der Pistole kam, die wir gefunden haben – obgleich ich keinen Zweifel daran habe, daß dies der Fall ist –, die Frage hinsichtlich des Testaments der jungen Damen; wem der Ring gehört; und ein oder zwei weniger wichtige Dinge.«

Sir Richard schleuderte ein Streichholz, das er seit geraumer Zeit ohne nennenswerten Erfolg über seinen Pfeifenkopf gehalten hatte, annähernd in Richtung Kamin. »Es bleibt für mich ein Rätsel«, sagte er, während sein Gesicht eine angemessene, wenn auch momentane Verblüffung ausdrückte, »wie die junge Frau umgebracht wurde. Ist es möglich, daß sie von draußen erschossen wurde, wäre das möglich, und das Fenster –?« Er deutete seinen Mangel an Vertrauen in seinen Vorschlag dadurch an, daß er Zuflucht zum rhetorischen Mittel der Aposiopese nahm und verstummte.

»Selbst wenn man von den Pulverspuren absieht«, sagte der Inspektor, »ich kann mir nicht vorstellen, wie man das hätte bewerkstelligen sollen. Wenn irgend jemand sie vom Durchgang aus erschossen hätte, so hätte Williams die Person gesehen. Wenn Mr. Fellowes und Mr. Barclay die Wahrheit sagen, dann ist sie nicht aus dem Zimmer gegenüber erschossen worden. Bei aller gebührender Achtung, Sir«, fuhr er an Fen gewandt ohne das geringste Anzeichen von Achtung fort. »Ich kann wirklich nicht erkennen, daß es irgend etwas anderes als Selbstmord gewesen sein kann. Aber selbstverständlich werde ich mir in dieser Angelegenheit vorurteilsfrei meine Meinung bilden« – er nickte, scheinbar stimmte er seiner neutralen und großzügigen Gesinnung zu – »doch scheint mir, daß daran wirklich kaum ein Zweifel besteht.«

»Ich bin überzeugt, daß die Dinge in Ihren Händen bestens aufgehoben sind«, sagte Sir Richard, ein wenig bemüht. »Und jetzt – vielleicht ins Bett?«

Dieser Vorschlag verursachte ein allgemeines Gefühl der Erleichterung und hatte die überraschende Wirkung, daß alle noch eine Weile bei einem freundschaftlichen Gespräch verweilten. Schließlich gingen Sir Richard und der Inspektor, Nigel blieb noch ein paar Minuten. Fen hatte sowohl seine theatralische Melancholie wie auch seinen unnatürlichen Überschwang aufgegeben und wirkte sehr ernst. »Erzähl mir etwas«, sagte er, »über abstrakte Gerechtigkeit.«

»Abstrakte Gerechtigkeit?« murmelte Nigel.

»Laut Pascal ist die menschliche Gerechtigkeit absolut relativ«, sagte Fen, »und es gibt kein einziges Verbrechen, das nicht in der einen oder anderen Zeit als ehrenhafte Tat betrachtet wurde. Natürlich verwechselt er das universelle moralische Gesetz mit Taten, die nur aufgrund ihrer zeitweisen Zweckmäßigkeit als wertvoll betrachtet werden. Dennoch, ich glaube, der Inzest straft ihn Lügen; er wurde allgemein verdammt.« Er seufzte. »Die Frage ist: könnte es sich für jemanden gelohnt haben, für ihren Mord notfalls den Strick in Kauf zu nehmen? Es scheint, als habe sie Sex in der entwürdigendsten Weise eingesetzt, die möglich ist – als Mittel zur Macht, wie Merteuil.«

»Sie war bis zu einem gewissen Grade ein sinnlicher Mensch«, sagte Nigel.

Gervase Fen dachte ohne Befriedigung über die leichtlebigen Neigungen von Yseut nach: ein Kampf zwischen Leidenschaft und Vernunft schien sich in ihm abzuspielen. »Das gefällt mir nicht«, sagte er, »das gefällt mir überhaupt nicht.«

»Du glaubst, du weißt, wer es war?«

»Oh, ja. Ich hätte vielleicht erwähnen sollen, daß die Voraussetzungen nur von einer Person erfüllt werden können. Es wird daher sehr leicht sein herauszufinden, wer diese Person ist. Natürlich gibt es dabei Komplikationen, die man sich genauer anschauen muß. Es ist möglich, daß ich mich irre.« Seine Stimme verriet einen gewissen Mangel an Überzeugung hinsichtlich des letzten Punktes. »Diese McGaw –« Er unterbrach sich und fragte ihn plötzlich: »Bist du verliebt in Helen?«

Nigel grübelte über die möglichen, unerfreulichen tieferen Bedeutungsebenen der Frage. »Ich kenne sie kaum«, sagte er und hoffte, durch dieses Ausweichmanöver Fen vom Thema abzulenken. Aber Fen schüttelte nur den Kopf. »Ich begleite dich zur Pforte«, sagte er.

Ein Halbmond hing etwas schräg über dem großen Turm. Die Luft war warm. Es war eine Wärme, die augenblicklich jede physische Energie abzapfte und einen ungeheueren Wetterumschlag ankündigte. Sie schlenderten über den Innenhof an der zarten, fast gezierten Fassade von Inigo Jones vorbei, der die Dunkelheit eine ziemlich finstere, leere Wollüstigkeit verliehen hatte. Nigel fiel Wilkes' Gespenstergeschichte ein.

»Eine interessante Bereicherung der Collegelegenden«, sagte er.

»Sage mir Nigel«, sagte Fen, dessen Geist mit anderen Dingen beschäftigt war, »warst du hier bei den Feierlichkeiten zu Allerheiligen vor vier Jahren?«

»Als das ganze College nackt unter dem Mondlicht auf dem Rasen tanzte? Ja, ich war dabei, in der Tat. Mir wurde eine disziplinarische Geldstrafe auferlegt, die vermutlich wochenlang den Portwein im Dozentenzimmer finanziert hat.«

»Das waren noch Zeiten. Gab es irgendwelche Anzeichen von Elfen?«

»An einem Punkt während des Abends haben wir abgezählt, und so die Anwesenheit eines unbekannten Wesens unter uns abgeleitet. Aber, ob es sich dabei um eine Elfe gehandelt hat oder ob es ganz einfach einer unserer Dozenten war, haben wir nie herausgefunden.«

»Ich hätte nicht gedacht, daß das so schwer herauszufinden gewesen wäre«, Fen seufzte. »Wir werden alle immer standardisierter und normaler, Nigel. Die göttliche Begabung für den reinen Unsinn in Sprache und Handlung schwindet dahin. Stell dir vor, einer meiner Studenten hat doch tatsächlich die Unverschämtheit besessen, mich zu kritisieren, weil ich ihm Passagen vorgelesen habe, in denen Sprachschöpfungen wie *Fimble Fowl* oder der *Quangle-Wangle* als Illustration puren poetischen Erfindungsreichtums gewertet werden. Ich habe ihn ordentlich in seine Schranken gewiesen.« Die Erinnerung an diese Befriedigung ließ seine Augen im Halbdunkel kurz aufblitzen. »Heutzutage gibt es keine Exzentrizität mehr, überhaupt keine. Außer, natürlich –« er blieb stehen und wies mit dem Finger auf etwas – »das hier.«

Sie hatten den Teil des College erreicht, wo, wie Nigel sich erinnerte, eine kleine eingefriedete Rasenfläche lag. Er sah, daß dort eine Art Käfig errichtet worden war. Schwach konnte man auf einem Tisch zwölf Schreibmaschinen erkennen, und zwölf Affen saßen mit gelangweiltem, verträumtem Ausdruck herum oder kopulierten gleichgültig. Dieser unerwartete und unheimliche Anblick ließ ihn kurz zurückschrecken. »Was ist das?« fragte er.

»Entweder ist das der Gemeinschaftsraum der Studenten«, erwiderte Fen düster, »oder Wilkes' Gehege. Letzteres vermute ich. Natürlich gibt es das erst nach deiner Zeit. Wilkes hat eine praktische Veranlagung, er hat es vom College für eine lange Zeit gemietet. Aber bis jetzt ist kein einziges Shakespeare-Sonett, keine Zeile, kein Wort produziert worden, nicht einmal zwei aufeinanderfolgende Buchstaben. Die Affen müssen natürlich immer ersetzt werden, wenn sie wegsterben – vielleicht ist das nachteilig für das Experiment.« Er seufzte. »Bislang zeigen sie wenig Neigung, sich den Schreibmaschinen zu nähern, und begnügen sich damit, sich völlig normal, wenn auch äußerst schamlos zu verhalten.« Er schüttelte den Kopf über die Vergänglichkeit aller menschlichen Anstrengungen. Sie gingen weiter und näherten sich der Pforte. »Übrigens, erinnere mich gelegentlich daran, daß ich dir erzähle, was ich über Wilkes' Geschichte denke; ich fand sie in mehr als einer Hinsicht interessant. Die Probleme der Toten sind viel befriedigender zu lösen als die der Lebenden; sie erfordern kein erfolgreiches Handeln.

Du möchtest mich nicht zufällig morgen auf meinen Gängen begleiten?« sagte er, als sie sich verabschiedeten. »Ein inneres Verlangen zwingt mich, diese Sache aufzuklären, wenn die Polizei jedoch auf ihrer dummen Selbstmordtheorie beharrt, so werde ich vermutlich nicht widersprechen.«

Nigel stimmte halbherzig seinem Vorschlag zu.

»Also bis morgen irgendwann«, sagte Fen unbestimmt, so wie jemand, der sich nicht gern nötigen läßt, klare Absprachen zu treffen. »Wie müde ich bin. Ich muß noch Klausuren zusammenstellen für die engstirnige Meute, die morgen zurückkehrt.« Er verschwand auf der Stelle, und in der rabenschwarzen Dunkelheit hörte Nigel noch schwach das Wort: »Hohlköpfe.«

Jetzt unter freiem Himmel war Nigel nicht mehr nach Schlafen, und er ging an der Christ Church vorbei und hinunter zum Treidelpfad am Kanal; er stand da und starrte auf das Wasser, hell glitzernde weiße und tiefschwarze Flecken vollzogen dort ein verwirrendes Manöver. Das Gaswerk und die Fabrikschornsteine und die Eisenbahngleise – von dort hörte man von Zeit zu Zeit das entfernte Rattern von Güterzügen, die auf Nebengleisen rangiert wurden – standen klar umrissen wie auf einer Radierung von Muirhead Bone vor dem Mond. Irgendwo in der Ferne begann eine Luftalarmsirene ihr bedrückendes Portamento in Moll.

Nach und nach sickerten die Ereignisse des Abends wieder in sein Bewußtsein. Sie arrangierten sich in phantastischen Mustern, verlangten lautstark nach Erklärungen, nach Untersuchung, sogar nach Abweisung. Die Figuren der Beteiligten gingen unlogische und eigenartige Beziehungen ein. Satzfetzen kamen zurück und nahmen verkehrte und außergewöhnliche Bedeutungen an. Die Ratio hielt sich übersättigt und ermüdet zurück und betrachtete dieses groteske Panorama mit hilflosem Mißbehagen. War da nicht für Sekunden das flüchtige Bild der wahren Anordnung? Nigel würde es niemals wissen. Obwohl es eine warme Nacht war, zog er die Schultern ein und kehrte zum Hotel zurück.

In dieser Nacht träumte er, er befände sich wieder nackt auf dem Rasen von St. Christopher's. Nur hatte sich alles ein wenig verändert, und während er auf das College schaute, entfernte es sich immer mehr. Vage nahm er wahr, wie Helen sich an den unteren Ästen eines Baumes klammerte und ihm etwas zurief. Erst kurze Zeit später wurde ihm bewußt, daß sie dort Zuflucht gesucht hatte. Als er sich umschaute, sah er etwas auf Händen und Knien durch die Büsche auf sich zu kriechen. Die Gesichtszüge waren schrecklich entstellt, aber sie gehörten zu jemandem, den er kannte. Als er jedoch aufwachte, gereizt den Alptraum abschüttelte und sich eine Zigarette anzündete, konnte er sich nicht mehr daran erinnern, wer es gewesen war.

Kapitel 9

Letzter Wille und Testament

How! A woman ask questions out of bed?
THOMAS OTWAY

Was! Eine Frau stellt Fragen außerhalb des Bettes?

Am nächsten Tag schlug das Wetter um. Früh am Morgen, noch bevor die ersten Lichtstrahlen die Türme und Zinnen der Stadt berühren konnten, begann aus einem bleiernen Himmel der Regen zu fallen. Als Nigel aus einem unruhigen Schlaf erwachte, waren die Straßen schon völlig durchnäßt. Das kunstvolle, aber unzulängliche Abwassersystem der gotischen, neugotischen, palladischen und venezianischen Architektur spie bereits angesammelte Wasserfontänen auf unachtsame Passanten. Von Carfax aus flossen die Ströme das sanfte Gefälle der High Street hinunter, vorbei an der »Mitra«, vorbei an der großen St. Mary's Church, vorbei am Queen's und weiter hinunter dorthin, wo sich der Glockenturm des Magdalen in einsamer Strenge über den Verkehr erhebt, der sich nach Headington oder Iffley oder Cowley bewegt. Draußen vor dem St. John's begannen die Bäume zu knarren und zu raunen, und die Tropfen klopften in dumpfer Monotonie von den Blättern, während sich ein einsamer Strahl blassen Sonnenlichts auf einem Querbalken des Taylor-Instituts ausruhte, dann südlich Richtung Cornmarket blinzelte und irgendwo in der Umgebung des Brasenose rasch verschlungen wurde. Der graue Himmel spiegelte das Grau unzähliger Mauern wider; Wasser lief in Strömen den Efeu des

Keble herunter, der es für gewöhnlich nur vor ungehörigen Kommentaren beschützt, machte eine kleine glitzernde Rast auf den schmiedeeisernen Toren des Trinity und sammelte sich in zahlreichen Rinnsalen und Bächlein zwischen dem Kopfsteinpflaster, das die Radcliffe Camera umgibt, die wie ein Senftopf zwischen verschiedenen anderen Öl- und Essigfläschchen steht. Die ausdrucksvolle Architektur von Oxford ist heiter im Sonnen- oder Mondlicht; Regen macht Oxford zu einer zutiefst deprimierenden Gefängnisstadt.

Morgen würde der erste Tag des neuen Semesters sein. Die Studenten, die noch nicht eingetroffen waren, bewegten sich in Richtung Oxford. Selbst im geschäftigen Treiben der weiten Landstriche Englands konnte man ihre dünnen, zielstrebig zusammentreffenden Ströme erkennen. Im Clarendon-Gebäude grübelten zwei Disziplinarbeamte resigniert über einer Liste von Gaststätten, die an diesem Abend besucht werden sollten, während jüngere Mitglieder der Universität *in statu pupillari* sich auszurechnen versuchten, wie hoch wohl ihre Chancen stünden, dort bis zu einer sehr späten Stunde dezent beim Portwein zu verweilen. Notizen über Club-Aktivitäten tauchten an den Pförtnerlogen auf, viele davon waren aggressiv entworfen; Taxis trafen ein, vollgestopft mit Gepäck; aufgrund des Systems, das von der Eisenbahngesellschaft »Gepäck im voraus« genannt wurde, würde eine Woche später auch der Rest eintreffen; Papiere wurden zusammengestellt und verteilt, Tutoren seufzten tief und kummervoll, und die Studienanfänger trafen in einem Zustand wachsender Verwirrung und ängstlicher Befangenheit ein, und die Collegeköche planten Ungeheuerlichkeiten.

Es war ein düsterer Tag; aber Nigel fühlte sich heiterer als sonst, als er aus dem Fenster seines Baptisteriums sah. Dies ist nun also der Zeitpunkt, sagte er sich, an dem die ganze schreckliche Sache Wirklichkeit wird, über dich hereinbricht und dich einhüllt; aber glücklicherweise geschieht nichts dergleichen;

ganz im Gegenteil, das Beeindruckendste ist seine höchste Bedeutungslosigkeit, die eine wahrnehmbare Erhellung des Geistes bewirkt. Er betrachtete aufmerksam ein kleines Wasserbächlein, das Stufe um Stufe an der Außenfront des Gebäudes hinunterfloß, auf jeder an Kraft gewinnend, und beobachtete wie es sich schließlich auf den Regenschirm des Regius-Professors für Mathematik hinabstürzte, der zufällig gerade vorbeiging. Dann zog er bestärkt durch diesen ermunternden Anblick seinen Kopf zurück, wusch und rasierte sich, kleidete sich an und ging hinunter zum Frühstück.

»Mord«, sagte Nicholas belehrend zu Sheila McGaw, mit der er frühstückte, »wirkt ohne Zweifel ausgezeichnet und augenblicklich, aber im Grunde ist er unbefriedigend.« Er machte eine ausladende Geste, wobei er einen Klecks Orangenmarmelade in das Salz schleuderte. »Überleg nur, um wieviel befriedigender andere Methoden gewesen wären, wie Auspeitschen oder hinter dem fahrenden Karren Herschleppen. Mord ist so *plötzlich*, er läßt nichts zurück, was sich im nachhinein genießen läßt. Es ist wie wenn man guten Wein in einem Zug hinunterstürzt, anstatt ihn zu genießen. Stell dir nur einmal die Frage nach der Angemessenheit. Wie verehrenswert war doch das Mittelalter in dieser Hinsicht! Schandmasken, Gürtel, Tauchstühle, Säufermäntel, Keuschheitsgürtel, allesamt in den gröbsten Maßstäben entworfen, aber sie erfüllten ihren Zweck in der Vergeltung der besonderen Verfehlungen der menschlichen Natur. Ich zittere vor Freude, wie Ruysbroek sagte, wenn ich daran denke, für wie viele davon sich Yseut qualifiziert haben muß. Mord ist so abstrakt, so unparteiisch«, beklagte er sich, »es fehlt ihm im höchsten Maß das poetische Element der Wahl, ich bin mir noch nicht einmal sicher, ob er nicht immer mit äußerst scheußlichem Geschmack auswählt.« Er biß ein Stück Toast ab und betrachtete den Rest versonnen, bevor er ihn wieder auf seinen Teller zurücklegte.

»Darf ich fragen«, sagte Sheila, »ob du dir diese Argumentation ausgedacht hast, um die Polizei davon zu überzeugen, daß du das Mädchen nicht umgebracht hast? Sollte das der Fall sein, so befürchte ich, sie ist zum Scheitern verdammt.«

»Meine liebe Sheila: ich hatte keinerlei Motiv, Yseut zu töten. Es ist korrekt, ich habe die Polizei gestern angelogen, als ich gefragt wurde, ob Donald oder ich den Raum verlassen hätten, und wie ich glaube, hat Fen es bemerkt – zum Teufel mit ihm. Aber selbst wenn das herauskommen sollte, ich kann nicht erkennen, was ich zu befürchten habe. Aber du –«

Sheila sah rasch auf. »Welches Motiv sollte ich haben?«

»Rache, meine Liebe«, sagte Nicholas theatralisch. »Ich habe ihnen von eurem kleinen Streit erzählt. Es macht dir doch hoffentlich nichts aus?«

Zu seiner Enttäuschung nahm sie diese Enthüllung ohne Groll auf. »Nein«, sagte sie nach einer Weile, »es macht mir nichts aus. Das hätten sie so oder so ganz schnell herausgefunden. Werden sie mich verhören?«

»Ohne Zweifel. Aber es ist eine harmlose Prozedur; sie haben nicht die geringste Ahnung, wonach sie suchen.« Eine weitere Pause entstand, dann fügte Nicolas nachdenklich hinzu: »Ich glaube, ich werde mir heute morgen die Probe ansehen. Es wird interessant sein, wie die Leute es aufnehmen.«

Jean Whitelegge wachte in ihrem kleinen, leicht und modern möblierten Wohnschlafzimmer im College auf, vorsichtig öffnete sie ein Auge, um die Eindrücke des neuen Tages aufzunehmen, schaute hinüber zum Kaminsims auf die kleinen Porzellanhunde und verschiedenen Holztiere; zum Fenster, an dem der Regen herunterströmte und hinter dem die Baumwipfel und die rote Backsteinmauer sich in verschwommen phantastische Bilder auflösten; auf den Schrank, der ihren kleinen Fundus an

Kleidern enthielt; auf das kleine tragbare Grammophon mit ringsum verstreuten Alben von Beethovens Quartetten; die flachen, etwas mitgenommenen Gauguindrucke an den Wänden; ein Bücherregal mit dünnen Bändchen zeitgenössischer Poesie, Büchern über Ballett und Theater, Stücken von Strindberg, Auden, Eliot, Bridie, Cocteau und an einem Ehrenplatz oben auf dem Regal die vielgelesenen und in strenges, kompromißloses Schwarz gebundenen Werke von Robert Warner. Ihre Augen verweilten lange auf ihnen, nachdenklich, zweifelnd; Zeilen aus seinen Stücken kamen ihr in den Sinn, die Figuren verteidigten sich ungebeten, eine Vielzahl zarter, überraschender und scheinbar inkonsequenter Schlüsse gingen ihr durch den Kopf. Sie setzte sich im Bett auf, schob einen Träger, der auf den Oberarm gefallen war, auf die Schulter zurück, schaute auf die Uhr, und stellte fest, daß es für ein Frühstück bereits viel zu spät war, warf ihre wohlgeformten Beine aus dem Bett, stand auf und betrachtete sich nachdenklich in dem großen Spiegel in der Schranktür: schlicht, dachte sie, aber unbestreitbar gut gebaut, um einiges attraktiver als Yseut … Ihr Gedankenfluß stockte plötzlich, und sie bemühte sich, schwache und bruchstückhafte Erinnerungen an das Strafrecht abzurufen. Es klopfte an der Tür; daß es dabei nur darum ging, ein Kommen anzukündigen, bewies die Geschwindigkeit, mit der die Verursacherin die Tür öffnete und eintrat. Estelle Bryant war eine der reicheren Studentinnen, war geschminkt und duftete nach Chanel, trug Seidenstrümpfe und exquisit geschneiderte Kleidung, wodurch sie sich von den meisten ihrer Kommilitoninnen abhob, die einfache Schuhe, ununterscheidbare Tweedsachen und Blusen bevorzugten. In einem Zustand höchster Erregung ließ sie sich auf das Ende des Bettes fallen.

»Meine Liebe«, sagte sie. »Hast du das von Yseut gehört?«

Jean sah sie einen Augenblick schweigend an. Dann sagte sie: »Yseut? Was ist mit ihr?«

»Ermordet, mein Kind; hinweggerafft, über den Jordan, mit einer Kugel mitten auf der Stirn. Deine Theaterclique wird eine neue jugendliche Liebhaberin finden müssen. Wenn ich nicht den Verführungen des Mittelenglisch erlegen wäre, ich glaube, ich würde mich selbst um den Job bewerben.« Sie stützte sich mit einem Ellenbogen auf, und es gelang ihr nur mit Schwierigkeiten, sich eine Zigarette anzuzünden.

Jean sagte: »Wo, Estelle? Und wann?« Ihre Stimme klang merkwürdig desinteressiert.

»Stell dir vor: ausgerechnet im Kit's, im Schlafzimmer deines teuren Donald. Oh, Gott, das hätt ich nicht sagen sollen, nicht wahr? Klingt schlecht.«

Jean lächelte schwach. »Du brauchst keine Rücksicht auf mich zu nehmen. Ich weiß zufällig, daß Donald zu dem Zeitpunkt nicht da war. Wer, glaubst du, hat es getan?«

»Kann wirklich nicht verstehen, was du an dem Bürschchen findest, Liebste«, sagte Estelle nicht ganz zum Thema. Dann bemühte sie sich aber offensichtlich, sich an die Frage zu erinnern. »Oh, wer es getan hat. Ich denke –, das wissen sie nicht; oder falls sie es wissen, behalten sie es für sich. Jedenfalls haben sie noch niemanden verhaftet.«

»Gott sei Dank.«

»Ja, Kind, ich verstehe was du meinst. Eine häßliche Geschichte, wenn alles, was ich gehört habe, wahr ist. Aber ich möchte nicht mit dem Mörder tauschen, jetzt, wo Fen an der Arbeit ist, schon die Art, wie er meine Essays in Stücke reißt, läßt einen erschaudern.« Für einen Augenblick verfiel sie in sehnsuchtsvolles Schmachten. »Gott, wie klug dieser Mann ist! Da mobilisiere ich alle Ressourcen von Hartnell für seine Tutorials, aber es reicht nicht; er flirtet heftig, aber nichts ist ihm ernst. Ach, ich Arme!« Sie seufzte.

»Die glauben doch nicht, daß es Donald war, oder?« fragte Jean.

»Meine Liebe, leider bin ich nicht mit ihren Geheimnissen vertraut. Allmächtiger Gott, Kind, was für himmlische Unterwäsche! Woher ist die?«

Vom Meinungsaustausch über Unterwäsche gingen sie ganz selbstverständlich auf das immerwährende weibliche Diskussionsthema über: das andere Geschlecht.

Als Donald Fellowes die Augen öffnete, fiel sein Blick zunächst auf einen Stuhl am Bett, auf dem sich ein unordentlicher Kleiderhaufen auftürmte. Er brauchte in der ungewohnten Umgebung des Gästezimmers eine Weile, bevor ihm klar war, wo er war und warum. Ein Breughel, mit dicht zusammengedrängten flämischen Einfaltspinseln, der über dem Kamin hing, starrte auf ihn herab. Darüber hing eine sehr schlechte Haden-Radierung. Ansonsten war nichts Besonderes an dem Raum. Donald hatte fürchterliche Kopfschmerzen und einen schlechten Geschmack im Mund. Er richtete sich auf, legte den Kopf in die Hände, und murmelte: »Mein Gott, Mein Gott!« Ein Hausdiener steckte den Kopf zur Tür herein und erinnerte ihn daran, daß in fünf Minuten gefrühstückt würde. Während er zögernd aus dem Bett kroch, dachte er entfernt und unbeteiligt an Yseut – und an etwas anderes. »Du meine Güte!« sagte er zu sich. »Wer, in drei Teufels Namen, hätte das gedacht – Frauen sind unerklärlich.« Er grübelte ausgiebig über dieser nicht sehr originellen Schlußfolgerung, während er sich die Schuhe und den Morgenmantel anzog, dann marschierte er unter dem Schutz eines Schirmes zu den Bädern.

Rachel West zog den gerade herabgeglittenen Zipfel ihres Negligés wieder auf ihren Oberschenkel zurück und schenkte noch eine Tasse Tee ein. Robert sah ihr von seinem Stuhl ihr gegenüber dabei zu. Ihm ging durch den Kopf, daß sie in all den Jahren, die er sie kannte, kein bißchen von ihrer Schönheit verloren hatte. Wie alt war sie? Siebenundzwanzig? Achtundzwanzig? Aber ihr Körper war noch immer fest, zart geformt, fast ein wenig jungenhaft, und trotz der vielen Jahre, die sie miteinander verbracht hatten, hatte sie niemals ihr Aussehen am frühen Morgen vernachlässigt, was für gewöhnlich die Zeit ist, zu der Ehefrauen offiziell oder inoffiziell am schlechtesten aussehen; tatsächlich hatten sich aufgrund einer unausgesprochenen Übereinkunft tägliche Gewohnheiten herausgebildet, die dies verhinderten. Er hatte ihr von den Ereignissen des letzten Abends erzählt. Als er fertig war, schwiegen beide für einen Moment. Schließlich sagte Rachel:

»Ich fühle mich irgendwie schuldig, weil ich wegen dir und dem Mädchen solch einen verdammten Narren aus mir gemacht habe. Ich muß wohl ein wenig verrückt gewesen sein.«

»Ich befürchte, ich habe nicht viel getan, um die Situation etwas zu entschärfen. Und offensichtlich hat die ganze Geschichte um ihren Besuch in meinem Zimmer ziemlich schlecht ausgesehen; sogar ein Inspektor von der Polizei meinte darauf bestehen zu müssen, daß ich mit ihr geschlafen habe.«

»Wenn ich nur bei Verstand gewesen wäre –«

»Ach, vergiß das jetzt, Liebling. Es ist vorbei.«

Rachel war ernst. »Vorbei – ja. Haben die irgendeinen Anhaltspunkt, wer es gewesen ist?«

»Soweit ich das beurteilen kann, kaum. Fen könnte vielleicht eine Idee haben, aber er führt großes Theater auf, daher ist es schwer zu sagen. Wie dem auch sei, laß uns die ganze Angelegenheit um Himmels willen vergessen. Ich befürchte, die Polizei wird dich heute aufsuchen.«

»Gibt es – irgend etwas –?«

»Du meine Güte, nein, ich habe nichts zu verbergen. Sag ihnen die Wahrheit.«

»Die Wahrheit – soweit sie mich betrifft, ist – nun, Liebling, Tatsache ist, daß ich gestern nicht im Oxforder Norden war, das war Flunkerei. Nachdem wir gestritten hatten, ich – ich – nun, ich konnte es einfach nicht ertragen, das ist alles. Ich mußte raus, irgendwohin, alleine.«

»Was für ein taktloser Teufel ich doch bin.«

»Nein, Liebling, natürlich war das nicht dein Fehler. Aber das hat leider nichts daran geändert, wie ich mich gefühlt habe. Ich – ich bin ins Kino gegangen und habe mir einen schrecklichen Film angesehen.«

»Ja, und?«

»Verstehst du nicht? Das bedeutet, daß ich kein Alibi habe. Sie werden sagen –«

»Meine Liebe, die werden nicht jeden in Oxford verhaften, der kein Alibi hat. Du mußt es ihnen nur erzählen, das ist alles. Glaub mir. Wenn sie dir irgend etwas anhängen wollen«, fügte er grimmig hinzu, »dann hetze ich ihnen alle juristischen Schakale Londons auf die Fersen.«

Sie sah so besorgt aus, daß er hinüberging und sie sanft auf den Mund küßte. »Sei fröhlich, mein Herz«, sagte er, »mach dir keine Sorgen. Was mich betrifft, so werde ich nicht versuchen, die Tatsache zu verbergen, daß ich mehr als entzückt sein werde, wenn sie niemals herausfinden, wer es war.«

Er ging zurück und setzte sich wieder. »Gott sei Dank läuft es mit den *Metromania*-Proben gut: Es wird jetzt noch besser laufen. Auch wenn ich da etwas sage, was ich nicht sagen sollte. Weißt du, ich habe eine Idee für ein neues Stück. Diesmal mit einem männlichen Hauptdarsteller. Vom Kaliber eines Shotover oder Giles Overreach – aber noch einmal, ich sollte das wohl nicht sagen.«

»Das heißt vermutlich«, sagte Rachel, »du schließt dich wieder tagelang ein, sobald das hier vorbei ist? Wirklich, du bist entsetzlich.«

Robert kicherte. »Ich weiß, ich weiß. Und ich kann nicht behaupten, daß ich gerne so bin.« Er betrachtete sie spöttisch. »Ich weiß nicht, ob es anderen Menschen auch so geht, mich jedenfalls langweilt mein eigenes Denken. Ein neues Stück zu schreiben ist wie ein Kind bekommen oder schwimmen gehen: es macht erst dann Spaß, wenn es vorbei ist.«

Nigel frühstückte alleine, wobei er mit dem weitermachte, was er für eine vernünftige und objektive Überprüfung der Tatsachen hielt. Allerdings schienen seine Vernunft und seine Objektivität etwas geschwächt, kein einziger Funke der Erleuchtung erhellte diese innere Szenerie. Was ihn hauptsächlich beschäftigte, war die Sache mit dem Ring. Was für einen Grund konnte der Täter gehabt haben, ihn an den Finger der toten Yseut zu stecken? Er grübelte darüber nach, ein paar abwegige Theorien kamen ihm in den Sinn, die er sogleich wieder verwarf. Hatte Robert die Wahrheit gesagt, als er behauptete, daß er in der Nacht nach der Party nicht mit Yseut zusammen war? Nigel glaubte, daß er log, aber irgendwie konnte man nicht sicher sein. Warum war Donald kaum überrascht gewesen, als er von Yseuts Tod hörte? Welche Bedeutung hatte das Radio? Welche die Tatsache, daß Yseut in Donalds Zimmer ermordet worden war? Wonach hatte sie dort gesucht? Hatte Jean die Pistole genommen, und wenn ja, bewies das, daß sie die Mörderin war? Nigel wurde bewußt, daß dieser innere Katechismus, der ihn schwach an die Dialoge zwischen Körper und Geist erinnerte, wie sie im siebzehnten und achtzehnten Jahrhundert so beliebt gewesen waren, völlig sinnlos war. Er gab es auf, um über die Möglichkeiten nachzudenken, die in der intuitiven Methode lagen, zu der Fen sich bekannte. Er konzentrierte sich angestrengt auf seine intuitiven Kräfte und ließ unzusammenhängende Eindrücke ohne Ordnung oder Folgerichtigkeit in seinen Kopf dringen. Am Ende war er verwirrter als jemals zuvor. Einen Augenblick glaubte er wirklich, er sei auf ein Element gestoßen, das die ganzen separaten Einzelteile zu einem wahrscheinlichen Muster zusammenfügte. Aber ganz offensichtlich hatte er so stark ›intuitiert‹, daß es nicht bis an die Schwelle seines Bewußtseins durchdrang, und er war völlig außerstande, es wieder einzufangen. Seufzend gab er weitere Versuche auf.

Zuerst würde er jedenfalls Helen besuchen. Die Probe würde an diesem Morgen erst um elf Uhr beginnen, und eigentlich mußte sie noch zu Hause sein. Er zog sich einen Regenmantel an und ging durch den Regen in Richtung Beaumont Street.

Als er sich der Nr. 265 näherte, kamen zwei ihm vertraute Gestalten auf ihn zu. Nachdem sich die Schleier der Entfernung aufgelöst hatten, entpuppten sich die beiden als Inspektor Cordery und Sergeant Spencer, die offensichtlich den gleichen Weg hatten. An der Tür trafen sie aufeinander.

Der Inspektor war äußerst gut gelaunt. Er begrüßte Nigel mit der etwas gönnerhaften Güte des Heiligen Petrus, der einen unbekannteren Jünger zur ewigen Glückseligkeit zuläßt. »Sieh an, sieh an, Mr. Blake, wie klein die Welt doch ist!« sagte er völlig überflüssigerweise. »Ich nehme an, Sie wollen auch zu Miss Haskell?«

»Wenn ich störe, kann ich natürlich –« murmelte Nigel, unwillig, sein winziges Vorrecht gegenüber den beiden Polizisten aufzugeben.

»Nun, Sir, wenn Sie möchten, kommen Sie mit uns hinauf. Ich muß Sie allerdings bitten, uns die Angelegenheit auf unsere Art erledigen zu lassen und uns, solange wir da sind, nicht zu stören.«

Nigel stimmte dieser Absprache förmlich zu, und sie traten ein und gingen die Treppen hinauf. Dabei kämpfte er verbissen mit dem Inspektor um den ersten Platz auf der engen Treppe.

Helen war in ihrem Zimmer und schrieb Briefe. Es war ein großes, lichtdurchflutetes Zimmer, äußerst ordentlich und sauber, und obgleich Möbel und Dekoration größtenteils nicht ihr gehörten, war es ihr gelungen, den Dingen um sie herum den

Stempel ihrer Persönlichkeit aufzudrücken, ohne es auf plumpe Effekte anzulegen. Noch etwas anderes fiel Nigel auf. Ganz unverkennbar war es das Zimmer einer Frau. Den Grund dafür sah Nigel, wie er auf typische männliche Arrt analysierte, in den zahlreichen kleinen Gegenständen, die der Raum enthielt. Unverkennbar weiblich, dachte er, Chaucers Beschreibung von Cressida kam ihm in den Sinn –

> Doch alle ihre Glieder so ganz im Einklang der Weiblichkeit,
> daß nie ein Wesen von weniger männlicher Erscheinung war.

Wie Chaucer sich an der vortrefflichen und unerreichten Weiblichkeit von Cressida erfreute, so erfreute er sich an Helen. Er sah auf ihr ernstes, kindliches Gesicht, die sanft gewellten Haare und war verloren. Er brachte eine gutturale Begrüßung heraus, die sie ernst erwiderte.

Nigel bemerkte mit lächerlichem Stolz, daß offensichtlich selbst der Inspektor von Helen beeindruckt war. Sein Verhalten wurde so beruhigend, wie es seine vogelhafte Physiognomie erlaubte. Zur Nigels Überraschung drückte er auf charmante und natürliche Art sein Beileid aus über das, was passiert war, und entschuldigte sich dafür, Helen so früh zu belästigen.

»Ich wußte, daß Sie zur Probe müssen, Miss«, sagte er, »also dachte ich, wir bringen diese unangenehme Angelegenheit so schnell wie möglich hinter uns. Es ist zum großen Teil Routine, wie Sie sicher wissen.«

Helen nickte und bedeutete ihnen, sich hinzusetzen. »Ich fürchte Sie halten mich für ein wenig gefühllos, Inspektor«, sagte sie. »Aber Yseut und ich sind nie gut miteinander ausgekommen – kannten uns nicht mal besonders gut – schließlich war sie nur meine Halbschwester. Also, obgleich diese ganze Geschichte natürlich ein Schock war, kann ich ehrlicherweise nicht so tun, als wäre ihr Tod ein persönlicher Verlust für mich.«

Nachdem er einen Augenblick darüber nachgedacht hatte, schien der Inspektor diesen Standpunkt verständlich zu finden. Ohne Zweifel hatten gewisse, in der frühesten Kindheit bei der Lektüre von Märchen aufgenommene Grundsätze noch immer Einfluß auf seine Weltanschauung. Waren nicht bereits dort die Halbschwestern immer so lästig wie Fliegen gewesen? »Nun, das geht uns nichts an, Miss«, sagte er und fügte unlogischerweise hinzu, »obgleich wir Ihnen natürlich ein oder zwei Fragen dazu stellen werden müssen. Im Moment frage ich mich, ob es Ihnen wohl etwas ausmacht, wenn Sergeant Spencer hier Ihnen die Fingerabdrücke abnimmt?«

»Ist das auch reine Routine, Inspektor?« fragte Helen spitzbübisch. Der Inspektor riskierte ein verantwortungsbewußt wirkendes Lächeln. »Ja, genau, Miss«, sagte er.

Spencer, der beim Eintreten einen verzweifelten Blick auf eine beeindruckende Batterie von Kosmetik geworfen hatte, die auf dem Toilettentisch stand, entschuldigte sich. »Ich befürchte, das wird Ihre Finger ziemlich schmutzig machen, Miss«, sagte er.

»Fangen Sie an, Sergeant«, sagte Helen. »Als Schauspielerin bin ich es gewohnt, daß ich rundum mit schrecklichem Zeugs bemalt werde.« Der Rest der Maßnahme erfolgte schweigend.

»Nun, Miss«, sagte der Inspektor, »wir müssen uns das Zimmer Ihrer Schwester ansehen.«

»Oh, natürlich. Die nächste Tür links. Sie hat nie abgeschlossen, also werden Sie keine Schwierigkeiten haben. Soll ich mitkommen?« Sie machte Anstalten, sich zu erheben.

»Äh – danke, nicht nötig, Miss. Spencer wurde schon gestern nacht hierhergeschickt, um es abzuschließen, bis es uns möglich sein würde, es uns genauer anzusehen. Sie haben nicht zufällig irgendwann gestern nacht oder heute morgen versucht, in das Zimmer Ihrer Schwester zu kommen?«

»Nein, Inspektor, habe ich nicht, Sie werden also keine Fingerabdrücke von mir am Türknauf finden.«

»Ah – genau. Spencer, gehen Sie, und sehen Sie sich um. Sie wissen, was wir suchen?« fügte er finster hinzu.

Spencer, der nicht die geringste Ahnung hatte, grinste freundlich und ging hinaus. Der Inspektor sagte beiläufig:

»Also, Ihre Schwester wollte ihr Testament ändern?«

Nigel sah Helen prüfend an, aber sie antwortete völlig ruhig: »Zumindest hat sie mir das auf der Party neulich nacht gesagt. Heute wollte sie zu ihrem Rechtsanwalt. Ich glaube Nicholas Barclay hat das Gespräch mit angehört. Ich bin davon ausgegangen, daß er es Ihnen erzählen würde.« Der Inspektor sah so enttäuscht aus, daß sie rasch noch hinzufügte: »Das soll nicht heißen, daß ich es nicht auf jeden Fall erwähnt hätte.«

»Unter den gegebenen Umständen wirkt es etwas eigenartig, Miss.«

»Da muß ich Ihnen zustimmen«, sagte Helen ruhig. Nigel, der sich streng an sein Schweigegelübde hielt, übermittelte ihr auf telepathischem Wege seinen Beifall.

Der Inspektor, der ein wenig verwundert war, versuchte es auf einem neuen Weg. »Wissen Sie, wer der neue Erbe sein sollte?«

»Ich habe nicht die geringste Ahnung. Außer mir hatte sie keine nahen Verwandten und nur sehr wenig Freunde. Was mich immer verwundert hat, ist, warum sie es nicht schon vorher geändert hat, wenn man bedenkt, wie wenig Zuneigung wir füreinander hatten. Was mich betrifft, es hätte mir nicht viel ausgemacht. Ich habe kein besonderes Verlangen nach mehr Geld, als ich verdienen kann, und ich hatte ohnehin keinerlei Grund anzunehmen, daß sie vor mir sterben würde. Sie hat mir nur aus purer Boshaftigkeit davon erzählt. Es hatte allerdings keinerlei Wirkung auf mich, aus den eben beschriebenen Gründen.«

»Die Angelegenheit mit dem Testament muß natürlich noch bestätigt werden. Aber gehe ich recht in der Annahme, daß Sie jetzt ein vergleichsweise reiches Mä– eine reiche Frau sind, Miss Haskell?«

»Vermutlich.«

»Aha. Kennen Sie den Namen ihres Rechtsanwalts?«

»Nicht die geringste Ahnung. Wir haben uns nie über Geld unterhalten. Sie hat mir nie welches angeboten, und ich habe mir nie welches von ihr leihen wollen.«

»Finden Sie es nicht merkwürdig«, sagte der Inspektor, »daß Ihre Schwester nicht ein wenig mehr – nun, ihren Mitteln entsprechend gelebt hat? Warum hat sie sich zum Beispiel kein Haus genommen oder im Hotel gelebt?«

»Ich glaube, nicht einmal Yseut hätte die Frechheit besessen, das zu tun, wo ich doch auch hier lebe«, sagte Helen trocken. »Sie hat es sich hier natürlich gutgehen lassen; aber ich glaube, sie muß es genossen haben, Geld zu horten, wenn man einmal in Betracht zieht, daß sie die meiste Zeit fleißig damit beschäftigt war, junge Männer zu melken, die nicht einmal den zwanzigsten Teil ihres Einkommens hatten.«

»Na, na, Miss Haskell!« sagte der Inspektor. Aber er sagte es so, als sei er gar nicht ganz anwesend, offensichtlich war er in Gedanken mit anderen Dingen beschäftigt. Einen Augenblick später nahm er den Ring, der an Yseuts Finger gesteckt hatte, aus einem Umschlag. »Gehörte der Ihrer Schwester?«

»Der? Um Himmels willen, nein. Das wäre – Was hat das mit Yseuts Tod zu tun?«

»Wem gehört er?«

Helen zögerte. »Wenn Sie es unbedingt wissen müssen«, sagte sie, »er gehört Sheila McGaw, unserer Regisseurin. Am Theater ist er so was wie ein Dauerwitz, es ist solch ein groteskes, entsetzliches Ding. Aber –«

Der Inspektor nickte weise. »Ich wollte nur Ihre Bestätigung in diesem Punkt, Miss. McGaw hat bereits zugegeben, daß es sich um ihren Ring handelt. Sie sagt, sie habe ihn vor zwei Tagen in einer der Garderoben liegenlassen. Wie es scheint«, fügte er gewichtig hinzu, so als würden seine Glaubenskräfte bis an die äußersten Grenzen gefordert, »konnte jeder aus dem Theater oder von außerhalb hineingehen und sich damit fortschleichen.«

»Das ist durchaus möglich«, sagte Helen. »Es gibt keinen Bühnenpförtner, keine Kontrolle, wissen Sie.«

»Ganz recht. Wenn Miss McGaw die Wahrheit sagt«, fügte der Inspektor in einer profunden Auslegung freundlich an Nigel gewandt hinzu, »dann bedeutet das, daß wir genau so weit sind wie zuvor.«

»Was soll das?« sagte Helen. »Was hat der Ring damit zu tun?«

»Er wurde am Finger Ihrer Schwester gefunden, Miss. Und die näheren Umstände lassen vermuten, daß er möglicherweise nach ihrem Tod auf den Finger geschoben wurde.«

»Oh!« Helen verstummte plötzlich auf unerklärliche Weise.

»Und jetzt, Miss Haskell, würden Sie mir bitte sagen, was Sie gestern abend zwischen sechs und neun Uhr getan haben?«

»Was ich getan habe? Nun, nicht so viel. Ich bin ungefähr um halb sieben von hier aus zum Theater gegangen, habe mich geschminkt und bin zu Beginn des Stücks auf die Bühne gegangen, das war um Viertel vor acht. Nach etwa zehn Minuten bin ich wieder abgegangen, habe in der Garderobe gesessen und gelesen. Ungefähr um Viertel vor neun mußte ich wieder auf die Bühne.«

»Einen Augenblick, Miss Haskell. Verstehe ich richtig: Sie sagen Sie waren zwischen 7.55 Uhr und 8.45 Uhr nicht auf der Bühne?«

Zum ersten Mal sah Helen ängstlich aus. Nigel hatte ein flaues Gefühl im Magen; alles sprach dagegen – psychologisch, aufgrund der näheren Umstände und Beweise –, daß Helen den Mord begangen hatte. Selbst in seinen wildesten Träumen wäre es unvorstellbar, und dennoch konnte er die vage Möglichkeit nicht ganz verdrängen.

»Ja, das ist richtig«, sagte Helen.

»Sie teilen Ihre Garderobe mit jemandem?«

»Ja, normalerweise, aber nicht in dieser Woche, die Kollegin, mit der ich sie teile, spielt in dem Stück nicht mit. Wollen Sie damit sagen, ich hätte mich hinausschleichen können, ohne daß es jemand bemerkt hätte? Vermutlich hätte ich das gekonnt. Ich kann nur sagen, daß ich es nicht getan habe.« Sie gewann etwas von ihrem Selbstvertrauen zurück. »Jemanden dazu zu bringen, sich abzuschminken und eine halbe Stunde später wieder neu zu schminken, dazu bräuchte man mindestens einen so starken Beweggrund, wie einen Mord zu begehen.«

An diesem Punkt kehrte Spencer zurück. Aber seine Ausbeute war mager. Er hatte keine Papiere gefunden, außer ein paar privaten Briefen und einem Adreßbuch, das die Adresse von Yseuts Anwalt enthielt (und das der Inspektor einsteckte).

»Abgesehen davon«, sagte er, »nur die übliche weibliche Artillerie – entschuldigen Sie bitte, Miss.« Helen schenkte ihm ein Lächeln, in dem sich die Würdigung seines Scherzes mit einer zart flirtenden Koketterie genau im richtigen Verhältnis mischte.

Der Inspektor erhob sich. »Nun, ich denke das ist alles, Miss Haskell. Ich danke Ihnen vielmals«, sagte er. »Möchten Sie ihre Schwester überhaupt sehen?« Helen schüttelte den Kopf. »Ah. Nun, unter den Umständen ist das eine weise Entscheidung. Allerdings werden Sie sie bei der amtlichen Leichenschau identifizieren müssen, fürchte ich. Die wird erst am nächsten Donnerstag sein, wir konnten es nicht vorher einrichten, weil der Untersuchungsrichter und sein Stellvertreter offensichtlich ihre Abwesenheit so erfolgreich planen, daß sie beide zur selben Zeit nicht da sind.« Er lächelte süßlich über diesen glücklichen Beweis von Inkompetenz höheren Ortes. Dann wandte er sich an Nigel und sagte mit gedämpfter Stimme: »Ich denke, ich kann

Ihnen ruhig sagen, Sir, daß die Kugel, durch die die junge Dame getötet wurde, identifiziert ist. Sie stammt aus der Waffe, die wir gefunden haben.« Nigel bemühte sich, angemessen beeindruckt auszusehen angesichts dieser nutzlosen Information; wenn Yseut wirklich ermordet worden war, wurde der Mord dadurch nicht erklärbarer, daß der Schuß aus irgendeiner bestimmten Waffe abgegeben worden war.

»Gut«, fuhr der Inspektor fort, »ich werde mich noch kurz in dem anderen Zimmer umsehen, und dann bin ich weg. Ich kann Ihnen ja ruhig auch noch sagen«, fügte er freundlich hinzu, »ich halte es trotz einiger beunruhigender Einzelheiten für Selbstmord. Und das«, sagte er sehr nachdrücklich, »ist die offizielle Ansicht.« Er schien dunkel auf hartnäckige inoffizielle Vorgänge hinweisen zu wollen. Nach einem endgültigen freundlichen Nicken ging er, gefolgt von Spencer mit seiner Ausrüstung.

Nigel drehte sich zu Helen um. Sie war ein wenig blaß. Sie sahen sich einen Augenblick schweigend an; dann sagte sie »Liebling«, und küßte ihn.

Kapitel 10

Verscherzte Hoffnungen

What could possess you, in a critic age,
Such blooming hopes to forfeit on the stage,
and was it worth this wondrous waste of pains,
To publish to the world your lack of brains?
CHARLES CHURCHILL

Welch' Teufel ritt dich, in den Zeiten der Kritik
grad auf der Bühne zu erproben dein Geschick?
all deine Mühe letztlich nur beweist,
was dir auf ewig fehlen wird – der Geist!

Mindestens zehn Minuten später hörten sie ein Klappern am Fenster. Nigel ging hinüber, öffnete es und sah hinaus. Gervase Fen stand unten und sah traurig auf einen Rost, durch den der Bleistift, den er an das Fenster geworfen hatte, unwiederbringlich entschwunden war. Als er jedoch wieder aufsah, schien er so gutgelaunt wie üblich. Er war in einen riesigen Regenmantel gehüllt und hatte einen außergewöhnlichen Hut auf.

»Kann ich hinaufkommen?« rief er. »Gott sei Dank bin ich dem Inspektor und seinen Lakaien nicht begegnet. Ich muß Helen sprechen. Ich bin weniger daran interessiert, dich zu sehen«, fügte er nachträglich hinzu.

Nigel winkte einladend, stieß sich den Kopf am Fensterrahmen und zog ihn schrecklich fluchend zurück. Fen nahm vier Stufen auf einmal und war im Zimmer, als Nigel sich gerade umgedreht hatte.

»Bedenke, du bist alt, Vater William«, sagte Nigel, beschämt durch diese sportliche Leistung.

»Den ganzen Morgen über«, sagte Fen ohne Einleitung, »bin ich unserem lieben Inspektor praktisch auf dem Fuße gefolgt, habe die getröstet, die er erschreckt hat, und jene beschwichtigt, die er verärgert hat und ganz allgemein jede Menge völlig wertloser und unwichtiger Fakten gesammelt.« Er hielt inne und strahlte Helen an, sich an die üblichen Formen der Höflichkeit erinnernd. »Nun, wie geht es Ihnen, meine Liebe? Ich erspare Ihnen die Beileidsbezeugungen, da ich weiß, daß sie nicht nötig sind.«

»Tag, Gervase«, sagte Helen fröhlich.

»Wie lange kennt ihr euch schon?« fragte Nigel mißtrauisch. »Wollt ihr, daß ich euch alleine lasse?«

»Es handelt sich um eine *Wahlverwandtschaft*«, sagte Fen. »Nicht wahr, Helen?«

»Hör auf, so schrecklich zu flirten«, sagte Nigel schroff, »sag uns lieber, ob sich heute morgen etwas Neues ergeben hat.«

»Oh, der Stand der Dinge ist fast wie gestern abend.« Fen ließ sich in einen Sessel fallen. »Ein bis zwei Dinge sind jedoch ans Licht gekommen. Es ist eine äußerst komplizierte Angelegenheit, alles sehr verwickelt.« Er nickte geheimnisvoll.

»Ich nehme an, daß euch klar ist«, sagte Helen, »daß ich nicht die geringste Ahnung habe, wie meine Schwester starb. Ist es möglich, daß mir einer endlich genaueres erzählt?«

Fen wurde plötzlich ernst. »Das machst du, Nigel«, sagte er, »vielleicht hilft es mir, die Dinge etwas klarer zu erkennen.«

Nigel ging also die verwirrenden, trügerischen, unwahrscheinlichen Fakten noch einmal durch. Beim Erzählen ging ihm kein Licht auf, und als er fertig war, fragte er Fen, ob er noch etwas sagen oder hinzufügen wolle. Fen schwieg einen Moment und zündete sich eine Zigarette an; während er sie zwischen seinen vom Nikotin verfärbten Fingern hielt, gestikulierte er geheimnisvoll.

»Du weißt natürlich«, sagte er, »daß die Kugel aus dem Revolver stammt, den wir gefunden haben? Und daß der Ring Sheila McGaw gehört, die ihn achtlos in einer Garderobe liegengelassen hat.«

»Jaja«, sagte Nigel ungeduldig. »Das wissen wir alles schon.«

Fen konnte den Drang, mit einem Zitat zu reagieren, nicht bezähmen: »›Da Mr. Puff das alles schon weiß, warum macht sich Sir Walter die Mühe, es ihm zu erzählen?‹ Jedoch zur Sache«, rief er sich streng wieder aus literarischen Regionen zurück. »Ein oder zwei Dinge sollten sich im Laufe des Tages klären. Wollt ihr meine Meinung hören? Was die grundsätzliche Anordnung betrifft, laßt euch einmal das folgende durch den Kopf gehen. Stellt euch einmal jeden der Verdächtigen als Mörder vor, und dann überlegt euch, wer von den anderen, nachdem er gesehen hat, wie die betreffende Person den Mord begangen hat, dazu neigen würde, sie zu decken.«

»Du meinst, zwei Personen waren beteiligt?« fragte Nigel.

»Ach, du meine Güte, nein: nichts so Furchtbares. Es ist die Tat eines Einzelnen. Aber wie ich gesagt habe, denkt nach.«

»Nun«, sagte Nigel langsam, »ich gehe davon aus, daß Rachel Robert decken würde, und *vice versa*; Jean würde Donald decken – ich weiß nicht, ob es andersherum auch der Fall wäre, aber vermutlich würde er sie auch schützen; Nicholas würde jeden schützen, aus schierer diebischer Freude an der Sache, aber ganz sicher würde er Donald decken; und diese McGaw – ich weiß nicht, wie es bei ihr aussieht.«

»Ah!« Fen schien erfreut. »Und jetzt zum Verbrechen selbst. Konzentrier dich auf die folgenden Punkte:

(1) Die Tatsache, daß im Radio zunächst die Ouvertüre der *Meistersinger* gespielt wurde und dann *Heldenleben* – ein reichlich teutonisches Gebräu;

(2) Die Tatsache, daß der Pulverrauch noch in der Luft lag, als wir den Raum betraten;
(3) Die Tatsache, daß, nachdem wir hereinkamen, mindestens eine Viertelstunde lang nichts berührt wurde.

»Wenn du nicht darauf kommst«, sagte er mit der Zuversicht, daß nichts dergleichen passieren würde, »dann bist du ein Dummkopf.«

Nigel unterdrückte verschiedene unwürdige Wünsche und begnügte sich damit, zu fragen: »Weißt du wirklich, wer es getan hat?«

»Ja, ich weiß es«, antwortete Fen finster. »Ich habe jedenfalls jetzt mit allen in Frage kommenden Personen gesprochen. Aber es gibt noch einiges, das bestätigt, festgelegt, untermauert werden muß. Es war ein schlecht geplantes Verbrechen – eine miese Arbeit.« Plötzlich wandte er sich Helen zu. »Wie würdest du reagieren, wenn ich die Person, die deine Schwester ermordet hat, davonkommen ließe? Erinnere dich, es handelt sich um ein reales Problem, keinen abstrakten Diskurs. Soweit ich es beurteilen kann, ist es sehr unwahrscheinlich, daß die Polizei über die richtigen Zusammenhänge stolpert – jedenfalls nicht, wenn sie so weitermachen wie bisher.«

Helen dachte einen Augenblick nach. Dann sagte sie ganz unumwunden: »Es würde davon abhängen, wer es war. Wenn Robert es getan hat, ja, oder Rachel, oder auch Jean oder Sheila, dann, glaube ich, würde es mir nichts ausmachen. Wenn es aber Donald oder Nick waren, ich weiß, das klingt jetzt ein wenig brutal, dann würde es mir schon etwas ausmachen.«

Fen nickte nachdenklich mit dem Kopf. »Sehr vernünftig«, sagte er, »was mich persönlich betrifft, ich würde jedem von ihnen eine hauchdünne Chance zugestehen – sagen wir eine Warnung, um sich aus dem Staub zu machen. Wenn es in dieser Wildnis der Lebensmittelmarken, Melde- und Ausweispflicht irgend jemandem gelingen sollte, davonzukommen, dann hätte er es auch verdient. Das ist alles höchst unmoralisch, wißt ihr«, sagte er spöttisch, wobei er ungerechterweise so formulierte, als ließe sich der Vorwurf auf Helen und Nigel ausdehnen, »und ich bin mir nicht sicher, ob wir uns vor dem Gesetz nicht mitschuldig machen würden. Aber deine Schwester, Helen, bitte vergib mir, war allem Anschein nach in vielerlei Hinsicht eine wahre Pest.«

Einen Moment lang schwiegen sie, dann sagte Nigel: »Was ist mit dem Ring, Gervase? Die goldene Fliege?«

»Goldene Fliege, also wirklich, du alter Dichterling«, sagte Fen. »Das verwirrt mich noch ein wenig, muß ich eingestehen. Das werden wir wohl nur mit großer Mühe ans Licht bringen. Und jetzt« – er sah auf seine Uhr – »liebe Helen, sollten wir uns auf die Socken machen, wenn wir nicht zu spät zu dieser Probe kommen wollen. Um es mit zweifellos unsterblichen Worten von Mr. Herbert Morrison zu sagen: Wir müssen uns ans Werk machen. Es müßte uns doch gelingen – Ach du Schreck! Ach du meine Güte!« Er unterbrach sich und starrte vor sich hin. »Mein Gott, mein Gott, was für ein Narr bin ich gewesen! Und ja – es paßt – absolut charakteristisch. Gebe der Himmel, daß Gideon Fell niemals etwas von meiner Dummheit erfährt; ich würde es ewig aufs Butterbrot geschmiert bekommen.« Er schnappte nach Luft.

Nigel sah ihn kühl an. »Schluß mit dem Theater«, sagte er, »du weißt genau, daß kein Mensch versteht, was du da von dir gibst, und laßt uns gehen. Es ist fünf vor elf. So, wie es aussieht, werden wir den ganzen Weg rennen müssen.«

Sie hatten ein wenig Schwierigkeiten, ihn aus dem Zimmer zu schaffen.

Auf dem Weg zum Theater kehrte Fens gute Laune teilweise zurück, was sich wie üblich in einem unablässigen Schwall von

Klagen ausdrückte. Ohne zunächst einem Thema den Vorrang zu geben, beklagte er sich ausführlich über das Wetter, die Entwicklung des Krieges, das Essen und die Universität ganz allgemein. Beim letzten Thema verweilte er mit einem Schwall übler Nachrede. Während er sprach, ging er in einem solchen Tempo, daß Helen und Nigel, als sie schließlich das Theater erreichten, leicht erschöpft waren.

Insgesamt schienen die Theaterleute die Nachricht vom Tod Yseuts zu begrüßen; sie löste ganz offensichtlich ein Gefühl der Erleichterung aus. Niemand verschwendete auch nur den geringsten Gedanken daran, daß sich vielleicht ein Mörder in ihrer Mitte befand. Tatsächlich herrschte die allgemeine Auffassung, man könne dies wohl kaum als Mord betrachten, man müsse es wohl eher mit dem Ertränken unerwünschter Kätzchen, dem Einschläfern alter Hunde oder der notwendigen Vernichtung von Ungeziefer gleichsetzen. Die Probe begann gut und lief auch gut. Nigel sah von einer der vorderen Reihen aus zu, während Fen umherging, allen in die Quere kam, ein übertriebenes Interesse an den Vorgängen zeigte und idiotische Fragen stellte.

Kurz nach zwölf legte Robert eine Pause ein, und die Mehrzahl der Truppe zog sich ins »Aston Arms« zurück, Fen und Nigel folgten mit Helen. Das »Aston Arms« war keines jener neuen hell gestrichenen, zukunftsweisenden Gasthäuser. Es verströmte den starken Geruch vergangener Tage, so daß die lebenden Trinker spirituell von den Schatten derer, die lange tot und dahingegangen waren, angerempelt und eingeschüchtert wurden. Jeder Verbesserungs- oder Modernisierungsvorschlag wurde vom Geschäftsführer, einem großen, betagten Mann, der sich offenbar mit großer Geschwindigkeit in seine chemischen Komponenten auflöste, grimmig zurückgewiesen. Ein ausgefeiltes Ritual, dessen Vernachlässigung undenkbar war, regelte die Bestellung und den Verzehr der Getränke. Man beachtete strikt eine soziale Rangordnung: Nicht-Stammgäste waren höchst unwillkommen, und Stammgäste, insbesondere die Gruppe der Schauspieler, wurden mit einer freundlichen, aber unverkennbaren Herablassung behandelt. Das einzige herausragende Merkmal in diesem kleinen, ziemlich schäbigen Pub, war ein riesiger nackter Papagei, der schon früh die Manie entwickelt hatte, sich die Federn auszurupfen, ausgenommen jene am Kopf und um den Hals, die er nicht erreichen konnte, und der jetzt mit seinem schmächtigen Körper einen traurigen und fast schon ein wenig lächerlichen Anblick bot. Er war dem Besitzer des »Aston Arms« von einem deutschen Professor, der Oxford besucht hatte, in einem Anfall rührseliger Dankbarkeit vermacht worden und hatte die Angewohnheit, ein Gedicht von Heine zu rezitieren, wozu er allerdings nur durch sorgfältiges Vorsprechen der beiden Anfangszeilen von Mallarmés Gedicht *L'Après-midi d'un Faune* gebracht werden konnte, die allem Anschein nach in seinem Kopf den geeigneten suggestiven Gedankengang auslösten. Diese Begabung erweckte bei allen Soldaten, die das »Aston Arms« besuchten, den tiefsten Argwohn, vergleichbar nur mit ihrem Mißtrauen gegenüber Landsleuten, die zu ähnlichen oder noch größeren Leistungen auf diesem Gebiet fähig waren. Der Vogel wurde vom Besitzer dazu benutzt, seinen Gästen die heranrückende Sperrstunde anzukündigen, und die krächzenden Töne von *Ich weiß nicht, was soll es bedeuten, daß ich so traurig bin* leiteten für gewöhnlich handfestere Mittel des Rauswurfs ein.

Fens Auftritt hatte in dem kleinen Raum eine überwältigende Wirkung; sogar die Sibylle hinter der Theke schien von seiner überschwenglich extravertierten Präsenz eingeschüchtert zu sein. Er bestellte die Getränke in völliger Ignoranz der geltenden Regeln.

»Als ich noch Disziplinarbeamter an der Uni war«, sagte er, »hatte ich große Schwierigkeiten, was Gaststätten betrifft. Die

Leute, die ich dort antraf, waren ohne Ausnahme meine fähigsten Studenten, und nichts hätte ich lieber getan, als mich einfach zu ihnen zu setzen, mit ihnen zu trinken und über Bücher zu reden. Also kam ich nur, wenn es unbedingt sein mußte, dann bin ich mit strengem, geradeaus gerichtetem Blick durchmarschiert und habe einfach niemanden bemerkt. Wenn der stellvertretende Disziplinarbeamte seine Runde machte, habe ich seine Route herausgefunden, meine besten Freunde angerufen und sie gewarnt. War alles sehr illegal, befürchte ich.« Er seufzte.

»Ach herrje«, sagte Nigel spöttisch. »Was für ein Picaro doch in dir steckt, das muß man ja wirklich sagen!« Fen sah ihn vorwurtsvoll an.

Sheila McGaw und Nicholas standen zusammen in einer Ecke und machten einige unsichere Versuche, die verbliebenen Kopffedern des Papageis in Unordnung zu bringen.

»Wenn er versucht, dich zu beißen«, sagte Sheila hilfsbereit, »zieh die Hand nicht weg, das macht ihn nur noch wütender.« Nicholas durchlitt einige äußerst schmerzhafte Sekunden, dann zog er seinen Finger weg und betrachtete ihn betrübt. »Das«, bemerkte er kurz, »ist ein großer Irrtum.«

Fen ging zu ihnen hinüber. »Ah, Barclay«, sagte er, »ein paar Worte, wenn Sie erlauben.« Er lächelte Sheila freundlich zu. Sie entfernte sich Richtung Robert und Rachel, die an der Bar standen. Eine unangenehme Stille trat ein, in der man aus einem anderen Teil des Raumes deutlich Donald Fellowes' Stimme hören konnte, der gerade einen Vortrag über die Technik der Orchestrierung hielt. »Meine Güte«, sagte Fen. »Wie ruhig alles hier ist. Ich möchte eigentlich nicht so gerne, daß alle uns zuhören.« Er redete den Pagagei auf französisch an, und der begann mit *Die Lorelei*. Augenblicklich wurde in Selbstverteidigung in den übrigen Gesprächen die Lautstärke angehoben. Durch den Lärm hindurch sagte Fen:

»Hat der Inspektor Sie heute morgen besucht?«

»Nein«, sagte Nicholas. »Gott sein Dank nicht. Zweifellos hat er meine Aussage gestern nacht als so klar empfunden, daß er keine weiteren Fragen hatte. Na, wie läuft es denn so?«

Fen sah ihn einen Augenblick neugierig an. »So gut, wie man es erwarten kann«, sagte er. »Sie sind sich völlig sicher, daß weder Sie noch Nicholas in der letzten Nacht zu irgendeinem Zeitpunkt das Zimmer verlassen haben?«

»*Die schönste Jungfrau sitzet dort oben wunderbar*«, rezitierte der Papagei mit tiefempfundenen Tönen, er legte eine Pause ein und holte röchelnd Luft, bevor er das nächste Reimpaar in Angriff nahm.

Nicholas hob in gespielter Kapitulation seine Arme in die Höhe. »Maestro, Sie haben mich durchschaut«, sagte er. »Wie sind Sie darauf gekommen?«

»Ich hab's erraten«, sagte Fen knapp. »Ich gehe davon aus, daß Donald hinausgegangen ist – kurz nachdem Sie die Fenster verdunkelt hatten?«

Nicholas richtete sich abrupt auf. »Woher wissen Sie das?«

»Nur eine Vermutung. Ich glaube, als er zum Fenster ging, sah er jemanden, den er kannte, und ging dann hinaus, um mit ihm zu sprechen. Es gibt da einige Dinge, die anders nicht zu erklären sind.«

»Zufällig haben Sie recht. Er und die andere Person haben sich um die Ecke auf dem Gang, der auf den Hof führt, unterhalten. Egal, jedenfalls war Donald keine zwei Minuten später zurück. Es gibt keinerlei Grund zu glauben, daß einer von ihnen etwas mit dem Mord zu tun haben könnte.«

»Dann wissen Sie also, wer die andere Person war?« sagte Fen sanft.

Nicholas presste die Lippen zusammen. »Nein«, antwortete er.

»Auch wenn Sie zu dem Zeitpunkt nicht wußten, wer es war, ich würde annehmen, Fellowes hat es Ihnen gesagt, als er zurückkam.«

»Weshalb sollte er?«

»Das wäre doch natürlich gewesen. Außer –«, Fen legte eine Pause ein, »– außer natürlich, wenn er schon wußte, daß ein Mord passiert war, und er jemanden decken wollte.«

Nicholas wurde blaß. »Ich weiß nicht, wer die andere Person war«, wiederholte er langsam und betont.

Fen brummte vor sich hin und stand auf. »Sie sind nicht sehr hilfsbereit«, sagte er, »aber das ist glücklicherweise egal. Es gibt bereits genug Beweise, um jemanden zu hängen – vielleicht wissen Sie ja, wen. Ich versichere Ihnen, ich möchte die Dinge nur zu meiner eigenen Befriedigung fein säuberlich abgehakt und katalogisiert wissen. Natürlich kann ich nicht erwarten, daß Sie mir das abnehmen.« Nicholas sah zu Donald hinüber. »Ist in Ordnung«, sagte Fen ironisch, »ich laß euch genügend Zeit, eure Geschichten aufeinander abzustimmen, bevor ich ihn befrage. Dummköpfe sind eine zu leichte Beute ohne Zugeständnisse dieser Art.« Seine Augen waren hart.

»*Und das hat mit ihrem Singen die Lorelei getan*«, schloß der Papagei mit krächzendem Triumph und verstummte auf der Stelle.

Fen wandte sich noch einmal Nicholas zu. »Sagen Sie mir Ihre Meinung über die Ethik des Mordes«, sagte er.

Nicholas sah ihn einen Augenblick schweigend an. »Nun gut«, sagte er schließlich. »Ich glaube, daß das Töten in der Welt, in der wir leben, eine unausweichliche Notwendigkeit darstellt, in dieser verabscheuenswürdigen, sentimentalen, vom Mob beherrschten Welt der billigen Zeitungen und noch billigeren Geister, wo jeder Dummkopf sich zu Wort meldet und jeder Schwachsinn toleriert wird, wo die Künste aussterben und der Intellekt verachtet wird, wo jeder Marktschreier weiß, was er will und was er glauben soll. Unsere Moral und unsere Demokratie haben uns gelehrt, Schwachköpfe froh zu erdulden, nur leiden wir jetzt an einer Dummkopfschwemme. Jeder tote

Dummkopf ist ein Schritt vorwärts, zum Teufel mit Menschlichkeit, Tugendhaftigkeit, Nächstenliebe und christlicher Toleranz.«

Fen nickte. »Sieh da, ein kleiner Faschist«, sagte er. »Julius Vander in *The Professor* würde Ihnen sehr gut gefallen. Die Tatsachen mögen stimmen, wenn man Ihnen eine gewisse Leidenschaftlichkeit zugute hält, die Schlußfolgerung ist aber glücklicherweise falsch. Was Sie brauchen«, fügte er wohlwollend hinzu, »ist eine gute Grundschulausbildung; ich glaube, das wäre sehr hilfreich.« Er lächelte ihn liebenswürdig an und war weg.

Fen studierte Sheila McGaw neugierig, als er sein Glas auf ihren Tisch stellte und sich ihr gegenüber niederließ. Dem ersten Eindruck nach war sie in den Dreißigern. Sie war blaß und hatte ein scharf geschnittenes faltiges Gesicht, ihre Stimme war heiser vom zu vielen Rauchen, und sie hustete oft. Erst nach einer Weile bemerkte man, daß sie viel jünger war, höchstens zweiundzwanzig oder dreiundzwanzig. Kleine Gesten, eine gewisse Weichheit in den Zügen und kleine Manieriertheiten in Sprache und Ausdruck verrieten dies. Sie ist weniger hart, als sie sich gibt, dachte Fen.

Sie bot ihm eine Zigarette an und sagte: »Nun? Geht's wieder um den Mord?«

Fen nickte. »Gewissermaßen. Alles, was ich will, ist, daß Sie mir die Sache mit dem Ring bestätigen.«

»Ach das. Ich nehme an, das macht mich zu einer Hauptverdächtigen. Und auch die Tatsache, daß ich ein Motiv hatte, sowie die Tatsache, daß ich kein Alibi habe.« Sie blies den Rauch in zwei sich verjüngenden Strahlen durch ihre auffällig engen Nasenlöcher.

»Kein Alibi?«

»Ich war gestern den ganzen Abend in meinem Zimmer und habe gelesen. Die Polizei hat daraus den beeindruckenden Schluß gezogen, ich hätte mich jederzeit hinausschleichen und wieder zurückkommen können, ohne daß es jemand bemerkt hätte.«

Fen seufzte. »Es gibt fast keine Alibis in diesem Fall. Jede Menge Motive, aber keine Alibis, und wie der Inspektor meint, kann es sich unmöglich um ein Verbrechen handeln.«

»Sie meinen, es war Selbstmord?«

»Ich bin mir ganz sicher, daß es nichts dergleichen war. Es wäre ein zu perfektes Beispiel dramatischer Ironie, um wahr zu sein.«

Sie nickte und sagte dann: »Wenn die Polizei der Meinung ist, daß es sich um Selbstmord handelt, müssen Sie sie dann unbedingt eines Besseren belehren? Egal ob Selbstmord oder Mord, es war wirklich eine schrecklich gute Sache.«

»Diese junge Frau muß sehr unbeliebt gewesen sein«, murmelte Fen. »Ich frage mich manchmal, ob Sie nicht alle ihretwegen ein wenig den Sinn für das richtige Maß verloren haben.«

»Wenn Sie seit zwei Jahren mit ihr gearbeitet hätten, dann würden Sie das nicht sagen.«

»Sagen Sie, dieser Ring von Ihnen, hat jemals jemand eine besondere Bemerkung darüber gemacht?«

»Nun, ich würde sagen, er hat auf die eine oder andere Art jeden am Theater zu einem Scherz angeregt.«

Fen grummelte, starrte widerwillig auf sein Bierglas und trank dann den halben Inhalt in einem Zug. Einen ähnlichen Ausdruck muß Bruder Barbaro gehabt haben, als er auf Franziskus' Geheiß Eselsdung schluckte. Whisky war nicht zu bekommen im »Aston Arms«.

»Gab es kürzlich irgendeinen Kommentar darüber?« fragte er. »Innerhalb der letzten Woche?«

»Nach der Probe am Mittwoch wurde im Künstlerzimmer darüber geredet, fast alle haben sich daran beteiligt. Danach bin ich in eine der Garderoben gegangen, um mir Farbe von den

Händen zu waschen, habe ihn abgenommen und auf dem Waschbecken liegengelassen. Als ich eine halbe Stunde später wieder zurückkam, um ihn zu holen, war er weg.«

»In wessen Garderobe?«

»Ach, die werden dauernd getauscht; es ist die, die Rachel nächste Woche haben wird. Es ist zufällig die erste, wenn man hereinkommt.«

»Und wer war anwesend, als über den Ring geredet wurde?«

»Fast alle, glaube ich, auch einige von unserem Fanclub.«

»Auch –« Fen nannte einen Namen, und Sheila setzte sich abrupt auf. Eine oder zwei Sekunden lang starrte sie Fen an, bevor sie antwortete.

»Ja«, sagte sie langsam, »aber sicherlich –«

»Verstehen Sie mich nicht falsch«, sagte Fen. »Es wäre nicht sehr klug, voreilige Schlüsse zu ziehen.« Er fiel wieder in trübsinniges Schweigen. Dann sagte er:

»Haben Sie irgendwelche Einwände, daß Warner hierhergekommen ist und das Stück inszeniert, über Ihren Kopf hinweg, wie es aussieht?«

Sheila zuckte mit den Schultern und bekam einen Hustenanfall. »Verdammt«, sagte sie und wischte sich die Augen mit einem Taschentuch. »Entschuldigen Sie. Was haben Sie gesagt? Ach ja, weil Robert dieses Stück inszeniert. Nun, vermutlich wäre es eine gute Publicity für mich gewesen, wenn ich es selbst hätte inszenieren können. Aber er ist ein unendlich viel besserer Regisseur, als ich es bin, und es ist nur verständlich, daß er sein eigenes Stück selbst inszenieren will. Nein, es macht mir nichts aus. Wenn ich gewollt hätte, hätte ich verhindern können, daß es hier aufgeführt wird, aber ich wollte es nicht verhindern.«

»Sie bewundern also seine Arbeit?«

Sheila grinste. »›Bewundern‹ ist wohl kaum das richtige Wort. Hat man die Wahl, ob man Shakespeare ›bewundern‹ will?«

Fen runzelte die Stirn. »Oh, so sehr? Ich bin natürlich«, fügte er hastig hinzu, »kein Kenner der zeitgenössischen Literatur, aber ich denke ich würde zustimmen. Ja, wirklich, ich glaube ich würde zustimmen. Und *Metromania* ist –«

»Das Beste, was er je geschrieben hat.«

Donald Fellowes kam an ihren Tisch, mit einem kleinen Bierglas in der Hand. »Nicholas hat mir gesagt«, sagte er steif zu Fen, »daß ich jetzt unter Verdacht stehe.«

»Fellowes«, sagte Fen freundlich, »Sie sind wirklich ein Schwachkopf. Es scheint Ihnen nicht im geringsten klar zu sein, daß das Zurückhalten von Informationen am Ende immer herauskommt. Warum also halten Sie sie zurück? Es läßt Sie ziemlich dumm aussehen, wo doch jeder genau weiß, was Sie verheimlichen.«

Donald murmelte: »Gut, reden Sie weiter. Sagen Sie mir, was ich verheimliche.«

»Mein lieber junger Mann«, sagte Fen ein wenig schroff. »Ich bin nicht hier, um das zu tun, was Sie angemessen finden. Ich werde es Ihnen sagen, sobald ich soweit bin. Inzwischen –«

»Inzwischen«, warf Donald heftig ein, »was zum Teufel haben Sie eigentlich damit zu tun? Sie sind nicht von der Polizei.«

Fen stand auf; er überragte ihn wie ein Ozeandampfer einen kleinen Schlepper. »Sie sind«, sagte er, »ohne jede Ausnahme, der schwachsinnigste, feigste, schändlichste Kretin, der mir zu meinem Unglück jemals über den Weg gelaufen ist. Weitaus schlimmer ist allerdings, daß Sie mit jeder Stunde, die vergeht, schwachsinniger, debiler, schändlicher und feiger werden. Sie sind, das gestehe ich widerwillig ein, ein sehr guter Organist und Chorleiter. Sonst hätte man Sie am College nicht so lange geduldet. Einige Male habe ich meinen Einfluß geltend gemacht, um zu verhindern, daß Sie wegen Faulheit gefeuert wurden. Woher nehmen Sie jetzt die Frechheit, zu mir zu kommen und mein Recht in Frage zu stellen, alles, was ich über diesen

Fall herausfinden kann, herauszufinden? Ich warne Sie hier und jetzt, daß Sie, wenn Sie diese idiotische Verheimlichungsstrategie weiterverfolgen, verdientermaßen im Gefängnis landen, und diesmal werde ich Sie nicht herausholen.«

Donald war blaß geworden. »Verdammter Kerl«, sagte er, »Wie kommen Sie dazu, so mit mir zu reden? Oh, mein Gott, ich werde froh sein, wenn ich endlich von diesem Ort wegkomme – mit seinen lausigen Traditionen, seinen Kleingeistern und Bürokraten. Wenn Sie glauben, ihre Drohungen machen mir auch nur das geringste aus, dann kann ich Ihnen versichern, Sie täuschen sich sehr.« Er sah Fen einen Augenblick haßerfüllt an, dann drehte er sich um und ging.

Nigel, der am Ende dieser unerwarteten und beschämenden Szene eingetrudelt war, pfiff leise. »Sieh an, sieh an!« sagte er. »Beschimpfungen bis zum bitteren Ende.«

Fen grinste gutgelaunt. »Eine geplante Vorstellung meinerseits, befürchte ich, für einen völlig leidenschaftslosen Zweck. Vielleicht hätte ich es nicht tun sollen.« Er sah Nigel zweifelnd an. »Dennoch, vielleicht hat es geholfen.« Er rieb sich gedankenverloren die Nase.

Sheila kicherte. »Donald wird immer etwas lächerlich, wenn's um seine Ehre geht«, sagte sie, »in circa einer halben Stunde ist er darüber weg.« Sie gähnte und streckte sich.

»Und jetzt«, sagte Fen und sah sich geschäftig um, »muß ich Miss West sehen, bevor alle wieder zur Probe gehen.« Er deutete auf seinen Bierkrug. »Nigel, sei ein lieber Junge und hol mir noch etwas von diesem scheußlichen Gebräu.« Er ging zielbewußt in Richtung Rachel, die sich mit Robert unterhielt, davon.

Robert sagte: »Ich hoffe, die Probe langweilt Sie nicht allzusehr.« Seine Augen funkelten hinter seinen Brillengläsern.

»Oh, ganz im Gegenteil, ich finde es faszinierend«, sagte Fen, »und unvorstellbar.«

»Unvorstellbar?«

»In diesem Stück, wie in sehr wenigen anderen Werken der Literatur, gibt es Dinge, die man nur der göttlichen Inspiration zurechnen kann. Für gewöhnlich kann man recht einfach den mühseligen und mechanischen Gedanken des Autors verfolgen. Es sind die unerwarteten, unvorstellbaren Dinge, die sich nicht aus diesem Gedankengang erklären lassen, die sich nicht in ihn einfügen und dennoch völlig richtig sind, das meine ich.«

Robert lachte. »Tricks! Alles nur Tricks, versichere ich Ihnen. Ich werde bald mit einem neuen beginnen und hoffe, daß es besser wird – oder sagen wir, weniger schlecht.«

Fen war nachdenklich. »Ein neues?«

»Sobald ich hier fertig bin. Und das nächste Mal wird es in London herauskommen, mit allen Orden und Ehrenzeichen. Ich hoffe – ich glaube dieses auch. Ich bin mir sogar ganz sicher, jetzt, wo wir so weit vorangekommen sind. Wenn man etwas Neues schreibt, kann man auch nach jahrelanger Erfahrung niemals genau voraussehen, was in der Praxis dabei herauskommen wird.« In der nüchternen Ausgeglichenheit seiner Stimme schwang ein Anflug von Fanatismus mit, was Fen veranlaßte nachzuhaken:

»Weshalb schreiben Sie hauptsächlich?«

Robert lächelte. »Wegen des Geldes und um mich zur Geltung zu bringen; ich denke, deshalb haben die meisten Menschen geschrieben, sogar die allergrößten. Die Erschaffung von Kunst«, es gelang ihm die exaltierte Ausdrucksweise durch die Betonung noch zu verstärken, »ist eine Sache, die selten ihre Überlegungen bestimmt. Notwendigerweise. Die meisten echten Künstler wissen gar nicht, was Kunst oder Schönheit bedeutet. Fast ohne Ausnahme sind sie hoffnungslos schlechte Kritiker; ein Schriftsteller hat zum Beispiel nicht die geringste Ahnung von Musik, oder ein Musiker vom Schreiben, und ein Maler weder vom einen noch vom anderen, also kann es nicht die Schönheit sein, die sie im Auge haben. Sie ist vermutlich eher eine Art Zufallsprodukt, wie die Perle in der Auster.«

Es entstand eine minimale Pause. Dann nickte Fen nachdrücklich. »Ich freue mich auf Montag abend«, sagte er. »Kommen Sie ohne Yseut gut zurecht?«

Robert blickte betreten. »Es mag hartherzig wirken, aber wir kommen ohne Yseut in Windeseile voran. Ihre Angewohnheit zu unfundierter, aber fortwährender Kritik wurde langsam ziemlich lästig. Ich habe nichts dagegen, wenn man meine Stücke kritisiert, vorausgesetzt, es hat Hand und Fuß. Aber das gute Kind hatte keinen Schimmer vom Schauspiel und machte einfach alles nieder, was ihre kommerziell orientierten Vorurteile beleidigte. Obendrein zog sie alles öffentlich und auf äußerst beleidigende Art in den Schmutz. Ich muß sagen, es wurde langsam ein ernsthaftes Problem.«

»Das schon«, sagte Rachel, »allerdings glaube ich, daß alle, besonders seit sie tot ist, ihre Rolle als Störenfried etwas überbewerten. Schließlich war sie nur einer von vielen Plagegeistern, mit denen die Welt geschlagen ist.«

»Dem muß ich zustimmen«, sagte Fen. »Diese Einschätzung ist bei fast allen Aussagen festzustellen. Es ist äußerst lästig.« Er seufzte. »Alle sind eifrig darauf bedacht, der Polizei zu erzählen, wie sehr sie sie verabscheut haben – vermutlich, um durch diesen raffinierten doppelten Bluff den Verdacht von sich abzulenken. Dadurch ist es allerdings unmöglich, feinere und bedeutendere Meinungsunterschiede herauszuarbeiten.«

»Ist das allgemein üblich«, erkundigte sich Robert liebenswürdig, »daß ein Kriminalist das Verbrechen mit den Verdächtigen auf solch unparteiische und aufschlußreiche Art bespricht?«

»Eine *Conditio sine qua non*«, sagte Fen freundlich. »Selbstverständlich erwartet er von ihnen, daß sie im Laufe des Meinungsaustausches ihre innersten Gefühle preisgeben. Aber betrachten Sie sich selbst als Verdächtigen?«

»Nun«, sagte Robert ein wenig zu vage, »ich nehme an, ich hätte aus der Toilette herausstürzen, Yseut erschießen, zurücklaufen, dann im geeigneten Augenblick die Tür öffnen und wieder heraustreten können.«

»Es tut mir leid, aber aus bereits diskutierten Gründen«, sagte Fen, »können Sie nichts derartiges getan haben. Von dieser Beschuldigung sind Sie entlastet.«

»Ich will nicht sagen, ich sei erleichtert, weil ich es niemals ernsthaft angenommen habe. Aber trotzdem ist es angenehm, wenn sich die Dinge aufklären.« Robert schien die Angelegenheit in einem hinteren Winkel seines Gehirnes abzulegen.

»Was ist mit mir? Stehe ich auch nicht mehr unter Verdacht?« sagte Rachel.

»Das kommt darauf an«, erwiderte Fen jovial. »Was haben Sie zum Zeitpunkt des Verbrechens gemacht?« wandte er sich nun plötzlich sehr streng an sie.

»Bitte, Sir, ich war im Kino und habe über die Schwächen des männlichen Geschlechts nachgedacht.«

»Ach ja?« sagte Fen überrascht. »Aber ich dachte, daß jemand im Norden von Oxford Ihnen ein einwandfreies Alibi gegeben hätte.«

»Mein Fehler«, sagte Robert. »Aufgrund meines Literaturverstandes und meiner Eitelkeit konnte ich mir nicht vorstellen, daß es nur ein Vorwand war, um von mir wegzukommen.«

»Der Inspektor«, fuhr Rachel fort, »fand das in höchstem Maße verdächtig. Zu allem Übel konnte ich mich beim besten Willen nicht erinnern, in welchem Kino ich war – ich bin einfach in das erstbeste rein – oder in welchem Film. Jedenfalls habe ich ihm nicht die geringste Aufmerksamkeit geschenkt, und ich bin mir nicht sicher, ob ich überhaupt sagen könnte, worum es ging. Der Inspektor gehört offensichtlich zu den Menschen, die nur ins Kino gehen, um sich einen bestimmten Film anzusehen, die pünktlich zum Vorstellungsbeginn erscheinen und bis zum Ende ganz aufmerksam zuschauen.«

Fen nickte. »Ich persönlich«, sagte Fen ein wenig abwesend, »gehe nur ins Kino, um zu schlafen, ich finde die ganze Atmosphäre sehr einschläfernd.« Er sah sich um, als suchte er Bewunderung und Beifall für seine Exzentrizität. Dann verfinsterte sich seine Miene, und er fügte hinzu: »Wenn ich Sie wäre, würde ich es nicht auf die leichte Schulter nehmen, ohne Alibi dazustehen. Wir wissen alle, daß es menschlich und natürlich ist, aber es bleibt bei der Tatsache, Sie haben für den Zeitpunkt des Mordes kein Alibi.«

»Ein scharfer Verweis«, sagte Rachel ernüchtert. »Natürlich haben Sie recht. Aber sind Sie sich so sicher, daß Yseut keinen Selbstmord begangen hat? Ich weiß, es klingt unwahrscheinlich, aber –«

»Nichts ist sicher«, sagte Fen, »bis sich die Polizei entschieden hat. Sie informiert mehr oder weniger den Vorsitzenden bei der öffentlichen Leichenschau, der informiert mehr oder weniger die Geschworenen, und falls keine neuen Beweise auftauchen – wird man die Angelegenheit mehr oder weniger auf sich beruhen lassen.«

»Aber Sie arbeiten mit der Polizei zusammen«, insistierte Rachel. »Was glauben Sie – Sie persönlich?«

»Ich glaube, es war Mord«, sagte Fen langsam, »und ich weiß seit einiger Zeit, wer der Mörder ist.«

Robert bemühte sich um einen angemessen empörten Gesichtsausdruck. »Warum in aller Welt«, fragte er dann, »sprechen Sie dann nicht mit der Polizei, damit die Sache erledigt ist? Nicht genug Beweise?«

»Nicht genug Beweise für die genaueren Begleitumstände, nein, natürlich nicht. Der Tathergang allerdings ist sonnenklar. Nur eine einzige Person auf der ganzen weiten Welt kann Yseut Haskell ermordet haben. Ich muß zugeben, daß sich das auf die

Aussage eines einzigen Zeugen stützt, aber ich habe keinen Grund anzunehmen, daß der Zeuge in diesem Zusammenhang unzuverlässig ist.« Sein Gesichtsausdruck war ernst.

»Also wird es eine Verhaftung geben?« fragte Robert. »Warum nicht sofort?«

Fen machte undeutliche Gesten. »Der Mörder ist ein menschliches Wesen, nicht irgendein unbestimmter Faktor, wie ein X, allerdings ist er das nur solange, bis er überführt ist. Während der Überführung verlangsamt sich die Jagd, das ist unvermeidbar. Erst denkt man, man habe die ganze Zeit eine Hasenattrappe verfolgt, aber wenn man sie eingekreist hat, dann merkt man plötzlich, daß es ein echter Hase ist. Ich muß zugeben, ich zögere –« Er verstummte.

Robert nickte energisch. »Verständlich«, sagte er, »wenn auch ein wenig sentimental. Das Verbrechen selbst ist ein plötzlicher, endgültiger, nicht vorhersehbarer Schlag, die Überführung des Täters hat die ganze, sich auf das Ende hin steigernde Grausamkeit einer Jagd. Dennoch, Mord ist Mord.« Er schien Trost in diesem schlichten Gedanken zu finden.

Nigel näherte sich mit einem großen Bier. Fen betrachtete es entsetzt. Er stellte es auf die Theke und wandte ihm den Rücken zu, offenbar hoffte er, es würde verschwinden, wenn er es ignorierte. »Wenn ich mich recht entsinne«, wandte er sich unbestimmt an Robert, »waren Sie vor dem Krieg einige Male in Südamerika. Hat es ihnen dort gefallen?«

Robert war ein wenig überrascht. »Sie scheinen ein reges Interesse an meinen Reisen zu haben«, sagte er trocken. »Vergangene Nacht war es Ägypten. Ja, ich war mehrere Male in Südamerika, meist in Buenos Aires und Rio.«

»Und womit«, wandte sich Fen an Nigel, »verbindest du Südamerika?«

»Verrückte, Nüsse, Pampasgras und Carmen Miranda«, antwortete Nigel prompt.

Fen gab verhaltene Laute von sich, die darauf schließen ließen, daß ihm die Antwort Vergnügen bereitete. »Wahrlich, ausgezeichnet«, sagte er, »ein glänzender Nachweis für einen journalistischen Verstand. Dic frcic Assoziation hat ihren Nutzen.«

»Wir müssen los«, sagte Robert, wobei er auf seine Uhr schaute. Fen wandte sich zögernd seinem Bier zu. Es gelang ihm, es auf einen Zug zu leeren, was ihm einige Bewunderung einbrachte. »Ich glaube«, sagte er, während er den Krug nachdenklich abstellte, »ich hätte das nicht tun sollen.«

»*Revenons à nos moutons*, meine Lieben«, sagte Robert. »Wir müssen uns sputen, wir müssen uns sputen.« Zu zweit oder dritt bewegten sie sich in Richtung Tür. Der Papagei sah ihnen gelassen nach.

Kapitel 11

Das suchende Tier

And aloof in the roof, beyond the feast,
I heard the squeak of the questing beast,
where it scratched itself in the blank between
the queens substance and the queen.
Charles Williams

Und wach hoch im Dach, fern festlicher Zier,
hört ich kreischen das suchende Tier,
wo es kratzend sich legt' in die Leere hin
zwischen der Königin Wesen und der Königin

Als sie zum Bühneneingang hereinkamen, trafen sie auf Jane. »Ich wollte Sie gerade holen«, sagte sie zu Fen. »Ein Anruf für Sie auf dem Apparat vor dem Künstlerzimmer. Es ist ein Sir Richard Freeman. Er sagt, es sei dringend, er habe schon überall versucht, Sie zu erreichen.« Fen nickte und eilte rasch davon. Nigel setzte sich in den Zuschauerraum, um sich die restliche Probe anzusehen. Er war beeindruckt, wie sehr das Ganze seit Dienstag an Professionalität gewonnen hatte. Es gab jetzt Requisiten, das Bühnenbild war akkurat aufgebaut, der Souffleur saß in seiner Ecke, die Schauspieler liefen nicht mehr mit den Texten umher, die Bewegungen auf der Bühne wirkten einfach und selbstverständlich, und es gab verhältnismäßig wenig Unterbrechungen. Nigel bedauerte, daß er die dazwischenliegenden Proben nicht gesehen hatte und daß ihm dadurch die allmähliche Steigerung vom offensichtlichen Schauspielern zur überzeugenden realistischen Darstellung, die graduelle Auflösung der Barriere zwischen den Schauspielern und dem Stück entgangen war. Zweifellos vermittelte der Fortschritt eine Ahnung davon, unter welch zunehmender nervlicher Belastung die Schauspieler und Schauspielerinnen bis zur Premiere standen.

Fen kehrte zurück und ließ sich auf den Platz neben ihm fallen. »Das war Sir Richard«, flüsterte er überflüssigerweise, »er hat mir die offizielle Auffassung mitgeteilt. Offensichtlich haben sie sich nach mehr oder weniger ausgiebiger Sondierung schließlich auf Selbstmord geeinigt. Ich habe mich neutral verhalten, aber das bürdet mir eine ziemlich lästige Verantwortung auf.«

»Wie war übrigens das Ergebnis der Autopsie?« fragte Nigel.

»Genauso, wie wir erwartet haben. Nichts Neues.«

»Hm«, sagte Nigel. »Wie machen wir also weiter?«

»Wir machen genauso weiter wie bisher und versuchen die Angelegenheit so weit wie möglich aufzuklären. Weiß der Himmel, was danach sein wird. Vermutlich werde ich mich mit dem Professor für Ethik einschließen müssen, um die beste Vorgehensweise auszuarbeiten – Nigel, wer ist der Typ, der da hinten über die Bühne geht?«

»Das ist einer der Bühnenarbeiter.«

»Aha … Worüber habe ich gerade gesprochen? Ach ja, über den Professor für Ethik. Wie zum Teufel bin ich auf ihn gekommen? Dieser Mensch hat überhaupt kein Verantwortungsgefühl. Ich glaube er ist ein Bigamist.«

Nigel seufzte. »Du verlierst wieder einmal den Faden, Gervase«, sagte er. »Ich habe ursprünglich gefragt, was du als nächstes unternehmen willst.«

»Ah, ja. Nun, zunächst einmal muß ich mit dieser Whitelegge sprechen, dann muß ich mit einem alten Freund telefonieren, der einmal im Sekretariat des Völkerbunds gearbeitet hat, und dann muß ich ins ›Mace and Sceptre‹ und mit dem Portier sprechen. Habe ich dir übrigens erzählt, daß die Polizei überprüft hat, was Yseut getan hat, bevor sie ins College kam? Nur sehr wenig davon ist wichtig. Nachmittags hat sie Briefe geschrieben, hat in ihrem Zimmer Tee getrunken und dann einen jungen Mann im Brasenose College besucht, kam zurück, telefonierte im ›Mace and Sceptre‹ mit einem nicht identifizierten Teilnehmer, nachdem sie sich beim Portier das Londoner Telefonbuch geholt hatte – das ist übrigens der Grund, weshalb ich ihn sprechen will –, und ist dann direkt zum College gegangen.«

»Hilft das weiter?«

»Nein, nicht besonders. Tatsächlich gibt es eine auffällige Lücke in der ganzen Geschichte, die ich gerne füllen würde, wenn ich auch nicht weiß, wie. Wenn du dich an diesem Tag nur nicht in London herumgetrieben hättest«, fügte er ein wenig vorwurfsvoll hinzu, »du hättest vielleicht weiterhelfen können.«

»Ich hatte keine Ahnung, daß ein Mord passieren würde.«

»Ich dachte, du hättest vielleicht Vorahnungen gehabt – Todesahnungen. Aber egal. Der Mann, der da gerade die Treppe hinuntergefallen ist, gehört der zum Stück?«

Nigel hatte einen Augenblick lang sorgfältig zugehört und sagte dann kurz: »Nein.«

Die Tür, die links in den Zuschauerraum führte, öffnete sich, und Helen schlüpfte heraus, um ihnen ein wenig Gesellschaft zu leisten. »Eine kleine Gnadenfrist«, sagte sie, »der Himmel steh mir bei, ich kann in diesem Akt meinen Text nicht. Erholt ihr euch nur, oder hofft ihr, neue Anhaltspunkte zu finden, indem ihr uns alle hier beobachtet?«

»Wir erholen uns nur«, sagte Fen. »Wirst du nervös, so kurz vor einer Premiere?«

»Die Angst bringt mich fast um den Verstand«, sagte Helen. »Schon normale Premieren sind schrecklich genug, aber diese wird eine Art nationales Ereignis. Die Hälfte aller Londoner Agenten, Produzenten und Regisseure werden hier sein, und jeder wird versuchen, ihre Aufmerksamkeit auf sich zu ziehen. Wenn Robert nicht aus dem Hintergrund die ganze Angelegenheit mit eiserner Hand kontrollieren würde, würden wir alle unsere Rollen fürchterlich überzeichnen.«

»Wäre es eine Hilfe für dich«, sagte Fen, »wenn ich meinen Freund fragen würde –« (er nannte den Namen eines so berühmten Schauspielers, daß Helens Augen riesengroß wurden) »– ob er keine Lust hat zu kommen? Er sucht jemanden, der in seinem neuen Stück den Gegenpart übernimmt, und ich kann dafür sorgen, daß er niemanden außer dir beachtet. Zudem hab ich ihn in der Hand. Wir waren zusammen auf der Schule, da hat er fürchterliche Sachen angestellt.«

»Könntest du das wirklich tun?« sagte Helen mit soviel Haltung, wie ihr unter diesen Umständen möglich war. »Ich werde schrecklich nervös sein, aber da muß man durch.«

»Er wird herbeizitiert werden«, sagte Fen feierlich, »und unter der Androhung schrecklicher Enthüllungen wird er kommen. Und jetzt sag mir, ob diese Jean Whitelegge irgendwo hier im Theater ist?«

»Sie müßte mittlerweile dasein, obwohl sie angekündigt hat, daß sie heute morgen erst später kommen würde. Sie ist wahrscheinlich in der Requisite, beim Bühneneingang links die Treppe hinunter.« Helen schaute kurz zur Bühne hinauf. »O Gott, ich bin weg!«

Sie zog sich rasch auf demselben Weg zurück, den sie gekommen war, erschien einen Augenblick später auf der Bühne und sagte:

»Ich kann ihn nirgendwo finden, ich habe überall im Haus gesucht, unter den – unter den –« Sie schnipste mit den Fingern in Richtung Souffleur. »Ja?« fragte sie, erhielt aber keine Antwort.

Robert kam verärgert den Gang herunter. »Ist da niemand am Text?« erkundigte er sich. »Jane, Jane, Liebes!«

Man hörte ein gedämpftes Rascheln und Umblättern von Seiten in der Souffleurecke, in die alle auf der Bühne mit müder Verachtung schauten. Schließlich erklang die Stimme:

»Unter dem Boden, auf dem Dach –«

»Ja, Liebes«, sagte Robert, »Bleib bitte am Text, sonst verlieren wir viel zuviel Zeit.«

Jane tauchte kurz auf. »Tut mir leid, mein Lieber«, sagte sie, »aber Michael sollte in dieser Szene am Text sein, weil ich mich um den Umbau kümmern muß.« Im Hintergrund außerhalb der Szene ertönte ein barscher Wortwechsel.

»Es ist mir völlig egal, wer das macht«, sagte Robert, »Hauptsache, es ist immer einer da. In Ordnung, Leute, wir machen weiter.« Die Probe lief wieder in ihren üblichen Bahnen.

Fen bewegte sich unruhig hin und her. »Ich muß nach dieser Whitelegge suchen«, sagte er laut und heftig.

»Ich auch?« sagte Nigel.

»Nein, danke, Nigel. Das wird eine delikate und vertrauliche Annäherung. Nichts für jemanden mit deinem offenen, direkten und sportlichen Naturell.« Während er hinausging, sah ihm Nigel wütend nach.

Fen stöberte Jean Whitelegge schließlich im Konversationszimmer auf, wo sie ganz alleine saß und in einer Ausgabe von *Metromania* las, ohne dem Text allzuviel Aufmerksamkeit zu schenken. Sie war, dachte Fen, während er sich vorstellte, ganz offensichtlich ziemlich zerstreut. Er betrachtete sie mit einer Neugier, die dem letzten Glied in einer Verkettung von Motiv und Leidenschaft, die zu Yseuts Mord geführt hatte, angemessen war. Er sah, daß sie einfach, aber nicht unattraktiv war, ruhig, aber keinesfalls ohne Persönlichkeit, kompetent – und wie er vermutete – ein wenig fanatisch, was die Künste betraf. Ihre weichen braunen Haare, die sanft im morgendlichen Licht leuchteten, lockten sich hinter den Ohren, ihre Lippen waren sorgfältig geschminkt, und sie trug ein schlichtes blaues Kleid, das für die Bedürfnisse einer Frau entworfen wurde, die weiß, daß sie ihre Figur nicht zu verstecken braucht. Fen nahm sich einen Moment Zeit, ihre natürliche, unaufdringliche Anmut zu bewundern und wünschte sich, sie würde ihr Leben sinnvoller gestalten als mit geistlosen Hilfstätigkeiten am Theater.

»Sie müssen mir verzeihen, daß ich Sie belästige«, sagte er, »zumal ich annehme, daß der Inspektor Sie bereits heute morgen behelligt hat.« Vorsichtig nahm er eine Haltung intellektueller Überlegenheit an. »Wenn ich ganz offen sein darf, so glaube ich, daß er nicht genau weiß, wonach er sucht. Zudem habe ich eine unstillbare Neugier in diesen Dingen. Wie Webster bin ich vom Tod besessen.« Er machte diese Anspielung absichtlich und betrachtete sie interessiert, um zu sehen, welche Reaktion sie auslösen würde.

Jean lächelte. »Der Schädel unter der Haut«, sagte sie. »Ich bin selbst ein wenig morbide.« Ihre Stimme erschien ihm plötzlich zu beherrscht. »Fragen Sie mich, was immer Sie möchten.«

»Nun, dann zu allererst: haben Sie die Waffe aus Captain Grahams Zimmer genommen?«

Er meinte, kurz einen Ausdruck von Erleichterung in ihren Augen wahrgenommen zu haben. »Ja«, sagte sie. »Ich bin zurückgegangen, um sie mir zu leihen, sah, daß er bereits zu Bett gegangen war, und – nun, ich fürchte, ich hab sie einfach genommen. Ich wollte es ihm sagen, aber ich hatte schrecklich viel zu tun, und irgendwie habe ich es nicht geschafft.«

»Und natürlich haben Sie die Waffe genommen, weil Sie sie als Requisite in dem Stück *Metromania* brauchten.«

Jean nickte heftig. »Ja, das ist richtig. Sie wird im letzten Akt gebraucht. Wir hatten natürlich Waffen in der Requisite, aber die sind für Kriegszwecke eingezogen worden. Man hat uns gesagt, wir könnten alle, die wir bräuchten, von der hiesigen Polizei ausleihen.«

»Warum haben Sie das nicht getan?«

»Nun, das hört sich jetzt ein wenig lächerlich an, aber – wissen Sie, wir haben schon mal eine ausgeliehen – und – nun, wir haben sie verloren.«

»Verloren?«

Jean machte ein hilflose Bewegung. »Sie ist Ende letzter Woche einfach verschwunden. Wissen Sie, im Theater passiert so etwas immer wieder. Entweder die Dinge werden von irgendwem ausgeliehen, oder man kann sie einfach nicht mehr finden, weil sie unter jeder Menge anderem Zeug begraben sind. Jedenfalls, die Folge ist, die Polizei ist uns nicht mehr besonders gewogen, und ich hatte einfach nicht den Nerv, dorthin zu gehen. Eigentlich«, fügte sie in einer Anwandlung von Offenheit hinzu, »habe ich nicht erwartet, daß Peter Graham mir die Waffe leihen würde, deshalb habe ich sie einfach genommen.«

Fen schien eine moralische Abschätzung der Vertretbarkeit dieser Vorgehensweise vorzunehmen. »Das war ein wenig riskant, nicht wahr?« sagte er wohlwollend.

»Nun, Robert wollte sie am Donnerstag früh haben, das hat er mir auf der Party gesagt, und ich dachte wir könnten sie wenigsten vorübergehend verwenden.«

»Und dann ist sie natürlich verschwunden. Wo wurde sie aufbewahrt?«

»In der Requisite.«

»Kann da jeder rein?«

»Ja, jeder. Irgendwann Donnerstag, am späten Nachmittag, war sie weg.«

»Und mit ihr, nehme ich an, noch etwas anderes.« Fen nannte es, und sie sah ihn ungläubig an. »Woher wissen Sie?« sagte sie. Plötzlich war da ein Anflug von panischer Angst in ihren Augen.

»Warum nicht von dort?« sagte Fen leise. »Es war äußerst bequem. Ich nehme an, Sie haben die Patronen nicht genommen? Sie hätten sie nicht gebraucht.« Sie schüttelte den Kopf.

»Waren sie noch da, als Sie die Waffe genommen haben?« fuhr Fen fort.

»Ich – ich erinnere mich nicht.«

»Dann sind sie vielleicht irgendwann während der Party weggenommen worden?«

»Vermutlich.«

Fen nickte scheinbar zufrieden. »Das habe ich mir gedacht«, sagte er. »Und natürlich kann man nur aufgrund Captain Grahams Bemerkung davon ausgehen, daß sie jemals dort waren.« Er machte eine Pause. »Würden Sie mir jetzt wahrheitsgemäß schildern, was Sie gestern abend gemacht haben – ich meine, nicht das, was Sie der Polizei erzählt haben?«

Sie wurde blaß. »Ich habe der Polizei die Wahrheit gesagt. Ich habe Yseut nicht getötet. Ich war den ganzen Abend in meinem Zimmer im College.«

»Ich glaube, das waren Sie nicht«, sagte Fen.

Tränen traten ihr in die Augen. »Bitte, Mr. Fen. Das ist die Wahrheit. Ich habe Yseut nicht umgebracht.«

Fen war ein wenig verlegen. »Ich habe eigentlich nicht gesagt, daß Sie es getan haben. Jedenfalls bin ich mit den Tatsachen dieser ganzen Angelegenheit so gut vertraut, daß Ihre Beteuerungen im Grunde keine besondere Rolle spielen. Es ist nur, daß ich die Dinge gerne klarstelle.«

Sie neigte sich nach vorn. »Wissen Sie«, ihre Stimme stockte kurz, »wer es getan hat?«

Fen nickte und wartete auf die unvermeidliche Frage.

»Müssen Sie es der Polizei erzählen? Das heißt –«

Fen seufzte. »Also, wirklich«, sagte er, »entweder sind Sie alle die barmherzigsten oder die unmoralischsten Menschen, denen ich jemals in meinem Leben begegnet bin. Es gibt keinen einzigen unter Ihnen, der etwas dagegen einzuwenden hätte, wenn über die ganze Angelegenheit stillschweigend hinweggegangen würde. Ich finde das entmutigend.«

Jean erhob sich und ging im Zimmer auf und ab. »Und?« sagte sie.

»Ich werde darüber nachdenken müssen«, sagte Fen, »Sie sind, wenn Sie erlauben, eine ausgesprochen schlechte Lügnerin, Miss Whitelegge. Aber dann muß man auch sagen, daß eine angemessene Fähigkeit zur Verstellung in diesem Fall völlig zu fehlen scheint. Von Anfang bis Ende« – er sah sie aufmerksam an – »war die ganze Sache ein stümperhaftes Durcheinander, in dem zudem die Hand des Urhebers immer schmerzlich sichtbar war. Ich finde das deprimierend. Es war nicht die geistige Schlacht brillanter Geister, es war ein Spaziergang, und wie alle einfachen Siege macht mich das äußerst unzufrieden. Vielleicht zögere ich deshalb, den armen Teufel zu verraten, ein atavistisches Überbleibsel des Ehrenkodex. Es ist zu einfach, über einen mittelmäßigen Verstand zu triumphieren.«

Sie drehte sich zu ihm um, mit glühenden Augen. »Ist Ihnen niemals in den Sinn gekommen«, schrie sie, »daß der Täter vielleicht einfach keine Lust hatte, irgend etwas zu verschleiern, keine Lust hatte auf die ausgetüftelten intellektuellen Rätsel und Kryptogramme, die Sie so sehr zu begeistern scheinen?«

»Sicher ist mir das in den Sinn gekommen«, sagte Fen kühl, »und ich glaube, zunächst war das die Haltung des Mörders. Eine ganze Menge bewußter Nachlässigkeiten scheint darauf hinzudeuten. Als er aber den Mord tatsächlich begangen hat, hat er sich in letzter Minute dazu entschieden, ein Kryptogramm zu hinterlassen; und wie alle aus dem Stegreif entwickelten Kryptogramme war es wirklich entsetzlich leicht zu entziffern.« Er erhob sich. »Danke Miss Whitelegge. Das war, ohne daß Sie es wollten, höchst aufschlußreich.«

Sie schien plötzlich hilflos und verwirrt. »Ich – ich –«

»Ich habe keine Lust, den bösen Onkel mit Ihnen zu spielen«, sagte Fen liebenswürdig, »und ohne Zweifel sind Sie darauf vorbereitet, die Verantwortung für Ihre Taten zu tragen. Aber ich muß Sie ernsthaft warnen: Das Spiel ist aus. Ich will damit nicht sagen, daß Sie zur Polizei gehen sollten. Ich gebe Ihnen bis Montag morgen Zeit, zu mir zu kommen.« Sie schwieg. »Du liebe Güte, junge Frau, ich weiß, wie schwer Ihnen das fallen wird. Reißen Sie sich zusammen.« Er wandte sich zum Gehen, fragte dann unvermittelt:

»Übrigens, was studieren Sie hier?«

Sie sah ihn fassungslos an. »Klassische Philologie – Griechisch und Latein.« Fen nickte. »Ich gehe jetzt. Denken Sie über mein Angebot nach. Ich muß Sie warnen, wenn Sie nicht das tun, was ich Ihnen sage, könnte es durchaus sein, daß Sie noch jemanden in Lebensgefahr bringen.« Er wandte sich ab und ging hinaus.

Nigel bekam langsam Hunger. Seine Aufmerksamkeit schweifte von den Vorgängen auf der Bühne zu den Gedanken ans Mittagessen. Dies war um so mehr der Fall, als ihm plötzlich klar wurde, daß er sich durch das Anschauen der Proben möglicherweise den Genuß der Premiere am Montag abend verdarb. Scheinbar teilte die Vorsehung diese Ansicht, denn plötzlich errichtete sie eine Barriere zwischen ihm und *Metromania* in Form des eisernen Vorhangs, der nur knapp den Kopf des treuen Ehemannes Clive verfehlte und ihn mit einem erschreckten Fluch zur Seite springen ließ. Nigel hatte kaum Zeit, den Hinweis zu lesen, der auf den Vorhang gedruckt war und der besagte, daß das Theater im Falle eines Feuers innerhalb von drei Minuten geräumt werden könne, als er das wutschnaubende Gebrüll von Robert hörte, der ein kleines Stück hinter ihm saß. Der bedrohliche Klang hatte offensichtlich den erwünschten Effekt, denn der Vorhang hob sich wieder und enthüllte eine kleine bestürzte Gruppe auf der Bühne, die fragende Blicke hinauf in Richtung Beleuchtungsgalerie warf, von wo aus der Vorhang gesteuert wurde. Als Fen zurückkehrte, wurde immer noch über die Verantwortung diskutiert.

»*Allons*«, sagte er. »Wir haben hier nichts mehr zu tun.« Als sie die Probe verließen, herrschte auf der Bühne noch immer ein leichtes Chaos.

Rasch waren sie auf der Straße und gingen in flottem Tempo Richtung »Mace and Sceptre«. Fen holte tief Atem. »Ich habe mich eben nicht gerade wie ein Gentleman verhalten«, sagte er, »ich habe ein kleines Einschüchterungsmanöver veranstaltet.« Dann berichtete er Nigel kurz von seiner Unterredung mit Jean. Nigel sah verblüfft aus.

»Also«, sagte er, »was jetzt?«

»Nun, meine Annahmen haben sich bestätigt. Wir haben nur noch sehr wenig zu tun. Eins noch, nur aus reiner Routine: Wir müssen Fellowes' Zimmer durchsuchen, obgleich ich wenig Hoffnung habe, daß wir da etwas finden.«

»Du meinst, nach dem suchen, wonach Yseut gesucht hat?«

»Nigel«, sagte Fen mit unüberhörbarem Sarkasmus, »du bist ein brillanter Schüler. Wir werden noch einen guten Detektiv aus dir machen.«

»Ich habe keinerlei Absicht, Detektiv zu werden«, erwiderte Nigel etwas gereizt.

»Ich muß gestehen«, sagte Fen, »in einem Fall wie diesem ist es eine besonders unangenehme Arbeit. Was soll ich tun, Nigel? Sei ehrlich! Ich gestehe, wenn ich meinem Instinkt als guter Bürger folgen würde, dann müßte ich, so, wie ich es auch sonst getan habe, meine Ergebnisse der Polizei übergeben. Aber es gibt auch andere Gesichtspunkte: Robert ist ein großer Dramatiker, Rachel eine ausgezeichnete Schauspielerin, Nicholas wäre, wenn er sich etwas zusammenreißen würde, ein hervorragender Kopf, Fellowes ist ein brillanter Organist, Sheila McGaw ist eine gute Regisseurin und Jean Whitelegge ist im Prinzip ganz einfach eine nette Person. Yseut war nichts von alledem, und eigentlich möchte ich nicht, daß irgendeiner von ihnen ihretwegen oder durch meine Mitwirkung in die herzlose Mühle der Justiz gerät. Wenn die Polizei nur ihren gesunden Menschenverstand gebrauchen würde! Es ist ihre Aufgabe, Menschen zu überführen und zu Fall zu bringen. Meine Bedenken würden für sie nicht zählen. Aber die verbeißen sich in diese Selbstmordtheorie, und nur mein Eingreifen kann sie davon abhalten.«

»Das hängt ganz davon ab«, sagte Nigel langsam. »Glaubst du, daß der Mörder noch einmal zuschlagen wird?«

»Ein weiterer Mord? Ich bezweifle es, auch wenn ich das vor ein paar Minuten als Köder benutzt habe.«

»Dann glaube ich, solltest du Goethes *Tasso* lesen«, sagte Nigel, einer plötzlichen Eingebung folgend. »Mehr oder weniger ist es eine Studie darüber, wie weit das künstlerische Temperament in seiner Ablehnung gesellschaftlicher Strukturen gehen kann.«

»Mein lieber Nigel: Das bringt vielleicht das Problem auf den Punkt, aber es löst es nicht annähernd. Weist du, ich neige der spießbürgerlichen Auffassung zu, daß eine ganze Menge Unsinn hinsichtlich des künstlerischen Temperaments verbreitet wird. Viele der größten Künstler sind ohne ausgekommen, oder vielmehr sie waren so gerissen, ihre Jenseits-von-Gut-und-Böse-Tendenzen unter dem Siegel der Verschwiegenheit zu befriedigen, ohne den Zorn der Gesellschaft zu erregen. Das künstlerische Temperament ist allzu oft nur eine Ausrede für fehlendes Verantwortungsbewußtsein – siehe die kürzlich verschiedene Yseut. Ein Weiberrock«, fügte er feierlich hinzu, »wie er im Buche steht.«

»Mein lieber Gervase, wenn du schon Amerikanismen benutzt, dann um Himmels willen richtig. Lies Mencken: Ein ›Weiberrock‹ bezeichnet in der Vulgärsprache jede Frau.«

Fen schien darüber nachzudenken, als er aber sprach, sagte er: »Ich glaube, daß das, was ich zu Helen gesagt habe, das beste wäre: eine kurze und knappe Warnung, sich aus dem Staub zu machen. Das Problem ist, wir alle hier in Oxford glauben, wir seien so verdammt schlau«, sagte er gereizt. »Bei schlichten Gemütern löst Mord sofort einen Selbsterhaltungstrieb aus, doch um unsere natürlichen Instinkte aufzurütteln, muß er erst einen dicken Schutzwall aus Spitzfindigkeiten durchdringen; im vorliegenden Fall ist das Entsetzen darüber scheinbar nicht so weit vorgedrungen, es ist einfach am Schutzwall abgeprallt. Dennoch, Mord bleibt Mord« – (Kalt dazuliegen und starr und zu verfaulen, dachte Nigel) – »darum kommt man nicht herum. Was es bedeutet, ein Gewissen zu haben! Beten und tiefes Nachdenken scheinen meine einzige Zuflucht. Vor ein paar Tagen, ich darf gar nicht daran denken, habe ich mir noch einen netten, sauberen, problemlosen Mord herbeigewünscht! Weißt du, was diese ganze Geschichte zusammenhält, Nigel? Sex – das suchende Tier –, das ist die Wurzel, der Ursprung dieser ganzen Angelegenheit. Wenn man es auf seinen Kern reduziert, dann ist es nicht mehr als die Paarung der Affen in Wilkes' Käfig.«

»Du meinst«, sagte Nigel, »das alles ist passiert, weil die Menschen den Sex zu ernst genommen haben?«

»Nein«, sagte Fen, »ironischerweise, ist es passiert, weil sie ihn nicht ernst genug genommen haben.«

»Ich dachte, du seist der Meinung, Sex sei kein Motiv für Mord?«

»Das bin ich auch. Trotzdem bildet er hier den Kern der ganzen Angelegenheit. Ich werde dir das später erklären, Nigel, was auch immer passieren wird, du sollst es wissen. Möge der Himmel verhindern«, fügte er fröhlicher hinzu, »daß wir diese entsetzliche Geschichte in den schweren Mantel des moralischen Symbolismus hüllen. Das suchende Tier ist schließlich ein poetisches Bild, es existiert nicht wirklich.«

Schweigend erreichten sie das Hotel, wo Fen direkt die Portiersloge ansteuerte. Der Portier, ein dünner, zuverlässig aussehender, älterer Herr empfing ihn mit einem Lächeln.

»Nun, Sir«, sagte er, »wie geht es mit den Nachforschungen voran, wenn ich mir die Frage herausnehmen darf?«

»Ah«, sagte Fen, »ich glaube, Sie können mir ein wenig behilflich sein, Ridley. Wie haben Sie übrigens davon erfahren? Ich denke«, sagte er angriffslustig zu Nigel, »deine Meute hat inzwischen Wind davon bekommen.«

»Steht alles in der Morgenzeitung, Sir«, sagte der Portier und tippte leicht auf die Zeitung, die vor ihm lag, »das heißt, nichts über die puren Tatsachen hinaus. Die Lokalzeitung weiß etwas mehr, aber nur Gerüchte.« Seine Stimme war verächtlich. »Schreckliche Sache, trotzdem, so ein junges Mädchen; aber eine kleine Isebel war sie, wenn Sie mir diese Freiheit erlauben.«

Fen war über diesen Verweis auf die Bibel etwas überrascht. Er sagte: »Sagen Sie, Ridley: glauben Sie, daß, wenn eine völlig verdorbene Person umgebracht wird, der Mörder es verdient davonzukommen?«

Der Portier dachte nach. »Nein, Sir. Es gibt andere Wege mit unangenehmen Menschen fertigzuwerden.«

Fen drehte sich zu Nigel um. »Siehst du?« sagte er.

»Darf ich daraus schließen, Sir, daß es sich nicht um Selbstmord, sondern um Mord handelt?« fragte der Portier.

»Das versuchen wir herauszufinden«, sagte Fen, »und dabei können Sie mir helfen. Die junge Frau kam gestern abend hier herein?«

»Ja, Sir, ungefähr fünfundzwanzig bis zwanzig Minuten vor acht muß es gewesen sein. Sie hat nach dem Londoner Telefonbuch gefragt, hat von einer der Zellen da drüben aus telefoniert und ist direkt danach wieder gegangen.«

»Ist Ihnen zufällig aufgefallen, ob sie irgendwelchen Schmuck getragen hat?«

»Das ist ja merkwürdig, Sir, daß Sie das fragen, denn als sie die Nummer herausgesucht hat, habe ich mir überlegt, wie wenig Schmuck die jungen Frauen von heute tragen. Wie anders war das vor dreißig Jahren. Kein Ring, keine Halskette, kein Armband, nicht einmal eine Brosche.«

»Sind Sie sicher?«

»Absolut, Sir, es ist mir besonders aufgefallen.«

»Und das«, sagte Fen, während er sich abwandte, »räumt schließlich die Möglichkeit aus, daß Yseut selbst den Ring genommen hat. Damit ist der Fall für mich abgeschlossen.«

»Alles mit Intuition gelöst.«

Fen schien sich bei dieser Aussage nicht ganz wohl zu fühlen. »Nun«, sagte er vorsichtig, »nicht so ganz. Dazu gab es eigentlich keine Gelegenheit. Du weißt alles, was ich weiß; mehr noch, einiges davon weißt du aus erster Hand, darin liegt alles, was du brauchst. Willst du mir tatsächlich sagen, du weißt immer noch nicht, wer es war?«

Nigel schüttelte den Kopf. »Ich habe keinen blassen Schimmer«, sagte er. »Ich hoffe auf die Auferstehung, bis dahin tappe ich in völliger Dunkelheit.«

Fen sah ihn streng an. »Dein abscheulicher Beruf«, sagte er, »wirkt sich betäubend auf deinen einst so vielversprechenden, wenn auch mittelmäßigen Geist aus. Egal. Genug für heute. Ich verlasse dich jetzt bis morgen zur Abendmesse. Ich muß noch eine Menge scheußlicher Arbeiten korrigieren, meine Notizen vervollständigen und eine Vorlesung über William Dunbar vorbereiten, *mort à Flodden*.« Er marschierte zur Tür, drehte sich noch einmal um und winkte freundlich. »Konzentrier dich«, sagte er. »Dann wird es dir schließlich einfallen.« Im nächsten Moment war er verschwunden.

Kapitel 12

Vignetten

›Non other lyfe‹, said he, ›is worth a bene;
For wedlock is so esy and so clene.‹
GEOFFREY CHAUCER

»Kein andrer Stand«, sprach er, »hat solchen Segen:
Rein und bequem ist nur das Eheleben.«

Am Samstag abend nach der Vorstellung wurde das Theater an die Technik übergeben. Während die Schauspieler sich noch umzogen und abschminkten, wurde die alte Bühnenausstattung bereits abgebaut. Am Sonntag morgen entstand langsam durch die gemeinsame Arbeit des Bühnenbildners, des Theatermalers, des Bühnenmeisters, der Bühnenarbeiter, des Elektrikers und Beleuchters das neue Bühnenbild; während sich die Schauspieler und Schauspielerinnen den Luxus gönnten, auszuschlafen, lasen oder spazieren gingen oder etwas tranken oder in seltenen Fällen sogar ihren Text überflogen für die Generalprobe am Abend. Es war ein ruhiges Zwischenspiel vor dem letzten Kraftakt und vor dem Höhepunkt der Anstrengungen, der Premiere am Montag abend, aber auch vor einem anderen ernsteren, weniger angenehmen Höhepunkt.

Donald und Jean gingen im Universitätspark spazieren. Der Regen des Vortages hatte einer kalten, stärkenden Herbstsonne Platz gemacht. Die Glocken schwiegen, aber in den Kirchen und Kapellen von Oxford wurde die Anbetung Gottes auf die vielfältigsten Arten vorbereitet. Sie erstreckten sich vom auf

Hochglanz polierten Blech in der Heilsarmee bis zum Zurechtlegen des Weihrauchs und der Meßgewänder in der Hochkirche über alle ausgefeilten, wenn auch etwas lächerlichen dogmatischen Variationen. Oxford erhält sich einige wenige Spuren der Tatsache, daß es einst eines der christlichen Zentren in Europa war. Chorknaben ziehen unbefangen in Chorhemden und viereckigen akademischen Hüten durch die Straßen; Organisten denken heimlich über die Registrierung nach (die ihre Bewunderer für spontan halten), die sie bei der Begleitung der Psalmen verwenden wollen; Laienpriester legen ihre werktägliche Arbeit beiseite; für die Lesung ausgewählte Studenten irren umher und erkundigen sich nach der Aussprache der weniger bekannten hebräischen Eigennamen; Priester gehen mit kurzen intellektuellen Predigten schwanger; Dozenten bereiten sich darauf vor, dem Herrn zu huldigen.

Seit geraumer Zeit gingen Donald und Jean schweigend nebeneinander her, auf beiden Seiten war es ein verlegenes und ein wenig beschämtes Schweigen. Dann sagte Donald:

»Anscheinend habe ich mich zu einem verdammten Narren gemacht. Zunächst wegen dieser Frau; dann, indem ich eine Menge alberner Lügen erzählt habe, was ich zur Zeit des Mordes getan habe. Aber du weißt, warum ich gelogen habe, nicht wahr?«

Jeans Augen sahen ihn verständnisvoll an. »Ja«, sagte sie. »Ich glaube, ich weiß. Aber das war wirklich nicht nötig.«

»Jean«, sagte er, »dann hast du also nicht –?«

»Liebling, es ist wirklich unerträglich, daß du so etwas auch nur denken kannst. Warum sollte ich?«

»Nun, ich habe vermutlich vorschnelle Schlüsse gezogen. Dumm von mir. Weißt du, ich war ein wenig verrückt in den letzten paar Monaten.«

Leise fragte sie: »Hast du sie wirklich geliebt, Donald?«

»Nein.« Er zögerte. »Das heißt – ich glaube nicht. Ich glaube ich war einfach fasziniert von ihrer animalischen Natur. Trotz all der Helenas auf dieser Welt werden die Männer weiterhin den kleinen Verkäuferinnen nachlaufen. Weißt du – unter den gegebenen Umständen ist es vielleicht ein wenig unverschämt von mir, es zu sagen – ich glaube, ich liebe dich.«

»Oh, Donald. Du bist so süß!«

»Bin ich nicht! Ich hab mich absolut abscheulich verhalten.«

»Ich mich auch. Wenn ich nur etwas mehr auf meinen gesunden Menschenverstand vertraut hätte, dann wäre mir klar geworden, daß es sich nur um ein Strohfeuer handelt. Jetzt« – ihr Gesicht verfinsterte sich – »ist es zu spät.«

Man sah Donald an, daß er sich unwohl fühlte, er stach albernerweise mit der Spitze seines Stockes auf ein herabgefallenes Blatt. »Nein«, sagte er langsam, »ich glaube nicht, daß es zu spät ist. Siehst du denn nicht, daß durch ihren Tod wieder Ordnung geschaffen wurde? Er hat uns wieder zusammengebracht, und Rachel und Robert – die ganze Atmosphäre ist entspannter, scheinbar gibt es keinen einzigen, der nicht davon profitiert hat.«

Jean sagte finster: »Irgend jemand hat sie getötet. Wer?«

»Was auch immer Fen sagt, ich glaube, es war Selbstmord, und wie ich höre, ist das auch die Ansicht der Polizei. Ich hoffe bei Gott, daß sie recht haben. Was für eine unendliche Erleichterung wäre es doch, wenn damit alles vorbei wäre.«

Sie antwortete: »Fen weiß, was er tut, fürchte ich. Es ist zum Verrücktwerden, daß alles von ihm abhängt. Ich möchte nicht, daß deswegen jemand gehängt wird. Er will, daß ich sage –«

Donald zuckte zusammen. »Daß du was sagst?«

Sie hielt ihre Zunge im Zaum. »Du weißt schon.«

Er nickte, dann drehte er sich um, sah sie an und legte seine Hände auf ihre Arme. »Jean«, sagte er, »ich habe mich entschlossen, sobald das Semester zu Ende ist, mich als Freiwilliger bei der Royal Air Force zu melden. Wie es aussieht, sind ohnehin die meisten Organisten des Landes bereits dort. Du wirst dann auch hier fertig sein, und sobald ich meine Einberufung habe, würde es mich freuen, wenn du mich heiraten würdest.«

Sie lachte, ein leichtes, glückliches Lachen. »Oh, Donald, wie schön das wäre. Ich werde das Theater aufgeben und den Haushalt führen. Ich glaube, das habe ich mir schon immer gewünscht.« Sie sah ihn einen Augenblick mit Tränen in den Augen an. Dann küßten sie sich.

Irgendwo, außerhalb der Nebel ihrer Verzauberung, schlug eine Turmuhr. Donald fuhr zusammen, als wäre auf ihn geschossen worden. »Mein Gott«, sagte er. »In einer Viertelstunde beginnt die Morgenmesse.« Er nahm ihre Hand. »Komm, Liebling. Ich werde einen ganzen Chorgottesdienst für unsere Hochzeit planen, mit der Hymne: ›Laß die lichten Seraphim‹, und ich werde den Chor der St. Paul's Cathedral engagieren!«

»Alle scheinen ohne jeden Grund zu heiraten,« sagte Nicholas zu der Blondine. »Die Gründe, die von den Stellvertretern Christi auf Erden dafür angeführt werden, sind dank dem Fortschritt der Wissenschaft in hohem Maße unzureichend. Obwohl, darauf möchte ich hinweisen, die Wertmaßstäbe der Kirche gesunken sind. Ursprünglich war die völlige Enthaltsamkeit der Inbegriff der Tugend und die Ehe etwas Minderwertiges. Jetzt ist die Ehe der Inbegriff der Tugend und die uneheliche Liebe etwas Minderwertiges. Niemand nimmt heutzutage noch die Worte ernst: ›jene, die nicht die Gabe der Enthaltsamkeit besitzen‹ oder versteht noch, daß hier der Mangel mit Schwäche gleichgesetzt wird.« Er seufzte. »Es ist wirklich sehr betrüblich, daß heute niemand Achtung vor Keuschheit hat; sogar die Kirche hat sie mehr oder weniger aufgegeben, zusammen mit dem Bußgottesdienst und anderen unbequemen und unangenehmen Teilen ihrer Riten.« Er lächelte gütig. »Natürlich, hat die Ehe auch ihre Vorteile: zum Beispiel macht sie den mühseligen und liebestötenden Prozeß des Umwerbens unnötig.«

»Ach, komm – versuche nicht den Schlauen zu spielen,« sagte die Blondine angewidert.

»Ganz im Gegenteil, ich habe nur versucht, mein Konversationslevel auf das Niveau herabzuschrauben, auf dem du mir folgen kannst. Möchtest du noch etwas zu trinken?«

»Nein, danke.« Die Blondine schlug ihre sehr attraktiven Beine übereinander und zog mit höchster Sorgfalt ihren Rock zurecht. »Erzähl mir von dem Mord. Ich will alles darüber wissen.«

Nicholas stieß einen angeekelten Ton aus. »Ich habe die Nase voll von dem Mord,« sagte er, »ich möchte nie wieder was davon hören.«

»Aber ich«, sagte die Blondine hartnäckig. »Weiß man, wer es war?«

Nicholas wurde mißmutig. »Fen *glaubt*, es zu wissen«, sagte er. »Ich weiß, er hat schon öfters recht gehabt, aber ich glaube nicht an die Unfehlbarkeit von Kriminalisten.«

»Wenn er sagt, er weiß es, dann glaub mir, weiß er es auch. Ich habe seine ganzen anderen Fälle verfolgt, und bislang hat er sich noch nie geirrt«, sagte die Blondine mit Nachdruck.

»Schön, wenn es so ist, dann hoffe ich, daß er es für sich behält. Das ist alles.«

»Heißt das, du willst nicht, daß der Mörder verhaftet wird? Wirklich prima«, sagte die Blondine entrüstet, »wenn jemand junge Frauen umbringen kann und dann auch noch ungestraft davonkommt.«

»Bei einigen Frauen«, entgegnete Nicholas ernst, »scheint das der einzige Weg zu sein.«

»Wer, glaubst du, hat es getan?«

»Wer es getan hat? Was ich glaube? Um Himmels willen, Mädchen, ich weiß es nicht. Vermutlich war ich es selbst in einem Moment geistiger Umnachtung.«

Die Blondine sah angemessen verunsichert aus. »Nein, im Ernst«, sagte sie ängstlich.

»Jede Menge Leute hätten einen Grund gehabt, die halbe Stadt scheint auf die eine oder andere Art verdächtig zu sein. Jean Whitelegge nahm die Pistole, Sheila McGaw gehört der Ring, der an der Toten gefunden wurde, Donald, Robert Warner und ich waren ganz in der Nähe, als der Mord geschah, und Helen und Rachel haben keine Alibis. Ich würde auf Helen tippen. Sie hatte das einzige wahre Motiv: Geld. Und Fen läuft die ganze Zeit mit Glotzaugen und heraushängender Zunge hinter ihr her. Er ist immer besonders freundlich zu seinen Mördern, bevor er sie verhaften läßt. Ja, ich denke, Helen kommt eindeutig in Frage; dieser sentimentalen, ignoranten Göre ist so etwas Primitives durchaus zuzutrauen.«

»Dir sind die Trauben wohl zu sauer«, sagte die Blondine mit ungewöhnlichem Scharfsinn. »Sie ist seit kurzem mit diesem gutaussehenden Journalisten zusammen, nicht wahr?«

»Ach wirklich«, antwortete Nicholas gehässig, »das ist also dein Standard an männlicher Schönheit –«

»In Ordnung, Mephistopheles«, unterbrach ihn die Blondine lebhaft, »wir wissen alle, daß alles außer deinem höllischen, byronischen Charme ein Greuel ist. Du kannst mir jetzt noch etwas zu trinken holen, wenn du willst. Ich werde dich heute morgen ausnehmen, so gut ich kann.«

Nicholas erhob sich zögernd. »Es gibt Zeiten«, sagte er, »da wünschte ich, die Kommentare von Timon über Phrynia und Timandra wären etwas subtiler und weniger direkt und verletzend ausgefallen. Dann könnte man sie manchmal ganz gut gebrauchen.«

Robert und Rachel gingen auf dem Addison Walk spazieren, die sanfte, reine und feminine Schönheit des Magdalen College direkt vor ihnen.

»Bist du nervös wegen morgen?« fragte Rachel.

»Nervös eigentlich nicht; aufgeregt allerdings. Ich denke, es wird eine gute Vorstellung. Die Truppe ist zu Höchstform aufgelaufen, und du, meine Liebe, bist eine Himmelsgabe für jeden Regisseur.«

»Danke, Sir«, sagte sie artig.

»Eine Premiere«, sagte er, »ist nichts als lächerliches Überschäumen der persönlichen Eitelkeit. ›Schaut mich an, ich, der brillante Warner, stelle mich mit einer Truppe von Schauspielern und Schauspielerinnen zur Schau‹ – das ist alles, worauf es hinausläuft. Ich erinnere mich an das erste Stück, das ich in einem kleinen Theaterklub in London herausgebracht habe. Damals, mit einundzwanzig, war ich noch ein unbedeutender, herumkrebsender Schauspieler an einem Repertoiretheater. Aber, mein Gott, war das aufregend! Ich hab so getan, als wäre das etwas, das mir jeden Tag passieren würde, mir zurechtgesponnen, daß das Stück ein ganzes Jahr lang im West End laufen würde, was sich allerdings, wie ich gestehen muß, nicht bewahrheitet hat.«

»Und ich erinnere mich«, sagte Rachel, »an meine erste Rolle in London – eine sehr verdorbene Helen in einer Troilus-Inszenierung. Ich habe geglaubt, alle Kritiker würden mich schmeichelnd für eine herausragende Nebenrolle erwähnen – ›besondere Aufmerksamkeit verdient Miss Rachel West, die aus einer unsympathischen Rolle ein brillantes kleines Bravourstück macht‹ – aber dann hat kein einziger auch nur ein Wort über mich verloren.«

Robert sah sie merkwürdig an. »Siehst du?« sagte er. »Es ist alles wirklich nur Eitelkeit. In einem Roman von Montherlant gibt es eine Figur, Costals, er ist der Künstler an sich, ein aufsässiger, kindischer, rücksichtsloser Egoist. Wenn man mich auseinandernähme, wäre das wahrscheinlich alles, was übrigbliebe.«

Sie lachte. »O nein, mein lieber Robert«, sagte sie und nahm seinen Arm, »fang nicht an, nach Komplimenten zu fischen. Ich werde nicht dazu beitragen, daß deine Brust noch mehr anschwillt.«

Er seufzte. »Wie gut du mich kennst, meine Liebe.«

»Nach – wieviel sind es doch gleich? – fünf Jahren sollte ich das auch.«

»Rachel«, sagte er plötzlich, »würdest du mich heiraten?«

Sie blieb stehen und sah ihn erstaunt an. »Robert, mein Süßer«, sagte sie, »was ist über dich gekommen? Ist das eine etwas verspätete Rücksichtsnahme auf meinen guten Ruf? Ich warne dich, wenn du das noch einmal sagst, werde ich dich beim Wort nehmen.«

Jetzt war die Überraschung auf seiner Seite. »Soll das heißen, ja?«

»Weshalb so erstaunt? Mein weiblicher Instinkt hat immer eine Ehe angepeilt, nur, du wolltest nicht, und jeder andere wäre mir unerträglich gewesen.«

»Dir ist doch klar, daß das jede Menge ziemlich lästigen Klatsch bedeutet? Zum Beispiel, daß etwas Kleines unterwegs ist?«

»Da kann man nichts machen. Wenn die Leute klatschen wollen, dann sollen sie doch.«

Sie setzten sich auf eine Bank am Fluß. »Schon seit langem«, sagte er, »sehne ich mich nach Beständigkeit. Es ist ermüdend, sich ständig gegen die Konventionen der Gesellschaft zu behaupten.«

»Das hört sich nun nicht mehr so schmeichelhaft an.«

Er grinste. »Es tut mir leid. So habe ich das nicht gemeint. Ich glaube, es würde eine ziemlich gute Ehe, meinst du nicht? – eine von diesen ruhigen, dauerhaften Beziehungen. Wir kennen uns gut genug, um auf die Verrücktheiten und Obsessionen des anderen Rücksicht zu nehmen.« Er sinnierte. »Vielleicht entwickle ich wie Prospero eine Besessenheit für die Ehe.«

Sie nahm seine Hand. »Hat Yseuts Mord irgend etwas damit zu tun?«

»Oh, vielleicht ein wenig. Eine Lehrstunde über die Abscheulichkeit des ungeregelten Geschlechtslebens.«

»Robert« – ihre Stimme war ernst – »wie wird das weitergehen, mit dem Mord meine ich. Meinst du dieser Mann, dieser Fen, weiß wirklich, wer es war?«

Er zuckte die Schultern. »Ich nehme es an. Jedenfalls hoffe ich, er behält es für sich, bis nach der Premiere.«

»Wäre es nicht besser, die Sache würde aufgeklärt, als daß sie weiter bedrohlich über uns schwebt?«

»Meine Liebe, es könnte jemand von der Besetzung sein – auch du oder ich übrigens. Wenn es Donald oder Nick wäre, dann würde es vermutlich nichts ausmachen. Aber, wenn du mich fragst, er wird überhaupt nichts unternehmen.«

»Ja, was wirst du unternehmen, Gervase?« fragte Mrs. Fen.

Fen fing geistesabwesend einen Ball, den sein kleiner Sohn mehr oder weniger in seine Richtung geworfen hatte, und warf ihn wieder zurück. »Frag mich nicht«, sagte er. »Die ganze Sache schlägt mir auf den Magen.«

»Es ist nicht gut, das immer wieder zu sagen«, sagte Mrs. Fen vernünftig und rettete die Wolle vor der lauernden Katze. »Du mußt dich irgendwie entscheiden.«

»Gut, du sagst mir, wie.«

»Ich kann dir unmöglich sagen, wie du dich entscheiden sollst, es sei denn, ich wüßte, wer es getan hat.«

Gervase sagte es ihr.

»Oh«, Mrs. Fen hörte kurz auf zu stricken, dann fügte sie scheinbar nicht sehr schockiert hinzu: »Wirklich erstaunlich.«

»Ja, nicht? Wer hätte das gedacht?«

»Ich werde dich nicht fragen nach dem Warum und Weshalb«, sagte Mrs. Fen. »Das werde ich irgendwann alles zu hören bekommen. Aber ich würde vorschlagen, daß du vielleicht einen kleinen Hinweis fallen läßt.«

»Das habe ich mir auch schon überlegt. Aber verstehst du, egal, was ich tue, es wird mein Gewissen belasten bis ins Grab.«

»Unsinn, Fen, jetzt übertreibst du aber. Was du auch tust, in spätestens drei Monaten hast du es vergessen. Überhaupt, ein Detektiv mit einem Gewissen ist lächerlich. Wenn du anschließend immer so ein Theater darum machst, dann solltest du gleich ganz die Finger von solchen Sachen lassen.«

Fen reagierte auf diese weibliche Variante des gesunden Menschenverstandes auf charakteristische und männliche Art. »Du bist nicht gerade verständnisvoll«, sagte er. »Wie alle anderen. Sie raten mir *Tasso* zu lesen.« Er beschwor das Bild einer monströsen und weitreichenden Verfolgung herauf. »Hier stecke ich aufgespießt auf den Hörnern eines Dilemmas wie in einem Drama von Corneille – zwischen Pflicht und Neigung hin- und hergerissen –« Er stockte, vergaß, wovon er gesprochen hatte, und griff das letzte auf, an das er sich erinnerte. »Warum hat übrigens ein Dilemma *Hörner*? Ist es ein Rind oder so was?«

Mrs. Fen ignorierte die Abschweifung. »Und wenn man bedenkt, daß ich das nicht annähernd geahnt habe. Übrigens hat mir Mr. Warner einen Vortrag über den Mord gehalten, als du unten warst. Er sagte, der Mörder sei über den westlichen Hof hereingekommen.«

»Ach ja?« sagte Fen vage. »Das hat er sehr klar erkannt.«

»Soweit ich das beurteilen konnte, war das unmöglich, und das habe ich ihm auch gesagt. Er schien sehr enttäuscht.«

»Ich vermute, das war nur Höflichkeit. Er ist ganz offensichtlich nicht an den Ermittlungen interessiert. Das ist aber eigentlich nicht besonders verwunderlich, wo er doch am Montag eine Premiere hat.«

»Ist es ein gutes Stück?«

»Brillant. In der Tradition von Jonsons Satiren.«

Mrs. Fen erschauderte heftig. »Ich habe *Volpone* nie gemocht. Es ist grausam und grotesk.«

Fen schnaubte. »Alle guten Satiren sind grausam und grotesk«, sagte er. »John«, fügte er an seinen Sprößling gewandt hinzu, »du sollst die Katze nicht am Schwanz festhalten und dauernd mit dem Kopf in den Napf tauchen. Das ist grausam.«

»Nun, jedenfalls«, sagte Mrs. Fen, »ich werde es mir nicht ansehen.«

»Du kannst ohnehin nicht mitkommen«, sagte Fen grob, »es gibt keinen Platz mehr.« Die Ausdrucksweise der widerwärtigen und beleidigenden Figuren in *Alice* schlich sich in seine Konversation.

»Mit wem gehst du dann?«

»Mit Nigel und Sir Richard.«

»Nigel ist ein netter Kerl«, sagte Mrs. Fen nachdenklich. »Hast du nicht gesagt, er ist mit Helen zusammen?«

»Zweifellos treibt er sich gerade irgendwo mit ihr herum«, sagte Fen düster. »Auf jeden Fall hat er sich mein Fahrrad ausgeliehen. Ich hoffe, er paßt darauf auf. Die Menschen sind so achtlos.«

Fens Fahrrad war ein großes kompromißloses, offensichtlich aus Roheisen fabriziertes Ding. Während Nigel mit Helen an seiner Seite die Walton Street entlangstrampelte, bedauerte er nicht zum ersten Mal Fens mönchisches Desinteresse am wissenschaftlichen Fortschritt. Als sie jedoch den Treidelpfad erreicht hatten, wurde der Zustand der Strecke angenehmer, und sie rollten fröhlich ihrem Ziel entgegen, dem »Trout«.

»Ich wünschte«, sagte Nigel, schwer keuchend, »du würdest dir nicht einbilden, für ein Querfeldein-Rennen zu trainieren.«

Helen grinste über die Schulter zu ihm zurück. »In Ordnung, lahme Ente!« rief sie und verlangsamte ihr Tempo, so daß er sie einholen konnte. »Also ganz ehrlich«, fügte sie hinzu, »Yseut ist gestern erst ermordert worden, und ich besitze die Frechheit, in einer roten Cordhose durch Oxford zu radeln. Alle, denen wir begegnet sind, haben mich zutiefst schockiert angeschaut.«

»Wegen der Hose«, sagte Nigel mit einiger Berechtigung, »nicht wegen deines unschwesterlichen Verhaltens. Ich frage mich, ob Fen dieses Ding jemals geölt hat?« Er schien nach Anzeichen dafür zu suchen.

»Paß auf!« rief Helen. »Gleich landest du im Wasser.«

Nigel änderte seinen Kurs mit soviel Würde, wie er bewerkstelligen konnte. »Ich werde kein Wort mehr sagen«, sagte er, »bis wir da sind. Das hier ist mir zu anstrengend. Dann ein Bier – daß heißt, besser mehrere –, und dann werden wir irgendwo auf der Wiese da draußen unseren Lunch einnehmen. Wann beginnt die Generalprobe?«

»Ich müßte um halb sechs im Theater sein.«

»Meine Abendmesse fängt um sechs an, das paßt also ganz gut.« Sie fuhren weiter, genossen die Frische der Luft und beobachteten die gefährlichen Manöver von zwei Studenten in einem Segelboot.

Im »Trout« trafen sie auf Sheila McGaw mit einer gemischten Gruppe. »Hallo«, sagte sie und winkte ihnen zu. »Nutzt ihr auch die Gelegenheit, aus Oxford herauszukommen? Bei den ganzen Polizisten und dergleichen läßt sich dort immer schlechter leben.«

»Erzählen Sie uns nichts von Polizisten«, sagte Nigel. »Wie die Fremdenlegion sind wir hier draußen, um zu vergessen.«

Sie nahmen ihren Lunch am Ufer eines winzigen Nebenflusses ein, der absurd über einen schlammigen Boden mäanderte. Sie aßen Sandwiches und Tomaten und Äpfel. Dann bemerkte Helen, die sich auf einen Ellenbogen stützte:

»Es ist schon eigenartig, wie hart der Boden sein kann.«

»Rutsch nicht von dem Regenmantel, Dummerchen«, sagte Nigel. »Der Boden ist noch immer feucht von dem Regen gestern. Gibt es noch eine Tomate?«

»Du hast schon vier gehabt.«

»Ich habe um eine Tomate gebeten, nicht um eine Belehrung.«

»Ich habe dir die Belehrung mangels der Tomate gegeben. Es sind keine mehr da.«

»Oh.« Nigel war einen Moment still. Dann sagte er: »Helen, willst du mich heiraten?«

»Liebling, ich habe gehofft, daß du das fragen würdest. Nein, du kannst mich jetzt nicht küssen, ich hab den Mund voll.«

»Du willst also?«

Helen dachte einen Moment nach. »Wirst du ein guter Ehemann sein?« fragte sie.

»Nein,« sagte Nigel, »ein scheußlicher. Ich frage dich nur, weil du gerade zu soviel Geld gekommen bist.«

Sie nickte ernst. »Würdest du meine Karriere behindern?«

»Entsetzlich.«

»Wie bald willst du heiraten?

Nigel rutschte unbehaglich hin und her. »Ich wünschte, du würdest meinen Antrag nicht untersuchen, als sei er ein Stück schlechten Stoffs. Die angemessene Reaktion wäre, mir verzückt in die Arme zu sinken.«

»Ich kann nicht«, sagte Helen, »das Essen ist mir im Weg.«

»Nun, dann räumen wir alles beiseite«, rief Nigel und schleuderte die Reste vom Lunch energisch in alle Richtungen davon. »*Voici, ma chère*.« Er schloß sie in die Arme.

»Wann können wir heiraten, Nigel?« fragte sie nach einer Weile. »Bald?«

»So bald du willst, meine Allerliebste.«

»Müssen wir nicht erst noch ein Aufgebot aufgeben und eine offizielle Erlaubnis einholen und so?«

»Man kann eine Sondergenehmigung zur Eheschließung ohne Aufgebot bekommen«, sagte Nigel, »und wenn man fünfundzwanzig Pfund für die Sondergenehmigung des Erzbischofs bezahlt, dann hat man sogar die Macht über Leben und Tod eines jeden Priesters im ganzen Land.«

»Wie nett.« Sie kuschelte sich bequem in seinen Arm. »Du bist ein guter Liebhaber, Nigel.«

»Liebling, so etwas solltest du niemals sagen, nichts hat eine verheerendere Wirkung in den Köpfen der Männer. Selbstverständlich«, sagte er, »muß ich darauf bestehen, dich zu ernähren, auch wenn du entsetzlich reich bist.«

Helen richtete sich empört auf. »Kommt gar nicht in Frage. Soll ich das ganze Geld etwa verkommen lassen?«

Nigel seufzte glücklich. »Ich habe gehofft, daß du das sagen würdest«, sagte er, »aber ich dachte, ich sage vielleicht besser erst mal, was sich gehört.«

Sie brach in Gelächter aus. »Du Biest!« sagte sie glücklich. Dann, als er sie geküßt hatte: »Weißt du, ich glaube, hier draußen ist kein besonders guter Ort, um sich zu lieben.«

»Unsinn, es ist der einzig richtige Ort. Lies die Hirtengedichte.«

Sie sagte nachdenklich: »Ich glaube Phyllida und Corydon müssen am Ende jede Menge blauer Flecken gehabt haben.«

»Welches ist also der beste Ort für die Liebe?«

»Das Bett.«

»Helen!« sagte Nigel in einem schockierten Ton.

»Liebling, in den Augen Gottes sind wir Mann und Frau«, sagte sie feierlich, »und daher sind diese Dinge ein durchaus passendes Gesprächsthema für uns.« Plötzlich änderte sich ihre Stimme, entsetzt schrie sie: »O Nigel, schau dir nur an, wie ich aussehe!«

»Die süße Unordnung am Kleid«, sagte Nigel, »erregt des Mannes Lüsternheit –«

»Nein, Nigel, erinnere dich, was du versprochen hast: keine Elisabethanischen Verse mehr. Ach je, warum müßt ihr literarisch gebildeten jungen Männer immer irgendwas zitieren? Hör auf damit, Liebling!« Sie legte ihre Arme um seinen Hals, und Herrick wurde sehr angemessen von einem Kuß erstickt. Sie ließen sich lachend und erschöpft zurückfallen und schauten auf die weichen Wolken, die reglos in einem blaßblauen Himmel über ihren Köpfen hingen.

Kapitel 13

Ein Vorfall bei der Abendmesse

A dirty pillow in Death's bed.
RICHARD CRAWSHAW

Ein schmutziges Kissen auf dem Bett des Todes.

Als er zwanzig vor sechs an diesem Abend in das St. Christopher's College abbog, dachte Nigel, daß an Gervase Fen irgend etwas außerordentlich schuljungenhaft war. Engelhaft, naiv, zerfahren und außerordentlich ergötzlich, wandelte er auf der Erde, zeigte ein aufrichtiges Interesse an unbekannten Menschen und Dingen, während er gleichzeitig das berechtigte Gefühl bewahrte, in seinem Fach eine Autorität zu sein. Seine Kommentare zur Literatur waren scharfsinnig, durchdringend und erfüllten die höchsten Ansprüche; auf jedem anderen Gebiet täuschte er stets absolute Unkenntnis sowie eine eifrige Bereitschaft, sich belehren zu lassen, vor, auch wenn sich meist am Ende herausstellte, daß er mehr darüber wußte als sein Gesprächspartner, denn in den zweiundvierzig Jahren, die seit seinem ersten Erscheinen auf diesem Planeten vergangen waren, war seine Lektüre systematisch und umfangreich gewesen. Wäre diese Offenheit gekünstelt gewesen oder nur ein Zeichen für eine gehemmte Entwicklung, so wäre sie ganz einfach ärgerlich, aber sie war von Grund auf ehrlich und rührte von der echten intellektuellen Bescheidenheit eines Menschen her, der viel gelesen hat und somit in der Lage ist, über die riesigen Räume des Wissens nachzudenken, die unausweichlich immer außerhalb seiner Reichweite liegen müssen. Vom Temperament her war er ein unverbesserlicher Romantiker, obgleich er sein Leben streng an der Vernunft orientiert geordnet hatte. Seine Haltung gegenüber den Menschen und ihren Belangen war weder zynisch noch optimistisch, sondern getragen von einer niemals nachlassenden Faszination. Die Folge war eine Art unbewußter Amoralität, da er immer so sehr daran interessiert war, was die Leute taten und warum sie es taten, daß es ihm niemals einfiel zu bewerten, ob ihre Taten auch den Grundsätzen der herrschenden Moral entsprachen. Dieses ganze Getue darum, was er wegen Yseuts Ermordnung unternehmen solle, dachte Nigel, ist absolut typisch.

Er fand ihn in seinem Zimmer, wo er seinen Notizen über den Fall die letzten Feinheiten hinzufügte. »Die Polizei hat sich endgültig für Selbstmord entschieden«, sagte er, »also muß das hier« – er wies auf einen kleinen Stoß Papier – »vorerst auf Eis gelegt werden. Übrigens«, fügte er hinzu, »ich habe mich entschlossen, was ich tun werde.« Er reichte Nigel ein kleines Blatt Briefpapier.

Darauf standen drei Worte aus einer Satire von Horaz: *Deprendi miserum est.*

»›Es ist schrecklich, überführt zu werden‹«, sagte Nigel. »Und –?«

»Ich bringe das heute zur Post und übergebe meine Notizen am Dienstag morgen der Polizei. Das gibt ihm – dem Mörder eine kleine Chance, sich aus dem Staub zu machen. Übrigens verlasse ich mich darauf, daß du das für dich behältst. Ich habe festgestellt, daß es eine strafbare Handlung ist.« Er grinste zufrieden.

»Sollte das der Fall sein«, sagte Nigel, »glaubst du, es ist wirklich klug?«

»Hoffnungslos unklug, mein lieber Nigel«, sagte Fen, »aber schließlich bin ich im Vorteil. Ich kann der Polizei immer sagen, daß mir klar war, daß meine Vermutungen falsch waren und daß es mir im Grund genauso geht wie ihnen selbst. Niemand kann das Gegenteil beweisen. Außerdem, wenn man nicht manchmal etwas wagen würde, dann wäre die Welt nicht zu ertragen.« Er schien symbolisch die Flagge mit dem Schädel und den darunter gekreuzten Knochen auf der Fahnenstange zu hissen.

Nigel grummelte, man konnte unmöglich sagen, ob es Zustimmung oder Mißfallen ausdrücken sollte. Fen schrieb einen Namen und eine Adresse auf einen Umschlag, legte das Blatt Papier hinein und verschloß ihn. »Das hier«, sagte er, während er den Umschlag in seine Tasche steckte, »werde ich nach dem Besuch der Kapelle persönlich an der Hauptpost einstecken.«

»Hast du dir jemals Gedanken darüber gemacht«, sagte Nigel, »daß du, wenn du einem Mörder die Flucht ermöglichst, vielleicht das Leben einer Menge völlig unschuldiger Menschen gefährdest?«

Fen sah plötzlich sehr besorgt aus. »Ich weiß«, sagte er. »Ich habe daran gedacht. Aber ich glaube nicht, daß diese Person einen weiteren Mord begehen wird. Sag mal«, fügte er hinzu, das unangenehme Thema rasch beiseite schiebend, »hast du immer noch keine Ahnung, wer es getan hat?«

»Ich habe gestern abend die altehrwürdige Handlangerarbeit verrichtet und den zeitlichen Ablauf der ganzen Geschichte ausgeknobelt. Aber, wie ich erwartet habe, die Erleuchtung ist völlig ausgeblieben. Die Hälfte der Behauptungen sind ohnehin ungeprüft oder unüberprüfbar, ich konnte also nicht viel erwarten.« Er nahm ein Blatt Papier heraus und gab es Fen. »Deine Aufgabe als großer Detektiv ist es jetzt, einen Blick darauf zu werfen, mit dem Finger darauf zu tippen und zu sagen: ›Das enthüllt alles.‹«

»Genau so ist es«, sagte Fen, »und ich kann dir auch nicht helfen, wenn du so dumm bist und nicht siehst, warum. Ich habe eine ähnliche Liste zusammengestellt. Einige Dinge sind unterstrichen und ein paar Anmerkungen hinzugefügt. Schau es dir noch einmal an, mein lieber Junge. Springt es dir nicht in die Augen, wie eine Warze auf einer Glatze?«

»Nein, ganz und gar nicht«, sagte Nigel, während er nachdenklich auf den Plan schaute, der sich wie folgt las.

Ab 18.00	Robert, Rachel, Donald und Nicholas in der Bar des »Mace and Sceptre«; Yseut im Brasenose College; Helen in ihrem Zimmer; Sheila und Jean in ihren (die letzten drei unbestätigt).
18.25	Donald und Nicholas verlassen das »Mace and Sceptre« und kommen im College an um:
18.30	(circa), als Rachel das Hotel verläßt und ins Kino geht (Ziel unbestätigt).
18.45	(circa) Helen kommt im Theater an.
19.10	(circa) Yseut verläßt das Brasenose College.
19.35–40	Yseut kommt im »Mace and Sceptre« an und führt dort ein Telefongespräch.
19.45	Helen hat ihren ersten Auftritt. Donald und Nicholas gehen in das Zimmer gegenüber von Donalds.
19.50	(circa) Robert verläßt das »Mace and Sceptre« und geht Richtung College (unbestätigt).
19.54	Yseut kommt im College an.
19.55	Helen geht von der Bühne ab.
20.05	Robert kommt im College an.
20.21	(circa) Robert geht zur Toilette.
20.24	Schuß fällt.
20.25	Yseut wird tot aufgefunden.
20.45	Helen geht wieder auf die Bühne.
	Jean und Sheila sagen, sie hätten den ganzen Abend auf ihren Zimmern verbracht (unbestätigt).
	Rachel sagt, sie ist bis 21.00 Uhr im Kino geblieben (unbestätigt).

Donald und Nicholas sagen, sie hätten ab 19.45 den Raum nicht verlassen (unbestätigt).

»Ich kann nicht erkennen«, sagte Nigel, »wozu das gut sein soll. Die Hälfte der Aussagen kann falsch sein.«

»Zweifellos sind sie das«, erwiderte Fen gleichmütig. »Aber wie aufschlußreich sind doch diese ›unbestätigten‹ Angaben! Das verrät alles, Nigel«, fügte er hinzu und klopfte ihm freundlich auf den Rücken. »Übrigens, warum hast du Helen mit aufgenommen? Du verdächtigst sie doch nicht?«

»Natürlich nicht, aber das füllt die Liste etwas auf. Sie wäre sonst ein wenig dürftig gewesen. Schau, Fen, ich will nicht wissen, wer es getan hat, aber ich wäre gerne sicher, daß es Helen nicht war.«

Fen grinste. »Nein, natürlich war es nicht Helen.«

»Ich habe sie übrigens gerade gefragt, ob sie mich heiraten will.«

Fen verfiel in eine leichte Begeisterung. »Mein lieber Freund!« rief er aus. »Ich bin entzückt! Das müssen wir feiern, aber nicht jetzt«, fügte er mit einem widerstrebenden Blick auf die Uhr hinzu. »Die Abendmesse erwartet uns.« Er griff nach einem Chorrock, der über einer Stuhllehne lag. »Dieses Ding«, sagte er, »erinnert mich an ein Leichentuch.«

Als sie die Kapelle betraten, hatte Nigel das angenehme Gefühl von jemandem, der mit der Gewißheit an einen vertrauten Ort zurückkehrt, daß sich dort nichts verändert haben wird. Alles in allem hatte er immer die Meinung des alten Wilkes geteilt, daß die Restaurierung gut ausgeführt worden war. Ohne aufdringlich neu zu wirken, machte alles einen sauberen und abgeschlossenen Eindruck, und glücklicherweise fehlte der Kapelle jener schwache Geruch von Verfall, der für gewöhnlich von alten Kirchen ausgeht. Die Fenster, auch wenn sie nicht gerade die Kenner aus allen Teilen des Landes anzogen, waren gefällig genug, und die Orgel, ein neues Instrument, das erst vor sieben Jahren eingebaut worden war und die gesamte Empore an der Nordseite der Kanzel einnahm, hatte schlichte goldene Pfeifen, die anmutig in einem einfachen geometrischen Muster angeordnet waren. Der Organist war durch ein großes, hölzernes Gitter von den Blicken abgeschirmt. Ein großer Spiegel, der über seinem Kopf hing, ermöglichte ihm zu sehen, was unten vor sich ging. Eine Eisentreppe führte hinunter in die Sakristei. Von dem Instrument gingen jetzt jene vagen, einschläfernden Improvisationen aus, die die Organisten anscheinend als das Höchstmaß ihrer Verantwortung betrachten, bevor die eigentliche Messe beginnt.

Fen ging zu den für die Dozenten reservierten Plätze, Nigel setzte sich in die Nähe des Chores. Nur wenige Menschen waren an diesem Abend in der Kirche. Der Rektor saß mit mürrischem Blick auf seiner Bank; es waren einige wenige Studenten und Besucher da. Bald kamen der Chor und der Kaplan herein, und die Orgel vollführte ein rasches Feuerwerk von Modulationen in der Tonart des ersten Liedes und verstummte. Ankündigung. Erste Zeile »Richmond«. Dann Samuel Johnsons edler Lobgesang:

Stadt Gottes, wie weit und breit
sind deine erhabenen Mauern …

Zum ersten Mal bewegten die Worte Nigel nicht, obwohl sie für ihn zum Besten zählten, was die religiöse Dichtung Englands zu bieten hatte. Während er sein Buch hochhielt, die üblichen Geräusche in der Kehle erzeugte, dabei den Mund zwar rhythmisch, aber nicht ganz im Einklang mit dem Text öffnete und schloß (zum Entsetzen eines Chorsängers auf der Südseite, der ihn mit einer Mischung aus Entsetzen und Faszination anstarrte), schweiften seine Gedanken zu den Ereignissen der letzten

Tage ab. *Wer hatte Yseut Haskell umgebracht*? Robert Warner schien am ehesten als Täter in Frage zu kommen, aber sogar bei ihm war es äußerst schwer zu entschlüsseln, wie er es getan haben sollte. Wurde der Selbstmord vielleicht vorgetäuscht, bevor das Mädchen erschossen wurde? Aber nein, wie lächerlich, Yseut hätte sich niemals der dazu notwendigen Prozedur unterworfen, es sei denn man hätte sie hypnotisiert. Als der Polizeiarzt zur Veranschaulichung seiner These die augenblickliche Paralyse durch den Einschlag der Kugel demonstrierte, hatte er sich gefragt, ob sie noch erkannt hatte, wer sie tötete, und plötzlich wurde ihm klar, daß sie ihren Mörder einen kurzen, schrecklichen Augenblick lang gesehen haben mußte. Diese Schmauchspuren – der Schuß hatte sie mitten in die Stirne getroffen …

»*Wahrlich, geliebte Brüder, die Heilige Schrift führt uns an viele Orte …*« Nigel stieß hastig eine Kniematte in die richtige Position, und während er sich darauf hinunterließ, sah er zu Fen hinüber. Aber der Professor schien beschäftigt. Die Kirchenstühle für die Fellows waren klug entworfen. Niemand konnte von außen feststellen, ob die Personen dort knieten oder nicht. Dies hatte zur Folge, daß die meisten von ihnen die faule und respektlose Angewohnheit entwickelt hatten, sich während der Gebete einfach vornüber auf das Pult sinken zu lassen. Der alte Wilkes, der nur ein kleines Stück entfernt war, war scheinbar in ein tiefes Koma gefallen. Nigel erinnerte sich an die Geschichte, die er an jenem fatalen Freitag abend erzählt hatte (erst vor zwei Tagen? Es kam ihm eher so vor, als sei es vor zwei Jahren gewesen), und sah instinktiv in Richtung Vorhalle, wo John Kettenburgh, ein allzu militanter Verfechter des reformierten Glaubens, von Richard Pegwell und seinen Verbündeten zu Tode gehetzt worden war. ›*Cave ne exeat …*‹ »Laßt seinen Geist ruhen.« Nigel gab diese unergiebigen Gedanken auf, um den Gesang der Psalmen und das musikalische Können zu bewundern, das in sie eingeflossen war; da war genau jener letzte kostbare Schliff, die

Dehnung und Verkürzung oder die Abwandlung der Vokale, die einen guten Chor auszeichnen. Die Jungen waren gut – sogar der Vorsänger zeigte nicht die leider sehr verbreitete Tendenz, seine Autorität durch überlauten Gesang auszudrücken. Hier, so fühlte Nigel, war Donald in seinem Element; draußen war er kraftlos, unfähig, seine Angelegenheiten zu regeln, lächerlich in seinen Beziehungen; hier besaß er absolut die Oberhand.

Ein unbehagliches Gefühl machte sich zum ersten Mal breit, als die theatralischen und triumphierenden Tonfolgen des Magnifikats von Dyson ihren kunstvoll herausgearbeiteten Abschluß erreicht hatten. Erstens schienen die Jungen ungewöhnlich unruhig; sie kratzten sich hinter den Ohren, gafften umher, flüsterten, ließen ihre Bücher fallen und zwar in einem solchen Ausmaß, daß sogar die Kirchendiener, die das Vorrecht besaßen, sie heftig von hinten zu stoßen, wenn sie sich schlecht benahmen, unfähig waren, Ordnung zu schaffen. Dann fiel einem Studenten aus dem letzten Studienjahr, der die Lesung halten sollte, das Lesezeichen aus seinem Buch, und er brauchte Minuten, bevor er die Textstelle wiedergefunden hatte. Und schließlich entdeckte man, daß der Vorsänger des Chors aus einem Grund, der bis heute ungeklärt ist, vergessen hatte, den Text des Lobgesangs an die Sänger zu verteilen. Also wurde sein Stellvertreter zu Beginn der Nunc Dimittis vom Cantoris tenor in die Sakristei geschickt, um die Texte zu holen. Zum Erstaunen aller kam er mit leeren Händen zurück und fiel auf dem Weg zurück an seinen Platz in Ohnmacht. Es gab ein kleines Durcheinander. Zwei Sänger trugen ihn hinaus und ließen ihn in der Obhut des Portiers. Am Ende des Kollektengebets kehrten sie hastig mit den notwendigen Texten zurück.

Für eine Weile war alles in Ordnung. Der Lobgesang »Expectans Expectavi« von Charles Wood ging ohne weitere Vorkommnisse vorbei, ebenso wie die folgenden Gebete, die dem Schlußgesang vorausgingen (es sollte keine Predigt geben an diesem Abend). Die Ordnung schien wieder hergestellt. »... *In den alten und neuen Kirchenliedern, Nr. 563, in den Lobgesängen ...*« Der Chor wartete auf die Angabe der Tonart. Aber von der Orgel war kein Laut zu hören.

Der Decani tenor, eine fetter gebieterischer Mann, übernahm die Leitung, stimmte eine Note an, gab ein Signal, und der Lobgesang erhob sich ohne Begleitung. Der Priester, der Rektor und die Dozenten starrten verwundert zur Orgel hinauf. Aus den Augenwinkeln sah Nigel, wie Fen seinen Platz verließ und sich aus der Kapelle fortschlich. Verstohlen folgte er ihm und holte ihn ein, als er durch die Außentür die Sakristei betrat und das Licht anschaltete. In Fens Gesichtsausdruck mischten sich auf merkwürdige Art Wut und Sorge. Der Ausdruck war so ungewöhnlich und angespannt, daß Nigel schockiert und beunruhigt war.

Niemand war in der Sakristei, und Fen ging geradewegs auf den kleinen Türbogen rechts zu, von dem aus die eiserne Treppe zur Orgelempore hinaufführte. Nigel folgte ihm auf den Fersen, in seine Gedanken drängten sich unangenehme Erinnerungen an John Kettenburgh ... »Da waren Knochen und Zähne, und einige davon schienen gebrochen zu sein ...« Der Treppenaufgang war dunkel und kühl und führte durch einen senkrechten Treppenschacht aus feuchtem Stein hinauf. Unwillkürlich schaute Nigel über seine Schulter zurück.

Sie kamen auf der Orgelempore an. Sie sah aus wie viele andere. Gerahmte Photographien anderer Orgeln hingen dort – St. Paul's, Truro, King's, Cambridge –, Kisten und Regale mit Noten- und Gesangbüchern, ein alter bequemer Stuhl für Momente der Entspannung, ein Primuskocher, auf dem sich Donald während der ziemlich ausschweifenden Predigten des Rektors für gewöhnlich Tee gekocht hatte.

Es würde Nigel auf immer unklar bleiben, was er erwartet hatte, dort vorzufinden. Wen sie sahen, war Donald Fellowes.

Er lag über dem Orgelhocker, die Kehle von einem Ohr zum anderen durchgeschnitten, ein blutbeschmiertes Messer auf dem Boden neben ihm.

Im Rückblick waren die nächsten Stunden für Nigel so unzusammenhängend und erschreckend wie ein Alptraum. Er erinnerte sich daran, daß Fen sagte: »Das konnte ich nicht wissen! O Gott, hilf mir, das konnte ich nicht wissen!«; erinnerte sich an die Worte des Segens, der sich aus einer unendlichen Stille erhob: »*Die Gnade unseres Herrn Jesus Christus, die Liebe Gottes und die Gemeinschaft des Heiligen Geistes* ...«; erinnerte sich an seine flüsternde Stimme, die sich nicht ganz beherrschen ließ und ein wenig zitterte: »Könnte das eine Frau getan haben?« Fens grimmige, aber geistesabwesende Antwort war: »Es soll vorgekommen sein.«

Dann mußten sie den Chor, der in die Sakristei zurückkehrte, loswerden, die Collegeleitung informieren, unwillkommene Schaulustige abwimmeln und die Polizei anrufen. Fen ging sofort los und befragte den Jungen, der auf dem Rückweg von der Sakristei in Ohnmacht gefallen war. Seine Geschichte war unzusammenhängend, aber schließlich gelang es ihnen, die wichtigsten Tatsachen herauszulocken. Er hatte die Sakristei von der Kapelle aus betreten und fand sie dunkel vor. Der Lichtschalter war an der äußeren Tür. Er war im Begriff, hinüberzugehen und das Licht anzuschalten, als er in der Dunkelheit leichte Bewegungen hörte, dann bat ihn jemand mit flüsternder Stimme, hereinzukommen und ihm die Hand zu schütteln. Er verspürte allerdings nur wenig Lust, der Aufforderung zu folgen. Einen Moment lang war er wie angewurzelt stehengeblieben und dann in die Kapelle zurückgelaufen, danach erinnerte er sich an nichts mehr. Auf die Frage, ob es sich um eine männliche oder um eine weibliche Stimme gehandelt habe, antwortete er durchaus logisch, daß das, wenn eine Person flüstere, unmöglich zu erkennen sei, und fügte hinzu, er glaube, es sei keines von beidem gewesen. Woraufhin Fen, der wieder zu seinem normalen Verhalten zurückgefunden hatte, ärgerlich vor sich hinbrummend wegging, zutiefst den Einfluß von M.R. James auf die Jugend beklagend.

Der Inspektor, der Arzt und der Krankenwagen kamen sehr schnell, und zum Verdruß des Inspektors tauchte kurz darauf Sir Richard wie aus dem Nichts auf. Ihre Untersuchungen erwiesen sich als wertlos. Nigel erinnerte sich, daß Fen ihnen einige rote Flecken auf einer Ausgabe des Präludiums von Respighi gezeigt hatte, das offen auf dem Orgelpult lag, aber zu diesem Zeitpunkt war ihm nicht klar, was die Flecken zu bedeuten hatten. Er erinnerte sich auch an eine beiläufige, unwichtige Bemerkung über die merkwürdige Registrierung, die Donald für den Schlußgesang vorbereitet hatte. Die Todeszeit war unabhängig vom zusätzlichen Beweismaterial des Arztes leicht festzulegen; es mußte in der Zeit zwischen dem Lobgesang und dem Schlußgesang, also sozusagen irgendwann zwischen 18.35 und 18.45 gewesen sein. Der Inspektor erkundigte sich, wie es käme, daß keine Kampfgeräusche gehört worden seien, aber Nigel, der in seiner Studentenzeit oft Gast auf der Orgelempore gewesen war, erinnerte sich, daß sogar direkt darunter kaum etwas von oben zu hören war, und einige Experimente bewiesen dies auch.

Was das Messer betraf, so konnte seine Herkunft leicht bestimmt werden. Es gehörte in die Küche, die in der Nähe der Kapelle lag und das Dozentenzimmer versorgte. Es war von einem weit verbreiteten Typ mit dünner Klinge und äußerst scharf. Die Küche war an diesem Nachmittag seit 17.30 Uhr unbeaufsichtigt gewesen; und auf dem Messer waren keine Fingerabdrücke außer alten, die zu einem der Männer aus der Küche gehörten. Auf der eisernen Treppe wurden Spuren einer Schuhsohle aus Gummi gefunden, aber sie waren teilweise von Nigel und Fen verwischt worden, so daß es unmöglich war, ihren Typ oder ihre Größe näher zu bestimmen. In der Sakristei gab es nichts außer ein paar verwischten Spuren, die von jemandem stammen mußten, der Handschuhe getragen hatte. Fen stellte in einer unnützen Suche die Empore auf den Kopf, dann fragte er den Inspektor:

»Wann haben Sie die Wache von Fellowes Zimmer abgezogen?«

»Um 16.30 Uhr heute nachmittag.«

»Dann«, sagte Fen, »gehe ich davon aus, daß wir es auch durchsucht vorfinden werden.« (*Quaeram dum inveniam!* dachte Nigel.) Die Nachforschung zeigte, daß er recht hatte. Aber auch dort fanden sie nichts, was ihnen weiter geholfen hätte.

Der Portier wurde gefragt, ob an diesem Abend irgendwelche Fremden im College gewesen seien. Er hatte niemanden gesehen, aber er wies darauf hin, daß es ungefähr ein halbes Dutzend Seiteneingänge gäbe, durch die jedermann unbemerkt hätte hereinkommen können. Jene Studenten und Dozenten, die im College, aber nicht in der Kapelle gewesen waren, wurden in den Speisesaal gerufen und befragt, ob sie irgend jemanden im College gesehen hätten, den sie nicht kannten. Aber auch hier gab es nur negative Resultate. Diese Serie der Enttäuschungen begann den Inspektor außerordentlich zu quälen; Sir Richard verharrte in einem düsteren Schweigen; und Fen, obgleich er den Vorgängen eine ausreichende Aufmerksamkeit widmete, schien am Ergebnis wenig interessiert.

Während der Generalprobe, die sie gegen 20.00 Uhr besuchten, erreichten die Schwierigkeiten des Inspektors ihren Höhepunkt. Günstigerweise waren alle möglichen Verdächtigen dort, einschließlich Nicholas, der gekommen war, um sich die Probe anzusehen; ungünstigerweise konnte keiner von ihnen ausgeschlossen werden, da nicht ein einziger ein hieb- und stichfestes Alibi hatte. Einige wenige, die glaubten, Immunität beanspruchen zu können, wurden rasch eines Besseren belehrt. Die meisten von ihnen waren nicht vor 18.45 Uhr im Theater angekommen, einige sogar später, und da das Theater in nur fünf Minuten zu Fuß vom St. Christopher's aus zu erreichen war, wenn man flott ging, konnte nicht ein einziger vom Verdacht befreit werden. Als Robert die Schauspieler am Ende des ersten Aktes auf der Bühne versammelte, um ihnen seine Kommentare mitzuteilen, wurde ihnen gesagt, was passiert sei. Aber abgesehen von einer offensichtlichen Unruhe gab es keine besonderen Reaktionen. Nur Jean stieß einen kleinen, erstickten Entsetzensschrei aus und ging direkt zu Fen. Sie blieb eine Weile bei ihm und redete unzusammenhängend auf ihn ein. Nigel hatte keine Gelegenheit, Helen alleine zu sprechen, aber er las die Angst und das Entsetzen in ihren Augen. Es war eine niedergeschlagene kleine Gruppe, die ins St. Christopher's zurückkehrte.

Zurück in Fens Zimmer, gab der Inspektor ganz unumwunden zu, daß er völlig orientierungslos sei. Kein Wort mehr von Selbstmord, offensichtlich war ihm nur noch daran gelegen, die ganze Angelegenheit so schnell wie möglich aufzuklären und zu Ende zu bringen. Er wandte sich flehend an Fen.

»Wir haben absolut nichts in der Hand, Sir«, sagte er, »und wenn Sie uns nicht helfen können, kann es niemand. In gewisser Weise haben wir es hier mit einem perfekten Verbrechen zu tun, ohne irgendeinen Anknüpfungspunkt.«

»Ja«, sagte Fen, »ein perfektes Verbrechen, weil der Täter das Glück auf seiner Seite hatte. Der Mörder hat das College durch einen Hintereingang betreten, – unbemerkt; nahm das Messer aus der Küche und ging hinauf auf die Orgelempore, auf dem Weg dahin hat er dem kleinen Jungen einen Schreck eingejagt, so daß der davonlief – immer noch unerkannt; dann hat er Fellowes getötet und ging davon – immer noch unbemerkt. Der Mörder hatte ein phantastisches Glück, und wenn es ein einzelner Mord gewesen wäre, dann wäre der Fall sicher unlösbar gewesen. Wer auch immer Fellowes getötet hat, er hat darauf geachtet, daß seine (oder ihre) Knöpfe angenäht waren, bevor er losgegangen ist, hat es vermieden zu rauchen und ist nicht mit der Kleidung an irgendeinem vorstehenden Nagel hängengeblieben. Alles ausgezeichnet. Aber wegen des Mordes an Yseut gibt es überhaupt keinen Zweifel, wer der Mörder ist.« Er grübelte. »Es ist meine Schuld, daß Fellowes getötet worden ist, aber ich hätte es nicht voraussehen können; es war unmöglich, es vorauszusehen. Wenn ich nur etwas früher gehandelt hätte, dann hätte ich es verhindern können.«

Sir Richard sagte: »Also der Mörder war –?«

»Ich werde es dir sagen«, antwortete Fen, »und ich erzähle dir, wie Yseut umgebracht worden ist, unter einer Bedingung. Nigel, du entschuldigst uns bitte, es wäre mir lieber, wenn du es noch nicht weißt.«

Nigel nickte mürrisch, ging in den Garten eine Zigarette rauchen. Etwa eine halbe Stunde lang sprach Fen leise mit Sir Richard und dem Inspektor, erklärte, betonte, erläuterte. Während er sprach, zupfte sich Sir Richard am Bart, und das Gesicht des Inspektors wurde lang. Dann gingen sie weg.

»Nigel«, sagte Fen eine Stunde später, als sie wieder in seinem Zimmer zusammensaßen, »es scheint, daß meine Bedenken ein wenig albern waren.«

»Ich befürchte«, sagte Nigel, »daß mich die ganze Geschichte in einen Zustand abergläubischen Schreckens versetzt hat.«

»Abergläubischer Schrecken? Ach, du meinst Wilkes' Märchen. Es wird Zeit, daß diesem speziellen Collegegespenst ein und für allemal der Garaus gemacht wird. Ich habe die Gelegenheit ergriffen und die Angelegenheit untersucht und habe, wie du dir vielleicht gedacht hast, ein schmutziges Machwerk entdeckt. Wie ich vermutet habe, war der Rektor zu dieser Zeit keineswegs der nüchterne Charakter, den Wilkes uns vorgaukeln wollte. Nicht jemand, der die Ansicht vertrat: ›Es gibt mehr Dinge zwischen Himmel und Erde‹, sondern ganz einfach ein alter Narr, der nur durch Einfluß und Vetternwirtschaft in diese Position gelangte. Du mußt beachten, daß alle Teile der Geschichte, die von dem Gespenst handeln, von Archer, dem Dekan, stammen – alle, bis auf die leicht erklärbaren atmosphärischen Vorfälle in der Kapelle. Parks scheint die Begegnung mit seinem nächtlichen ›Abenteurer‹ niemand anderem gegenüber erwähnt zu haben. Es war auch eine besonders hübsche Erfindung von Archer, obgleich die Geschichte von John Kettenburgh und der Kapellenwand dem Ganzen erst den richtigen Rahmen gegeben hat. Die Beziehung zwischen Archer und Parks war, wie es aussieht, von so schändlicher Art, daß in jenen puritanischen Zeiten darüber nicht einmal ein Flüstern nach außen dringen durfte. Dann hat sich Parks zu einer kleinen Erpressung entschlossen, und Archer hat ihn abserviert, die Waffe, weiß Gott wo versteckt, bevor die anderen gekommen sind.

»Großer Gott«, sagte Nigel, zutiefst schockiert. »Aber wie bist du darauf gekommen?«

»Durch dieses Küchenlatein, natürlich. Welcher junge Mann, der bei Verstand ist, würde diese lateinische Erlösungsbeschwörung herausbrüllen, während er totgeschlagen wird, noch dazu von einem Geist? Was er tatsächlich ausrief, war der Name seines Mörders. Und da er ein Kirchenmusiker war und kein Altphilologe, würde ich wetten, daß er die kirchliche Aussprache benutzte, und daher c wie ch aussprach. Aber vermutlich hat die Geschichte, die Archer da zusammengesponnen hat, zumal sie von einem überzeugten Rationalisten kam, alle ein wenig zittern lassen, und da sie nicht besonders helle waren und er ein respektabler Mann, sind sie ihm nicht auf die Schliche gekommen. Er muß jedoch einige unruhige Momente gehabt haben. Kein Wunder, daß er ein Mann der Kirche wurde!«

»Übernatürlich, mein lieber Holmes«, sagte Nigel, der in der Tat zutiefst beeindruckt war, und fügte hinzu: »Auf mehr als eine Art. Wie steht es mit Wilkes' Theorie, daß die Toten sich für ihre Aktivitäten der Lebenden bedienen?«

»Das«, sagte Fen entschieden und schroff, »ist alles Quatsch. Jeder, der nicht wahnsinnig ist, kann sich davon abhalten, einen Mord zu begehen. Besessenheit durch Dämonen ist immer eine günstige Art, Verantwortung zu umgehen. Apropos –«

Er nahm den Umschlag aus seiner Tasche, den er früher am Abend adressiert hatte, riß ihn in kleine Stücke und warf ihn ins Feuer. Sie sahen schweigend zu, wie das Papier Feuer fing, aufflammte, und zu Asche zusammensank.

»Morgen abend«, sagte Fen, »gehen wir auf die Jagd.«

Kapitel 14

Schrecklich, überführt zu werden

No! will it not be yet? if this will not, another shall.
Not yet?
I shall fit you anon-VENGEANGE.
JOHN FORD

Nein? Wills noch nicht sein? Wenn dieser nicht will, solls ein anderer sein.
Noch nicht? Ich mach es euch auf der Stelle recht! RACHE

Bereits um sechs Uhr erstreckte sich die Schlange für die nicht reservierten Karten etwa vierhundert Meter die Straße hinunter. Um sieben wurde die Verwaltung aktiv, jemand ging hinaus, zählte die Wartenden, verglich ihre Zahl mit der Zahl der noch freien Plätze und informierte jene, die nicht mehr hineinkommen würden, daß weiteres Warten sinnlos sei. Der hintere Teil der Schlange brach auseinander und löste sich auf. Aber ein großer Teil der Menschen blieb im Umfeld und wartete weiter, teils um bekannte Berühmtheiten zu sehen, teils in der Hoffnung, daß ein paar der reservierten Karten nicht abgeholt würden, und dadurch vielleicht doch noch eine kleine Chance bestünde hineinzukommen. Drei Polizisten regulierten ohne großen Erfolg, aber sich ihrer Bedeutung bewußt den fortwährend wachsenden Menschenstrom. Selbst jene, die Karten reserviert hatten, kamen früh, um sie abzuholen, aus Sorge sie könnten nicht hineinkommen, und nachdem das erledigt war, standen sie in kleinen Grüppchen auf dem Rasen vor dem Theater und plauderten aufgeregt. Aus jedem Hotel in Oxford kamen Agenten, Theatermanager, Schauspieler und Schauspielerinnen, Produzenten, Kritiker und Schriftstellerkollegen. Einige, die London aus geschäftlichen Gründen nicht früher verlassen hatten können, kamen direkt vom Bahnhof mit dem Taxi an. Die Intelligenz der Universität erschien mit dem üblichen gelangweilten Ausdruck. Dozenten kamen an, und verschafften sich freie Bahn mit der eingespielten Ruhe und Ungezwungenheit jener, die über Autorität verfügen. Überall wurde geredet, geredet, geredet. Auch eine Gruppe wichtiger Kritiker stand draußen. Gelegentlich blickten sie sich nervös und erwartungsvoll um. »Shakespeare hat es vorausgesehen«, sagte Nicholas düster, als er mit der Blondine am Arm vorbeiging, »ein Achatbild ungeschickt geschnitzt.« Der Beleuchter, Richard Ellis, Sheila McGaw und die Bühnenarbeiter standen von innerer Anspannung aufgerieben in einem wirren Grüppchen in einer Ecke und betrachteten den von allen Seiten herandrängenden, ständig zunehmenden Besucherstrom. Robert schlenderte hinaus, um eine Gruppe von Freunden zu begrüßen, die aus London gekommen waren, und wurde zum Objekt interessierter, verstohlen prüfender Blicke. Überall kündigten Plakate in schwarzweiß die Uraufführung von *Metromania* an, in einer Nüchternheit, die mit der allgemeinen Furore nicht so ganz harmonieren wollte. Rachel meisterte in ihrer Garderobe das schwierige Kunststück, sich die Wimpern zu tuschen und gleichzeitig den Text zu überfliegen, der offen neben ihr lag. Jean führte eine letzte Überprüfung der Requisiten durch, selbst sie war trotz eines akuten inneren Schmerzes nicht ganz unberührt von der Atmosphäre. Die meisten der Schauspieler waren noch im »Aston Arms« und tranken sich unter dem drohenden, starren Blick des Papageis Mut an. Clive hatte sich bereits den Armen seiner Frau entrissen und war in höchster Geschwindigkeit zum Theater unterwegs, wahrscheinlich würde er rechtzeitig zur Vorstellung da sein. Die

Bar, die mit fünf zusätzlichen Aushilfskräften und einer in der Ecke aufgebauten Behelfstheke ausgestattet war, war hoffungslos überfüllt. Helen, die mit Bruce auf den Bühneneingang zusteuerte, warf einen bestürzten Blick auf die Menschenmassen. Innerhalb der nächsten dreiviertel Stunde versuchte sie, dieses Bild wieder aus ihrem Gedächtnis zu löschen. Roberts Verleger machte sich schweren Herzens im Geist die Notiz, die Tantiemen im Vertrag für *Metromania* zu erhöhen. Robert selbst blieb ruhig und ernst, aber innerlich war er aufgeregter, als er jemals in seinem Leben gewesen war.

Fen sagte, während er mit Nigel und Sir Richard auf das Theater zuging: »Als ich zum letzten Mal in diesem Theater gewesen bin, habe ich mir geschworen, nie wieder hinzugehen. Aber sieh an, allem Anschein nach tue ich es doch. Ich hoffe übrigens«, fügte er an Nigel gerichtet hinzu, »daß mein Schauspielerfreund rechtzeitig auftaucht. Ich würde ihn gerne, bevor die Vorstellung beginnt, zu Helen bringen und ihr vorstellen.«

Nigel nickte nur; er war zu aufgeregt, um etwas zu sagen.

»Und«, sagte Fen mit leiserer Stimme zu Sir Richard, »ich nehme an, alle Vorkehrungen sind getroffen?«

»Der Inspektor und seine Leute werden früh genug hier sein. Natürlich sind jetzt schon einige von ihnen da und kümmern sich um die Menge. Ich bedauere«, sagte Sir Richard ein wenig abwesend, »daß du uns unbedingt durch diese Vorkehrungen den Abend ruinieren mußtest.«

»Mir tut es weiß Gott auch leid«, sagte Fen, »aber du weißt selbst, daß ich keine andere Wahl hatte. Ich kann nicht ganz einsehen, weshalb uns das davon abhalten muß, den Abend zu genießen.«

Sir Richard sah ihn neugierig an. Dann nahm er die Schultern zurück. »Mich wird es jedenfalls nicht davon abhalten«, sagte er entschlossen.

»Vielleicht könntet ihr mir einmal sagen«, sagte Nigel, »was ihr vorhabt?«

»Am Ende der Vorstellung«, antwortete Fen, »werden wir eine kleine Zusammenkunft einberufen, und es wird eine Verhaftung geben. Natürlich wird alles sehr friedlich vor sich gehen, sobald sich die Aufregung gelegt hat. Nur die Hauptbetroffenen werden anwesend sein.«

»Oh.« Nigel verstummte. Dann sagte er: »Das finde ich aber schade.«

»Es ist auch schade, daß Kehlen durchgeschnitten und Menschen erschossen werden«, sagte Fen trocken. Sie gingen schweigend weiter.

»Gott, was für eine Menschenmenge!« rief Nigel aus, als sie sich dem Theater näherten. »Ich gehe doch davon aus«, sagte er zu Fen, da ein böser Verdacht in ihm aufstieg, »daß du die Karten hast?«

Fen befühlte seine Taschen, und ein Ausdruck des Entsetzens erschien auf seinem Gesicht. »Ach du Schreck!« sagte er. »Ich habe sie auf dem Schreibtisch liegenlassen.« Nigel stöhnte auf.

»Ja, das hast du«, sagte Sir Richard ruhig. »Also habe ich sie mitgenommen. Ich traue dir genauso wenig wie deiner Meinung über Charles Churchill. Na, komm schon, Gervase. Um Himmels willen, sei nicht eingeschnappt.«

Sie bahnten sich einen Weg durch das Gedränge. Fen winkte freundlich Freunden und Bekannten zu. Er scheint, dachte sich Nigel, eine Menge Leute zu kennen. Mit einiger Mühe entdeckte er schließlich den Bedeutenden Schauspieler und schob ihn in einem Bogen Richtung Bühneneingang, um ihn Helen vorzustellen. Nigel und Sir Richard kämpften sich unterdessen vorsichtshalber schon mal durch ein Meer von Regenmänteln, Füßen und Programmen zu ihren Sitzen durch.

Der Bedeutende Schauspieler war diskret, galant und realistisch. »Ich weiß, es ist grausam von uns, Sie zu einem solchen

Zeitpunkt zu stören«, sagte er zu Helen. »Ich bin selbst immer halb wahnsinnig vor Angst bei solchen Anlässen.« Er lächelte. Helen war ein wenig verunsichert, gab zu, daß sie aufgeregt sei, und sagte ein paar liebenswürdige Nichtigkeiten. Fen ging zunächst ziellos in der Garderobe umher und testete dann verschiedene Stifte Theaterfarbe in seinem Gesicht.

An der Tür war ein Klopfen zu hören. »Fünf Minuten, bitte!« war die unheilvolle Stimme des Inspizienzassistenten zu hören. Weiter den Gang hinunter erklang eine Echoserie: »Fünf Minuten, bitte!«

»Himmel!« sagte der Bedeutende Schauspieler, »wir müssen gehen. Gervase, wisch dir um Himmels willen dieses Zeug aus dem Gesicht! Nein, du Esel, du sollst es nicht mit dem Taschentuch verreiben. Erst brauchst du Fett. Da! Jetzt nimm dieses Handtuch und wisch es ab.«

Fen, durch diese Prozedur etwas beschämt, grummelte nur vor sich hin.

»Es ist wirklich nicht nötig, daß Sie sich so sehr beeilen«, sagte Helen. »Ich bin mir sicher, daß wir nicht pünktlich anfangen, bei dieser Menschenmasse, zudem bin ich erst im zweiten Akt dran.«

»Trotzdem«, sagte der Bedeutende Schauspieler, »ich denke, wir sollten gehen. Ich sehe mir den ersten Akt Robert zuliebe an und die letzten beiden Ihnen zuliebe. Viel Glück!«

Im Zuschauerraum wurden die Rampenlichter eingeschaltet, und die Scheinwerfer badeten den unteren Teil des Vorhangs in einen gedämpft weißen Schein. Nachdem Fen sich mit der Bemerkung: »Erinnere dich an die Zeit, als du Cumber aus der Vierten in den See gestoßen hast«, von dem Bedeutenden Schauspieler verabschiedet hatte, gesellte er sich zu Nigel und Sir Richard. Nigel schaute sich um und sah den Inspektor in Zivil mit zwei zuverlässig aussehenden Begleitern einige Reihen weiter hinten. Sheila McGaw saß ganz hinten auf einem der

Plätze für ein Pfund sechs Pennies; Nicholas und seine Blondine zwei Reihen weiter vorne, Robert und sein Anhang in der ersten Reihe. Hinter der Bühne strömten die Schauspieler aus den Garderoben. Der Inspizienzassistent ließ sich beim Textbuch nieder. Jane prüfte ein letztes Mal mit professionellem Blick die Ausstattung und sagte dann: »Licht!« Man hörte eine Serie von klickenden Geräuschen von der Beleuchtungsgalerie, dann wurde die Bühne von Flutlicht, Scheinwerfer und Oberlicht erhellt. Die zu Beginn des ersten Aktes auf der Bühne anwesenden Schauspieler nahmen ihre Plätze ein. »Saalbeleuchtung!« Der Zuschauerraum wurde dunkel, die Türen wurden gegen eindringlich nachdrängende, zu spät Kommende oder andere Plagen verschlossen, die Gespräche verstummten. Clive wurde von der jähen Gewißheit übermannt, daß etwas fehlte. Er stürzte von der Bühne, schnappte sich eine Zeitung, kehrte an seinen Platz zurück, wo er sie öffnete und mit interessiertem Ausdruck hineinschaute. »Vorhang!« Der Druckknopf in Janes Hand klickte. Und mit einem weichen, einschmeichelnden Zischen hob sich der Vorhang zur Uraufführung von *Metromania*.

Vom ersten Augenblick an stand außer Frage, daß es ein Erfolg werden würde. Mit der ihm eigenen, von schottischen Vorfahren geerbten Vorsicht hatte sich Nigel gefragt, ob der ganze Rummel um das Stück nicht zuviel würde; aber er hätte sich keine Gedanken zu machen brauchen. Die Zuschauer hatten große Dinge von Robert erwartet, und genau die sollten sie auch bekommen. Von dem Ensemble hatten sie nicht viel erwartet, und es war um so erfreulicher, daß diese Erwartung enttäuscht wurde. Sogar Sheila mußte widerwillig eingestehen, daß sie niemals zuvor so gut zusammengearbeitet hatten. Vom Timing über die Höhepunkte bis zu den letzten Worten bevor der Vorhang fiel, alles saß perfekt. Es war eine Vorstellung, die niemand aus dem Ensemble jemals vergessen würde. Sie wußten von Anfang an, daß sie gut zusammenarbeiteten, und das Publikum war so wunderbar wie ein Publikum nur sein kann. Während der Dauer des Stücks standen die Schauspieler, die nicht auf der Bühne waren, auf der Seitenbühne und wagten aus Angst, sie könnten den Zauber brechen, nicht darüber zu sprechen. Es versteht sich von selbst, daß Rachel die Heldin des Abends war. Mit leichtfüßiger und geschmeidiger Anmut bewegte sie sich durch das Stück, beherrschte und bündelte mit großem Feingefühl alles um sie herum, und obgleich sich die anderen ihr unterordneten, schufen sie Figuren, die aus eigener Berechtigung handelten und lebten, und wenn Helen nur fünf Minuten auf der Bühne war, hätte Nigel vor Begeisterung schreien können. Ohne Zweifel, es war eine Aufführung, wie sie nur einmal gelingt; die allmähliche Steigerung der Anspannung ließ Schauspieler und Publikum gleichermaßen am Ende des Abends in einem Zustand emotionaler Erschöpfung zurück.

Aber es lag am Stück selbst. Während er es ansah, bemerkte Nigel, wie er ins Staunen geriet über das einzigartige und besondere Genie, das sich darin offenbarte. Im ersten Akt war es vielleicht nicht viel mehr als eine besonders witzige und exzentrische Komödie, wäre da nicht die besondere Leichtigkeit gewesen, mit der jeder Charakter sich in das Verständnis des Publikums einschlich. Der zweite Akt war sowohl ernster als auch beeindruckender. Es gab weniger offenes Gelächter, statt dessen machte sich ein ständig zunehmendes Unbehagen breit, das sich unmöglich beiseite schieben ließ. Die Menschen aus dem ersten Akt wurden nun, ohne ihre Identität zu verlieren, weniger komisch und immer unverhohlener grotesk, aber nicht weil sich die Charaktere entwickelten, sondern weil mehr und mehr von ihrem wirklichen Selbst gezeigt wurde. Der letzte Akt spielte im Halbdunkel, unter dem Schatten einer bevorstehenden Katastrophe. Jetzt schienen alle außer Helen und Rachel degeneriert zu monströsen Puppen und Automaten, aus ihren Mündern quollen

Worte, die ihr früheres Selbst auf das entsetzlichste parodierten. All dies geschah ohne expressionistische Effekte, im Rahmen eines scheinbar naturalistischen Stückes. Aber während sie das Mitgefühl der Zuschauer verloren und zu bloßen Schatten wurden, hoben sich Helen und Rachel immer mehr als wirkliche Personen hervor. Am Ende war es, als bräche eine plötzliche Woge herein, die die Schatten auflöste und wegspülte und diese beiden allein zurückließ. Mit dem Aufscheinen einer plötzlichen persönlichen Tragödie, die zart und bewegend angedeutet wurde, endete das Stück.

Es gab dreiundzwanzig Vorhänge. Beim fünften erschien Robert die Hände von Helen und Rachel haltend. Es regnete Blumen. Beim fünfzehnten Vorhang hielt Robert eine Rede. Er sagte:

»Sie wollen heute abend bestimmt keine weiteren Worte von mir hören. Aber ich möchte mich bei Ihnen bedanken, Sie waren ein solch wunderbares Publikum. Meinen herzlichsten Dank möchte ich auch dem Ensemble und den Technikern dieses Theaters aussprechen, dafür, daß sie versucht haben, die übermenschliche Aufgabe zu bewältigen, ein neues Stück im Laufe einer Woche herauszubringen, und noch viel mehr dafür, daß es ihnen auf so großartige Weise gelungen ist. Der ganze Applaus, den es heute abend gab, gebührt ihnen.«

Die Begeisterung im Theater verdoppelte sich. Sie mußten weitere acht Vorhänge über sich ergehen lassen, bevor man ihnen erlaubte abzutreten. Es war ein großartiger Abend.

Plötzlich erinnerte sich Nigel daran, was noch vor ihnen lag, und es durchlief ihn der kalte Schauder einer Vorahnung.

Er las es im veränderten Ausdruck von Fens Augen, und in dem Blick, den Sir Richard dem Inspektor zuwarf, als sie hinausgingen. Er sah den Inspektor hinübergehen und mit leiser Stimme erst etwas zu Sheila McGaw und dann zu Nicholas Barclay sagen. Der Jubel des Abends begann allzu schnell zu verebben, und an seine Stelle trat ein Gefühl von Depression. Dennoch, um ihn herum war alles noch immer in heftiger Bewegung. Als er zum Beispiel in Helens Garderobe eintraf, fand er dort bereits den Bekannten Schauspieler vor, und ein Angebot für die Rolle in London war bereits gemacht. Aber obgleich er aufrichtig glücklich war, gelang es ihm nicht, sich von ganzem Herzen darüber zu freuen, nicht mit dieser anderen Sache im Kopf. Und er war erleichtert, als das restliche Ensemble laut schwatzend das Theater verließ, um zum Essen zu gehen und später zur Premierenfeier, als die Bediensteten endlich aufgeräumt hatten und gingen, und als sich eine unangemessen leere Stille ausbreitete. Er ließ Helen allein, damit sie sich fertig ankleiden konnte, und ging in die Bar.

Fen, Sir Richard, der Inspektor und Nicholas waren schon dort. Die anderen fanden sich nach und nach ein. Robert war offensichtlich müde und erschöpft; Nicholas blaß und ungewöhnlich still; Jean unauffällig, plötzlich aller Farbe und Persönlichkeit beraubt. Nigel meinte, in Sheilas Augen eine pure animalische Furcht wahrzunehmen. Helen und Rachel waren die letzten, die kamen. Rachel ruhig und offensichtlich zerstreut, Helen noch immer auf den höchsten Höhen nervöser Anspannung. Sie kam herüber und nahm Nigels Hand. Sie standen in völliger Stille, die verstärkt wurde durch plötzliche leise Geräusche von den anderen, sie standen zwischen den Trümmern und den geisterhaften Überbleibseln eines noch nie da gewesenen Abends und warteten darauf, daß sich der Vorhang zum letzten Akt eines anderen Stücks öffnen würde.

Gervase Fen sagte:

»Ich bedauere sehr, daß ich einen für mich unvergeßlichen Abend auf diese unangenehme Weise beenden muß«, er verneigte sich leicht in Richtung Robert, der ihm mit einem müden Lächeln dankte. »Aber ich denke, Sie werden alle«, er verbesserte sich, »– einige von Ihnen werden froh sein, daß diese ganze Doppelmordgeschichte endlich geklärt wird. Es wäre geschmacklos von mir, Ihnen jetzt die Gründe zu nennen, die uns dazu gebracht haben, aktiv zu werden. Aber ich möchte Ihnen versichern, daß ich es persönlich sehr bedauere, in dieser Angelegenheit überhaupt tätig werden zu müssen. Für jedermann mit Sensibilität und Phantasie«, er lächelte ein wenig sarkastisch, »ist ein Anlaß wie dieser kein Grund zum Jubel. Es ist ein Pyhrrussieg.« Er machte eine Pause.

Völlig unerwartet kam Nigel die eine wesentliche Tatsache in den Sinn, nach der er so lange gesucht hatte. Rückblickend sollte er feststellen, daß sie ihm niemals bewußt geworden wäre, wenn er sich nicht in dieser besonderen mentalen Anspannung befunden hätte. Aber danach fügten sich die restlichen Teile des Puzzles mit zunehmender Geschwindigkeit zusammen. Alles wies auf eine Person; alles buchstabierte einen bekannten Namen …

Helen packte seinen Arm plötzlich so heftig, daß es schmerzte. »Nigel!« flüsterte sie. »*Wo ist Jean*?« Er sah sich um. Jean Whitelegge war verschwunden.

Trotz seiner Verwirrung lauschte Nigel weiter auf das, was Fen sagte.

»Zum Schluß, kann es vielleicht nichts schaden, wenn ich Ihnen sage, daß jeder Eingang dieses Theaters bewacht ist und es daher keine Möglichkeit gibt, daß irgend jemand hier entkommen kann.« Er machte eine Pause, offensichtlich fiel ihm nichts mehr ein. »Wenn Sie vielleicht, Herr Inspektor –«

Er trat mit einer kleinen Geste der Resignation zurück. Sein Gesicht hatte einen besorgten und niedergeschlagenen Ausdruck. Er, der Inspektor und Sir Richard sahen zu jemandem hinüber, der in der Ecke neben der Tür stand.

Als Nigel ihrem Blick folgte, sah er, daß dort jemand stand und eine kurzläufige, häßliche, kleine Automatik wie ein Spielzeug in der Hand hielt.

»Keiner bewegt sich«, sagte Robert Warner.

Dem ersten Schock folgte ein immenses Gefühl der Erleichterung, fast der Heiterkeit. Das ist jetzt die Stelle, dachte Nigel leichten Herzens, wo ich einspringe und ihn vor den bewundernden Augen meiner Liebsten entwaffne, nachdem die Polizei ihren Job, den Bösewicht zu verhaften, vermasselt hat. Jedoch fügte er behaglich in Gedanken hinzu, ich werde nichts dergleichen tun. Er wartete interessiert, wie sich die Dinge entwickeln würden, und schämte sich einen Augenblick später bereits über seine kindischen Gedanken. Er hielt Helens Hand fester.

»Das ist sehr töricht, Warner«, sagte Sir Richard sanft, »ich fürchte nämlich, Sie werden nicht hier rauskommen.«

»Das muß ich wohl riskieren«, sagte Robert. »Dieser melodramatische Abgang entspricht zwar nicht annähernd meinem Geschmack, aber ich kann es leider nicht ändern.« Er wandte sich an Fen. »Danke, daß Sie mir diesen Abend noch gegönnt haben, das war sehr rücksichtsvoll von Ihnen. Möglich, daß ich, wenn ich jemals vor Gericht komme, Zeit haben werde, den Nachfolger von *Metromania* zu schreiben, den ich schon im Kopf habe.« Seine Stimme klang bitter. »Aber irgendwie glaube ich nicht daran.« Er ging rückwärts Richtung Tür. »Es wäre unangebracht, noch länger zu bleiben und mein Verhalten zu erklären und zu rechtfertigen. Aber für den Fall, daß ich nie wieder die Gelegenheit haben werde, es zu sagen – ich bedauere zutiefst, daß ich tun mußte, was ich getan habe, nicht wegen meiner eigenen Haut, sondern weil Yseut nur eine in die Irre geleitete kleine Närrin war und ich eigentlich überhaupt nichts gegen Donald hatte. Lassen Sie mich für die Nachwelt festhalten, daß ich mir völlig im klaren bin, daß ich mich wie ein Schwachsinniger verhalten habe. Und ich glaube«, er nahm ein wenig Haltung an, nicht aus Arroganz sondern aus berechtigter Zuversicht, »daß die Nachwelt an allem, was mich betrifft, großes Interesse haben wird.«

Dann wandte er sich an Rachel. »Und du, meine Liebe. Ich befürchte, daß wir unsere Hochzeitspläne wohl aufgeben müssen. Ich werde niemals fähig sein, eine ehrbare Frau aus dir zu machen.« Er lächelte ein wenig, und seine Stimme klang liebevoll. »Und jetzt«, er ging einen weiteren Schritt zurück, »verlasse ich euch alle. Ich muß euch warnen. Jeden, wirklich jeden, der versucht, mir zu folgen, werde ich, ohne zu zögern, erschießen.« Er warf noch einen raschen Blick in die Runde, und weg war er.

Es schien eine Ewigkeit, bevor sich jemand bewegte, tatsächlich waren es nur wenige Sekunden. Der Inspektor zückte eine Pistole und rannte die Treppen hinunter. Nigel, Fen und Sir Richard folgten ihm auf den Fersen. Das Foyer war leer, aber sie erreichten den hinteren Teil des Zuschauerraums gerade rechtzeitig, um zu sehen, wie Robert auf die Bühne vor dem Vorhang kletterte. Als er sie hereinkommen hörte, drehte er sich um und richtete seine Automatik auf sie. Plötzlich hörte Nigel einen ohrenbetäubenden Knall. Robert ließ die Pistole fallen und faßte sich ans Bein, er krümmte sich und sank dann wie eine Marionette, der man die Fäden gekappt hatte, in sich zusammen. Während sie auf ihn zuliefen, sahen sie, wie er trotz enormer Schmerzen nach seiner Brille tastete, die zersplittert außer Reichweite lag. Es war ein seltsamer und schrecklich anrührender Anblick.

Aber sie sahen noch mehr. Ganz oben am Proszeniumbogen bewegte sich etwas. Dann sahen sie den Sicherheitsvorhang, der sein gesamtes Gewicht mit der Geschwindigkeit einer Guillotine auf den Platz fallen ließ, an dem Robert verletzt und fast blind lag. Während Nigel zur Tür rannte, die hinter die Bühne führte, wußte er, es war zu spät. Während er die kleine steinerne Treppenflucht hinaufstürmte und ihm das Blut in den Ohren pochte, hörte er den vernichtenden gräßlichen Schlag, der das ganze Theater erbeben ließ. In zwei Sätzen war er in der Beleuchtungsgalerie und kippte den Schalter zurück. Der Vorhang glitt wieder nach oben und die anderen stiegen über den Orchestergraben auf das formlose Ding zu, das dort unten lag.

Er sah sich nach der Person um, die ihm in dem engen Stahlhäuschen Gesellschaft leistete. Aber Jean Whitlegge starrte ihn nur fassungslos an, dann sackte sie ohnmächtig zu Boden. Er machte keinen Versuch, ihr zu helfen. Statt dessen starrte er auf die kleine Gruppe unter sich. Wie aus unendlicher Ferne hörte er Fens Stimme:

»Ich fürchte, hier ist nichts mehr zu machen.«

Kapitel 15

Der Fall ist abgeschlossen

Live we for now,
Time is unstable;
Vain is the vow
Broken the fable …
MAXWELL

Leben wir jetzt nur,
Schwanken die Tage,
Eitel der Schwur,
Zerbrochen die Sage …

Und der Schlüssel zu der ganzen Sache«, sagte Fen, »war ganz einfach: *Der Schuß, den wir gehört haben, war gar nicht der Schuß, der Yseut getötet hat.*«

Er, Helen, Nigel und Sir Richard saßen wieder einmal in dem Zimmer, dessen Fenster den Blick auf den Garten und den Quadrangel freigaben. Sie waren gerade von einem exzellenten Essen bei »George« zurückgekehrt (wobei Helen zum Entsetzen von Sir Richard und zur Freude von Nigel darauf bestanden hatte zu zahlen), hatten es sich jetzt bequem gemacht, um den post mortem Erläuterungen Fens zu lauschen. Er war in einem Sessel versunken, streckte alle Glieder von sich und gestikulierte bedenklich mit seinem Glas.

»Die ganz Sache erschien uns nur deshalb so unmöglich«, fuhr er fort, »weil wir vorschnell davon ausgegangen sind, das Gegenteil sei der Fall gewesen. Wie ich gesagt habe, wurde mir dies bewußt, nachdem ich drei Minuten im Zimmer war. Williams bestätigte, daß niemand hineingegangen oder herausgekommen war. Wir selbst waren zu recht davon überzeugt, daß niemand in der Lage gewesen wäre, das Mädchen zu erschießen, den Selbstmord vorzutäuschen und sich rechtzeitig davonzumachen. Aus Gründen, die wir besprochen haben, waren Unfall oder Selbstmord ebenfalls ausgeschlossen. Welche Möglichkeit blieb also nur?«

Nigel fluchte leise. »Aber wenn es noch einen zweiten Schuß gab«, sagte er, »wo ging der hin? Und wie konnte Robert ihn abfeuern, und dann dem Mädchen den Revolver in die Hand drücken, so daß ihre Fingerabdrücke darauf waren?«

»Natürlich hat er den Schuß gar nicht mit dem Revolver abgegeben. *Nachdem* er ihr den Revolver in die Hand gedrückt hat, hat er eine gewöhnliche Schreckschußpistole abgefeuert. Das hatte den zusätzlichen Vorteil, einen hübschen, frischen Pulvergeruch in der Luft zu hinterlassen. Zudem hat es die angesengte Stelle in Yseuts Gesicht hinterlassen, die uns vermuten ließ, sie habe sich selbst erschossen oder sei aus nächster Nähe erschossen worden.«

»Dann ist sie also nicht aus nächster Nähe erschossen worden?«

»Ganz sicher nicht. Wie hätte das denn gehen sollen? Sie lebte noch, als sie in das Zimmer ging, und zunächst folgte ihr niemand hinein.«

»Ich sehe da eine Schwierigkeit«, sagte Helen. »Dieser Williams war im Durchgang vor dem Zimmer, von dort kann sie also nicht erschossen worden sein. Donald und Nicholas waren in dem Zimmer gegenüber, also kann sie auch nicht von dort erschossen worden sein, und Williams hat Robert auf seinem Weg hier herauf beobachtet, also kann er es zu diesem Zeitpunkt nicht getan haben. Also wie hat er es angestellt? Es scheint genauso unmöglich wie zuvor.«

»Ah, ja, da muß ich zustimmen«, sagte Fen, »das ist der nächste Punkt. Ihr versteht, direkt nach dem Mord hatte ich auch keine Ahnung davon. Zu dem Zeitpunkt wußte ich nur genug, um den Mörder mit Sicherheit zu identifizieren. Es gab nur eine einzige Person, die den Mord vortäuschen konnte und den Schuß abfeuern. Das war Warner. Niemand betrat den Raum und niemand verließ ihn, außer ihm. Daher gab es keine Alternative. Er gab vor, auf die Toilette zu gehen, traf die nötigen Vorkehrungen, gab den Schuß ab und ist dann, bevor Williams auftauchte, zur Toilette geschlichen. Ihr müßt wissen, daß Yseut bereits tot war, als er nach unten ging. Vielleicht hat er sich auch hinter dem Paravent im Wohnraum versteckt und ist erst zur Toilette zurückgegangen, als Williams im Schlafzimmer war. Dann kam er dort heraus und traf auf uns, als wir gerade herunterkamen. Da man vernünftigerweise annehmen konnte, daß nur der Mörder Interesse daran hatte, einen Selbstmord vorzutäuschen, war Warner ganz offensichtlich der Mörder. Eine Toilette ist übrigens ein gutes Alibi: Niemand belästigt andere gerne mit Fragen darüber. Zudem diente sie wahrscheinlich noch einem anderen Zweck. Ich gehe davon aus, daß sich jetzt irgendwo in der Kanalisation von Oxford ein Paar dünne Handschuhe und eine kleine Schreckschußpistole befinden.«

»Welche Vorkehrungen hat er getroffen?« fragte Nigel.

»Er hat die Fenster geschlossen, Yseuts Fingerabdrücke auf die Waffe gebracht, die Waffe in die Nähe der Leiche gelegt und ihr den Ring angestreift. Dann hat er die Pistole abgefeuert, wobei er sie an den Kopf des Mädchens hielt, damit sie Spuren hinterließ. Dazu hat er nicht mehr als drei oder vier Minuten gebraucht – wahrscheinlich weniger. Und noch etwas. Ihr erinnert euch, daß ich eure Aufmerksamkeit darauf gelenkt habe, daß mindestens eine viertel Stunde lang, nachdem wir dort ankommen waren, nichts in dem Zimmer berührt wurde? Das bedeutete aber auch, daß niemand den Revolver berührt hatte, um festzustellen, ob vor kurzem daraus geschossen worden war. Wenn das der Fall gewesen wäre, dann hätte er noch warm sein müssen. Zweifellos hat sich Warner darauf verlassen, daß wir aufgrund unserer guten kriminalistischen Bildung nichts berühren würden, und da die Angelegenheit ohnehin offensichtlich genug war, habe ich es bei der guten alten Regel belassen.

Wir kommen nun zu der Frage, wie das Mädchen überhaupt erschossen wurde. Helen, du hast die Schwierigkeiten ziemlich klar umrissen; auch hier gab es nur eine Methode, nämlich nach und nach alles, was nicht möglich war, auszuschließen. Übrigens wurde mir die Lösung durch eine zufällige Bemerkung von Nicholas bewußt, die dahin ging, daß er und Donald die unsoziale Tat begangen hätten, bei geöffneten Fenstern Radio zu hören. *Alle* Fenster waren offen! Das hat mir ganz gewaltig die Augen geöffnet.

Das bedeutete nämlich, daß Yseut nur aus dem westlichen Hof erschossen worden sein konnte, durch drei offene Fenster hindurch, zwei in dem Zimmer, in dem sich Donald und Nicholas aufhielten und das Schlafzimmerfenster, vor dem sie kniete, während sie die Kommode durchsuchte.

Wenn ihr euch den Plan anseht, dann könnt ihr erkennen, daß es recht einfach war. Die beiden Fenster gegenüber liegen fast parallel zu den Fenstern von Nicholas Schlafzimmer. Es stehen keine Möbel im Weg. Und Fellowes und Nicholas saßen, dessen habe ich mich versichert, außerhalb der Schußlinie vor dem Kamin.

Schließlich war da noch die Tatsache, daß das Radio ziemlich laut war. In der Tat wurde die Ouvertüre der *Meistersinger* gespielt. Ihr erinnert euch, *Heldenleben* fing erst an, kurz bevor Warner zu uns stieß. Es besteht kaum ein Zweifel, daß er einen Schalldämpfer benutzte und ihn nachher abgenommen hat. Auch das würde noch einen gewissen Lärm verursachen, aber er mußte nur den Augenblick richtig wählen – sagen wir die fortissimo Wiederaufnahme des Hauptthemas direkt vor dem polyphonen Teil, wo alle drei Themen zusammen gespielt werden – dann war die Gefahr sehr klein, daß irgendwer etwas mitbekam. Ganz anders wäre es gewesen, wenn er sie erschossen hätte, als er aus meinem Zimmer nach unten ging. Natürlich konnte er dabei so weit vom Fenster zurücktreten, daß er von den beiden im Zimmer nicht gesehen werden konnte.«

»Was für ein außerordentliche Idee!« rief Sir Richard aus. »Von draußen durch einen geschlossenen Raum, wieder hinaus ins Freie und in einen anderen Raum zu schießen. Kein Wunder, daß ich nicht darauf gekommen bin.« Er schien beleidigt, daß so etwas je von ihm erwartet worden war.

»Genau. Von da an war es leicht nachzuvollziehen, was geschehen war. Die Beschaffung der Waffe bereitete keinerlei Schwierigkeiten. Warner sagte zu Jean auf der Party, daß er die Waffe für die Probe am nächsten Morgen haben wollte, und er hat sich wahrscheinlich gedacht, daß sie sich irgendwie bemühen würde, an Grahams Waffe heranzukommen. Aber auch wenn sie es nicht getan hätte, hätte das kaum eine Rolle gespielt, außer vielleicht als zusätzliche Sicherheit für ihn selbst. Er hätte sie leicht selbst nehmen können, und das gute alte Herumfuchteln mit der Waffe vor sämtlichen Verdächtigen war schon an sich ein beachtliches Alibi. Aber sic ging jedoch zurück, und wie er uns erzählt hat, hat er sie gesehen. Zweifellos lag er auf der Lauer. Er hat uns jedoch nicht erzählt, daß er sich kurz nach ihr selbst hineinschlich und die Patronen mitnahm – ich vermute dies zwar nur, aber es scheint das Wahrscheinlichste zu sein –, so daß alles verschwunden war, als du, Nigel, in der Schublade nachgesehen hast. Danach mußte er nur die Waffe in der Requisite an sich nehmen, was er am nächsten Nachmittag getan hat.

Dann sah er am Freitag abend Yseut zu Donalds Zimmer gehen, oder er wußte, daß sie dort hingehen würde. Und ausgestattet mit der Waffe, dem Schalldämpfer, einem Paar Handschuhen und der Pistole – die er übrigens zusammen mit der richtigen Waffe aus der Requisite mitgenommen hat, sie wurde zur Erzeugung von Geräuschen hinter der Bühne benutzt, und da ich dachte, daß es so etwas sicher am Theater gäbe, habe ich Jean gefragt, ob sie auch verschwunden wäre und habe herausgefunden, daß dem so war.« Abrupt machte er eine Pause. »Wo war ich gerade?«

»Er sah, wie Yseut das College betrat«, gab Sir Richard liebenswürdig das Stichwort.

»Ach ja. Nun, durch das Tor zur Straße betrat er den westlichen Hof, hat im geeigneten Moment seinen Schuß abgefeuert, ging dann auf demselben Weg wieder hinaus, hat wahrscheinlich den Dämpfer irgendwo vorübergehend versteckt und ist dann, wie wir wissen, hier heraufgekommen. Bei passender Gelegenheit ist er dann hinuntergegangen und hat das Täuschungsmanöver veranstaltet. Du siehst jetzt, Nigel, warum dein Zeitplan so aufschlußreich war. Er zeigte nicht nur, daß er die einzige Person war, die den Selbstmord vortäuschen konnte, er zeigte auch, daß der Zeitpunkt, an dem er das Hotel verlassen hat, unbestätigt war und so früh oder so spät gewesen sein konnte, wie es ihm beliebte. Für sich allein betrachtet, hätte das alles keine Rolle gespielt. Er hat die ganze Sache erst dadurch verdorben, daß er den unwahrscheinlichen Selbstmord vorgetäuscht und versucht hat, ein Kryptogramm daraus zu machen. Jeder – du, Helen, Rachel, Sheila, Donald oder Nicholas – hätte vom westlichen Hof aus schießen können. Hätte er es dabei bewenden lassen, hätte ihm nicht das geringste passieren können. Aber wie bereits gesagt, nur eine Person konnte den Selbstmord vortäuschen.

Ich möchte sagen, daß es auch einige zufällige Beweise gab, die für sich selbst betrachtet höchst vielsagend, aber nicht entscheidend gewesen wären. Zunächst war da die Tatsache, über die du, Nigel, mich informiert hast, daß Warner Jane damit beauftragt hat, als zweite Besetzung Yseuts Rolle einzustudieren. Selbst ich weiß genug über das Repertoiretheater, um mir darüber im klaren zu sein, daß dort aus sehr praktischen Gründen normalerweise nicht doppelt besetzt wird, ganz sicher aber nicht eine so winzige Rolle wie die, die Yseut spielen sollte. Sein großes Verlangen, daß sein Stück ein Erfolg würde, hat ihn dazu verleitet, diesen gravierenden Fehler zu begehen. Dann hat er uns gesagt, er habe den Weg zu diesem Zimmer beim Pförtner erfragen müssen, und daß er niemals zuvor im College gewesen sei; jedoch direkt nach dem Mord in der Unterhaltung mit meiner Frau, machte er den Vorschlag, daß der Mörder möglicherweise durch den westlichen Hof hereingekommen sei. Wenn seine anderen Angaben wahr gewesen wären, hätte er das nicht wissen können. Das war ein weiterer Fehler, der aus der Neigung herrührte, manches allzu kompliziert zu gestalten.

Ich muß jedoch eingestehen, daß es mir zunächst so schien, als würden einige Dinge nicht mit dieser schlichten und offensichtlichen Schilderung der Tatsachen zusammenpassen. Auf eines wurde ich durch dich, Nigel aufmerksam gemacht. Du hast sehr betont, daß Donald über die Nachricht von Yseuts Tod kein bißchen überrascht schien. Aber während du das für einen abnormen und nicht erklärbaren psychischen Zustand hieltest, war ich geneigt, die Sache etwas einfacher zu sehen. Es bedeutete entweder: (a) daß er wußte, daß der Mord begangen werden würde, oder (b) daß er jemanden, den er kannte, hier im College vor der Entdeckung des Mordes hatte herumstreichen sehen, und noch dazu jemanden, der Yseut haßte. Als er dann von dem Mord hörte, zog er sofort den Schluß, daß diese Person Yseut getötet hatte. Nun (a) war unwahrscheinlich. Robert hätte sich sicher nicht Donald anvertraut, und die Wahrscheinlichkeit, daß Donald Roberts Plan durchschaut hatte (der ohnehin zu einem großen Teil vom Zufall abhing), war so gering, daß man sie völlig außer acht lassen konnte. Blieb also nur (b). Zunächst einmal war es möglich, daß Donald Warner selbst gesehen hatte. Aber in diesem Fall hätte er keinerlei Grund gehabt zu schweigen. Er mochte Warner nicht, und betrachtete ihn als potentiellen Rivalen um Yseut. Wenn er, nachdem er Warner dort gesehen hätte, von ihrem Tod erfahren hätte – erinnert euch, er war in sie verschossen –, dann hätte er dies sicher erzählt. Aber da war jemand, den er beschützte: Wer war das? Die einzige Person, die dafür in Frage kam, war Jean Whitelegge. Und ich habe einfach mal angenommen, daß er sie im westlichen Hof gesehen hat – was der einzige Ort war, wo er sie gesehen haben konnte –, als er auf dieser Seite des Zimmers die Verdunklung vornahm. Unter den Umständen ging ich auch davon aus, daß er mit ihr gesprochen hatte, und daß sie, da sie sich zu dieser Zeit dort aufhielt, wahrscheinlich den Mörder, wenn nicht den Mord selbst gesehen haben mußte. Erinnert euch daran, daß die Verdunklung nur kurze Zeit später vorgenommen worden sein kann.

Zunächst waren das alles nur Spekulationen. Aber es schien mir wert, sie zu meinem eigenen Vergnügen und meiner Befriedigung weiter zu verfolgen, wenn auch zu keinem anderen Zweck, die grundsätzlichen Tatsachen standen ja bereits ohne jeden Zweifel fest. Ich ging also zunächst zu Nicholas und erfuhr von ihm ohne viel Mühe, daß Donald tatsächlich an jenem Abend jemanden getroffen und mit ihm gesprochen hatte. Allerdings weigerte sich Nicholas zu sagen, wer es gewesen war. Das machte aber nichts aus, da ich mir ohnehin schon ziemlich sicher war. Obgleich ich ziemlich rüde mit Donald umging, bekam ich nichts aus ihm heraus; er war zu ritterlich, um zu reden – ich glaube, auf eine gewisse Weise erleichterte ihn der Tod von Yseut, und er wollte Jean, von der er immer noch annahm, daß sie den Mord begangen hätte, nicht dafür büßen lassen. Jean selbst, die ich hinsichtlich des zweiten Teiles meiner Theorie testete, war hilfreicher. Ich habe bei ihr einen wunderschönen Wut- und Empörungsausbruch provoziert, indem ich sie mit kleinen Boshaftigkeiten hinsichtlich des Verstandes des Mörders konfrontierte. Da kaum anzunehmen war, daß sie das Verbrechen *in vacuo* bewunderte, war ganz offensichtlich, daß sie wußte, wer den Mord begangen hatte. Da sie aber auch zu diesem Zeitpunkt keine Ahnung von den genauen Umständen des Falles hatte und daher nicht dieselben Schlüsse ziehen konnte wie ich, mußte ich annehmen, daß sie den Mörder tatsächlich gesehen hatte. Es war übrigens nicht besonders verwunderlich, daß sie entschlossen war, ihn zu beschützen. Sie hatte keinen Grund, Yseut zu lieben, und wie wir wissen, bewunderte sie Warners Arbeit kolossal; ihre Skrupel waren ohne Zweifel dieselben wie meine – eine starke Abneigung dagegen, einen großen Künstler, der noch nicht einmal in seine besten Jahre gekommen war, dem Henker auszuliefern. Daher weigerte sie sich zuzugeben, daß sie an dem Abend im College war.

Ich habe ihr vorgeschlagen, sie solle zu mir kommen und mir vertraulich erzählen, was sie wisse. Als Donald getötet wurde, hat sie das dann auch getan. Anscheinend ist sie Warner in den Hof gefolgt und hat dann tatsächlich gesehen, wie Warner den Mord beging. Ihr erster Impuls war, in einen Bogengang zu schlüpfen und sich zu verstecken. Das hätten wahrscheinlich die meisten so gemacht. Als sie wieder herauskam, hat Donald sie gesehen und hat mit ihr gesprochen. Unter den gegebenen Umständen muß die Unterhaltung von ihrer Seite aus ziemlich angespannt gewesen sein. Das hat sicher mit dazu beigetragen, daß er dachte, sie sei die Mörderin.«

»Ich könnte mir vorstellen«, sagte Sir Richard, »daß sie nach dem Mord an Donald Fellowes direkt zur Polizei gehen wollte, um zu erzählen, was sie wußte. Wie hast du sie davon abgehalten? Wie ich höre, hatten sie und Fellowes sich versöhnt und wollten heiraten.«

Fen stöhnte. »Gott, ja«, sagte er. »Sie war vor Trauer wie von Sinnen, das arme Kind. Aber andererseits«, fügte er ziemlich gereizt hinzu, »schien ich die einzige Person zu sein, die wußte, was vor sich ging, und ich wollte mir meine Pläne nicht verderben lassen. Ich wollte, daß die Premiere von *Metromania* ohne eine Störung über die Bühne ging – was auch geschehen ist.«

Sir Richard grummelte. »Ja«, sagte er, »das war deine Bedingung dafür, daß du uns in die Geheimnisse deines bemerkenswerten Verstandes eingeweiht hast.«

Fen sah ihn mit einem mißtrauischen Stirnrunzeln an. »Jedenfalls«, sagte er, »habe ich das Mädchen angelogen. Ich habe die phantastischsten Geschichten erfunden, die man sich denken kann, um zu beweisen, daß die Morde von verschiedenen Personen begangen worden waren. Ich habe sie fast überzeugt – zwar nur zur Hälfte, aber es genügte, sie eine Weile ruhig zu stellen. Am Ende ist ihr alles klar geworden, mit dem Ergebnis –« Er hob den Arm. Er wollte sich nicht daran erinnern, was geschehen war.

»Und jetzt, um Himmels willen«, sagte Nigel, »was ist mit dem Motiv? Ganz sicher hat er sie nicht deshalb umgebracht, weil sie so lästig war und bei Rachel Wutanfälle auslöste? Hinsichtlich des Motivs machst du dich einer Flucht in Gedankensplitter schuldig. Würdest du dich bitte genauer erklären.«

»Meine Gedankensplitter«, sagte Fen streng, »lassen sich auf drei reduzieren: Ich glaube nicht an das *Verbrechen aus Leidenschaft*; das Motiv eines Verbrechens ist fast immer entweder Geld, Rache oder die eigene Sicherheit; und trotz allem war Sex der Auslöser der ganzen Geschichte. Ich erkläre, was diese Behauptungen rechtfertigt.

Das *unmittelbare* Motiv war ganz offensichtlich das mysteriöse Etwas nach dem beide, Yseut und der Mörder, gesucht haben. Den ersten Hinweis auf seine Identität erhielt ich durch den bemerkenswert aufschlußreichen Bericht, den du, Nigel, mir vom Morgen nach der Party gegeben hast. Du hast ohne ein Gefühl für die Ungereimtheiten zwei Menschen beschrieben, die sich merkwürdig und inkonsequent verhalten haben, und hast die ganze Farce, die dir da vorgeführt wurde, der Tatsache zugeschrieben, daß Yseut in der vorangegangenen Nacht mit Robert Warner geschlafen hatte. Laß mich rekapitulieren, was geschehen ist. Und mich korrigieren, wenn ich von den Tatsachen abweiche:

(1) Als Yseut in die Bar kam, hatte sie eine Handtasche und ein dünnes rotes Notizbuch dabei, das sie irgendwo hinschmiß.

(2) Als Robert sie sah, schien er zunächst wütend, dann schien er beunruhigt.

(3) Yseut sah ihn triumphierend und herausfordernd an.

(4) Sie plauderte mit ihm über ›Erpressung‹ und ›Enthüllungen‹.

(5) Donald nahm seine Noten und ging, während

(6) Yseut mit dir zur Bar ging und Robert dabei nicht aus den Augen ließ.

(7) Ihre Aufmerksamkeit wurde dadurch abgelenkt, daß du sie mit einem Glas Brandy beschüttet hast.

(8) Sie kam mit dir zum Tisch zurück, erstarrte und lief rot an und stürzte hinaus.

(9) Robert sah ihr ehrlich verblüfft nach.

Nun, ich dachte mir, das alles ist außerordentlich merkwürdig, und eigentlich nur zu erklären, wenn man annimmt, daß das rote Notizbuch der Grund für das ganze Theater gewesen ist. Du hast Yseut bereits früher am selben Morgen damit aus Warners Zimmer kommen sehen. Aufgrund von (2) und (4) nehme ich an, daß es sich dabei um etwas handelte, das große Bedeutung für Warner hatte und wahrscheinlich um etwas, das ihn ernsthaft belastete. Der Rest läßt sich ohne Schwierigkeiten zusammenreimen, Yseuts Benehmen, ihr Gerede über Erpressung (offensichtlich ging es ihr dabei mehr um Engagements am West-End als um Geld), die Tatsache, daß sie ihn im Auge behielt. Die beiden letzten Punkte meiner Aufzählung sind aber besonders aussagekräftig. Ganz offensichtlich bedeutete das erstens: Yseut bemerkte das Verschwinden des Notizbuchs, als sie nach der Ablenkung von der Bar wieder zurückkehrte, und zweitens: Warner hatte es nicht genommen.

Wie ihr seht, paßt das perfekt. Es erklärt, warum Yseut Fellowes Zimmer durchsuchte, und es erklärt, warum sie getötet wurde. Trotz der Tatsache, daß sie den eigentlichen Beweis nicht mehr in Händen hatte, wußte sie zuviel. Er konnte sie also nicht am Leben lassen. Da hast du dein Motiv: Sicherheit. Für mich ist ganz offensichtlich, daß Donald es versehentlich mitgenommen hat, als er seine Noten zusammensuchte und damit wegging. Ihr muß das später auch bewußt geworden sein, und Warner war das vermutlich fast augenblicklich bewußt. Ab diesem Punkt jedoch geriet meine Analyse ziemlich in Schräglage. Ich habe den fatalen Fehler begangen anzunehmen, daß Warner das ungelesene Buch zwischen Donalds Noten fand, als er Yseut tötete, beziehungsweise als er ihren Selbstmord vortäuschte. Tatsächlich hat er nichts dergleichen getan. Er hatte gar keine Zeit, danach zu suchen, als er den Selbstmord vortäuschte, und danach war das Zimmer bis 16.30 Uhr am Sonntag bewacht. Als die Wache abgezogen war, hat er es durchsucht, hat aber nichts gefunden. So wie ich es nicht gefunden habe, als ich bereits vor ihm danach gesucht habe. Daher nahm ich an, er hätte es bereits. Dann ging er weiter Richtung Orgelempore. Es besteht keinerlei Zweifel daran, daß Donald zu diesem Zeitpunkt das Ding entdeckt und durchgeblättert hatte. Ihm war klar, was es zu bedeuteten hatte: Vor allem lieferte es das einzige wirkliche Motiv, Yseut zu töten. Tatsächlich waren übrigens auf den Noten eines Stückes, das er in der Kapelle spielte, rote Flecken, dort wo der Einband des Notizbuches dagegen gerieben und etwas abgefärbt hatte. Was er fühlte, als er Warner vor sich sah, weiß Gott allein. Aber Warner erkannte, daß Donald Bescheid wußte. Bereits als er hinaufging, war Warner darauf vorbereitet und handelte auf die einzig mögliche Art. Bevor er starb, hat Donald uns noch die Identität des Mörders verraten, auf die einzige Art, die ihm möglich war, und hat bis zuletzt gehofft, irgend jemand würde es bemerken. Erinnert ihr euch an meine Bemerkung über die eigenartige Registrierung, genauer gesagt, die merkwürdige Mischung von ausgelassenen und gezogenen Registern? Der Inspektor hielt das für eine unwichtige, musikalische Belanglosigkeit, aber das war es nicht. Auf der linken Seite waren die Register in der folgenden Reihenfolge gezogen: Rohrflöte, Oboe, Bourdon, Euphonium, noch eine Rohrflöte und Tierce. Sie sind seither nicht angefaßt worden, ihr könnt also hingehen und selbst nachsehen.«

»Aber mir ist nicht ganz klar«, sagte Nigel, »wo die Noten und das Notizbuch gewesen sein sollten, wenn nicht in Donalds Zimmer.«

»Sie waren natürlich auf der Orgelempore; wo denn sonst? Was den Inhalt des Notizbuches betrifft, so konnte ich natürlich nur raten. Aber ich erinnerte mich, daß Warner vor dem Krieg einige Male in Südamerika gewesen war, und ich dachte, daß er vielleicht irgendwie mit dem Gewerbe zu tun hatte, für das dieser Teil des Globus am bekanntesten ist und daß er dort Prostituierte anwarb. Ich habe also einen Freund im Sekretariat des Völkerbundes angerufen und von ihm erfahren, daß Warner in der Tat in diesem Zusammenhang der Beihilfe verdächtigt wurde, ihm aber nie etwas bewiesen werden konnte. Das war natürlich vor dem Krieg, jetzt ist derlei nicht mehr möglich. Für diesen Teil fordere ich keine Anerkennung, es war der reinste Zufall. Aber das meinte ich damit, als ich sagte, daß Sex der Auslöser für die ganze Angelegenheit war, wenn auch das eigentliche Motiv Sicherheit war. Ich befürchte, ich konnte mich nicht allzusehr entrüsten über Warners diesbezüglich Aktivitäten. Ich habe schon immer gefunden, daß diese Mädchen genauso sündigen, wie man sich gegen sie versündigt, vorausgesetzt man zwingt sie nicht. Es scheint eine außergewöhnliche Nebenbeschäftigung für einen großen Dramatiker. Aber in Warners Charakter gab es einen Hang zum Absurden, eine Art tief verwurzelten Fatalismus, der ihm verbot, irgend etwas ernst zu nehmen. Sogar die Morde nahm er nicht ernst, für ihn waren sie beide fabelhaft riskante Angelegenheiten.«

Es folgte ein langes Schweigen. Dann sagte Helen langsam: »Ich bin froh, daß das Stück nach der Premiere nicht weiter aufgeführt werden kann. Selbst wenn es Rachel möglich gewesen wäre. Irgendwie scheint es richtig, daß es nur diese eine perfekte Aufführung gab.«

Fen nickte. »Ein ausgezeichneter Abgang«, sagte er. »Aber trotzdem ein Abgang. Die Welt ist ein wenig ärmer geworden.«

»Was macht Rachel jetzt eigentlich?« fragte Nigel.

»Sie ist aufs Land gefahren, und Jean hat man nach Hause zu ihren Eltern geschickt. Da sie geholfen hat, einen flüchtigen Mörder zu fassen, konnte man kaum gegen sie vorgehen. Obgleich er wohl niemals eine Chance gehabt hätte zu entkommen, ganz sicher aber nicht mehr in der Situation, in der ihn dann dieses Ding zermalmte.« Fens Stimme klang hart.

Alle sahen ihn an. Während er sich sein widerspenstiges Haar nach hinten strich, sah er plötzlich alt und müde aus. »Es war eine schreckliche Angelegenheit«, sagte er, »und das alles ist an keinem von uns spurlos vorbeigegangen. Es wird keine *Metromanias* mehr geben. Und ich kann Gott dafür nicht danken.«

Kapitel 16

Epilog: Die goldene Fliege

Whether we fall by ambition, blood, or lust,
Like diamonds, we are all cut with our own dust.
John Webster

Ob wir fallen durch schnöden Ehrgeiz, Wollust oder Blut:
Wie Diamanten werden wir geschnitten mit unserem eigenen Staube.

Die Reise von Oxford nach Didcot und von dort weiter nach Paddington beinhaltet Schwierigkeiten ganz anderer Art als jene, die man auf der Reise in der entgegengesetzten Richtung durchgemacht hat. Wenn sich der Zug erst einmal in Bewegung gesetzt hat, vorausgesetzt, er fährt überhaupt los, dann bewegt er sich in einer gleichmäßigen nicht sehr beeindruckenden Geschwindigkeit. Das Problem ist herauszufinden, wann er abfahren wird. Nicholas vertrat hartnäckig die Meinung, daß der erste Zug am Morgen gezielt zehn Minuten zu spät abfuhr, dies den nächsten Zug sogar noch etwas mehr verzögerte, und daß dieser kumulative Prozeß sich den ganzen Tag über fortsetzte. An einem bestimmten Punkt des Tages jedoch, so versicherte er, holte der nachfolgende Zug den vorhergehenden ein – der Zug um 12.35 fuhr um 13.10 und der um 13.10 um 13.35, so daß es am Ende des Tages wahrscheinlich einige Züge gab, die überhaupt nie fuhren. Sei dem, wie dem sei, sicher ist, daß man, wenn man den Bahnhof rechtzeitig erreichte, eine gute halbe Stunde warten mußte. Verließ man sich jedoch darauf, daß der Zug mindestens zehn Minuten Verspätung haben würde – was man sinnvollerweise tat –, dann fuhr er regelmäßig genau auf die Minute ab, und man verpaßte ihn. Dies veranlaßte Nicholas, darauf zu beharren, daß der blinde Gott des Zufalls ganz sicher die Uniform der Great Western Railway trug.

Die sechs Menschen, die in der Woche vom 19.–26. Oktober 1940 die Reise antraten, schenkten dieser Schwierigkeit jedoch wenig Beachtung. Auf die eine oder andere Art waren sie alle viel zu glücklich, sich darum zu kümmern.

Nicholas, der von seiner Blondine zum Bahnhof begleitet wurde, gefiel der melodramatische Ausgang des Falles. Zudem, so dachte er, hatte er sein Verständnis bestimmter Shakespeare-Rollen erweitert. Goneril zum Beispiel müsse immer von einer jungen Rothaarigen gespielt werden.

Nachdem sie den Fall *ad nauseam* diskutiert hatten, gestand er zähneknirschend der Blondine gegenüber ein: »Fen ist ein cleverer Teufel, obwohl er mich für einen Faschisten hält.«

»Bist du denn kein Faschist?« fragte die Blondine sichtlich überrascht.

»Ganz sicher nicht. Ich bin ein aufrichtiger Befürworter des Krieges; deshalb fahre ich in die Stadt zurück.«

»Was wirst du tun, wenn du da bist?«

»Eine Arbeit finden, mit der ich den Krieg unterstützen kann. Nein, so wahr mir der Himmel helfe, nicht in einer Fabrik mit widerwärtigen Maschinen und abscheulichen Schwachsinnigkeiten, die den ganzen Tag lang aus irgendwelchen mechanischen Apparaturen plärren, irgend etwas Zivilisiertes und Nützliches.«

Der Zug fuhr ein. Er stieg in das Abteil erster Klasse und lehnte sich aus dem Fenster. Die Starrköpfigkeit, mit der die meisten Loks sich weigern, endlich abzufahren, dachte er, nötigt einem, die sorgfältig vorbereiteten Abschiedsworte, die ohnehin immer das Gleiche ausdrücken, endlos zu wiederholen. Er sagte:

»Du brauchst jetzt nicht mehr warten«, worauf die Blondine antwortete:

»Ich werde nicht warten, ich komme mit dir. Laß mich mal vorbei.« Sie stieg ein, und Nicholas sah sie ernst an.

»Wie kommt es zu dieser plötzlichen Entscheidung?« fragte er.

»Früher oder später werde ich dich heiraten, aus Gründen, die in der Agende zum Eintritt in den heiligen Stand der Ehe genannt sind. Tut mir leid, daß ich so viel Druck machen muß, aber ich mag dich wirklich gerne, und du bist so ein Esel, daß du es wahrscheinlich niemals schaffen wirst, selbst aktiv zu werden und zu heiraten.«

»Ach du meine Güte«, sagte Nicholas. »Ich muß *Viel Lärm um Nichts* noch einmal lesen. Meine Lage wird jeden Augenblick benediktischer.« Dann grinste er. »Aber weißt du«, fügte er hinzu. »Ich glaube, ich würde das ganz angenehm finden.« Der Zug fuhr ab Richtung London.

Fen und Sir Richard fuhren gemeinsam nach London. Fen hatte den ganzen Fall bereits so gut wie vergessen. Wäre man ihn jedoch mit Fragen zu diesem Thema angegangen, hätte er das heftig bestritten. Sein Interesse an den Dingen, die um ihn her vor sich gingen, war so stark, daß es ihm unmöglich war, etwas sehr lange im Gedächtnis zu behalten. Er war ein Mensch, der fast ausschließlich im Jetzt lebte. Derzeit war er mit einer arbeitsaufwendigen Abhandlung über die Verdienste von Wyndham Lewis beschäftigt. Sir Richard dachte darüber nach, eine anerkennende Kritik des Werkes von Robert Warner vorzulegen. Fen versuchte daher immer wieder durch wohl kalkulierte Unhöflichkeiten, ihn davon zu überzeugen, er solle doch bitte davon absehen. Er war so fröhlich wie ein Schuljunge an einem freien Nachmittag und kommentierte mit einem zunehmend anstößiger werdenden und nicht zu überhörenden Flüstern die physische Erscheinung und die wahrscheinlichen Laster der anderen Personen im Abteil.

Helen und Nigel, die vor vier Tagen geheiratet hatten, waren mehr oder weniger blind für alles um sie her außer für einander. Sie hatten ihre allzu kurzen Flitterwochen mit Radtouren in der Umgebung von Oxford verbracht, und nun mußte Nigel wieder zu seiner Arbeit zurückkehren, und Helen begann ihre Proben mit dem Bedeutenden Schauspieler.

»Auf Wiedersehen, Oxford!« sagte Helen. Während der Zug aus dem Bahnhof fuhr, sah sie zum Fenster hinaus. Dann drehte sie sich zu Nigel um: »Weißt du, daß ich traurig bin, daß ich wegmuß?«

Nigel nickte. »Oxford geht einem unter die Haut«, sagte er. »Das müßige, freie, sorglose und unkonventionelle Leben ist für mich ein zu harter Charaktertest. Ich hasse es immer, wenn ich da bin. Und dennoch kann ich nie der Versuchung widerstehen zurückzukommen.«

Sie nahm seine Hand. »Eines Tages werden wir zurückkommen und ein kleines privates Requiem für die Toten feiern. Nicht für Robert, weil – ich glaube nicht, daß er es braucht.«

Sie schwiegen eine Weile und hingen ihren Gedanken nach. Dann sagte Helen etwas unbekümmerter:

»Ich glaube, es war vernünftig von Sheila, sofort Proben für ein neues Stück anzusetzen. Und sie hat es auch wirklich gut gemacht. Hast du den Inspektor und seine Frau gesehen, sie saßen zwei Reihen vor uns?«

»Aber ja, natürlich. Sie sieht genauso aus wie Hedy Lamarr. Was für ein Fang! ›Weiß wie die Sonne, schön wie die Lilie.‹ Ein eigenartiger Vergleich. Ist die Sonne weiß?«

»Sei nicht so boshaft, Nigel«, sagte Helen nüchtern. »Ich kann nicht verstehen«, sagte sie und wandte sich wieder ihrer

Ausgabe von *Cymbeline* zu, »warum ein Mann, dem ›an äußerer Schönheit und an innerer Haltung‹ kein Mensch gleicht, sich so sehr betrinken und dann auch noch eine solch alberne Wette abschließen sollte.«

»Hast du dich übrigens von Gervase verabschiedet?«

»Ja, natürlich habe ich das. Wir haben über den Garten, das Essen und den Zustand von Christi kämpfender Kirche auf Erden gesprochen. Er war in seiner extravaganten Stimmung.«

»Es gab schon viel zu viel Shakespeare in diesem Fall«, sagte Fen finster.

Er und Nigel hatten sich in der ersten Pause der Aufführung von *King Lear* an der Bar getroffen, und Nigel, an dem noch ein ungelöstes Problem nagte, hatte die Gelegenheit ergriffen, ihn nach dem Ring zu fragen – der goldenen Fliege.

»Zu viel Shakespeare«, wiederholte Fen, als würde ihn diese Redewendung faszinieren. »Ich bereite eine neue Anthologie vor: ›Schreckliche Zeilen aus Shakespeare‹. ›Ach, armer Gloster? Verlor er auch das andere Auge?‹, wird einen Ehrenplatz erhalten.«

»Der Ring«, beharrte Nigel auf einer Antwort. Fen nahm einen großen Schluck; er schien nicht gerne an dieses Thema erinnert zu werden.

»Nicht mehr als ein barocker Schnörkel an der Hauptstruktur«, sagte er schließlich. »Eine kleine zynische persönliche Eigenart. Ich habe den Verweis nicht erkannt, bevor ich zufällig ›die Goldene Fliege‹ im selben Atemzug mit Mr. Morrisons Redensart erwähnte. Teilweise war es wohl eine ironische Hommage an Yseuts Hauptinteresse im Leben, und teilweise ein Hinweis auf *Maß für Maß*. Durch den Sex wurde sie erschaffen, und durch den Sex oder wegen des Sex starb sie – eine poetische Vergeltung. Der Ring als Symbol war nur zufällig zur Hand. Wenige Mörder können der Versuchung widerstehen, ihr Opfer zu dekorieren.«

»Aber auf was will er anspielen?« fragte Nigel.

»Diese Leute haben das Stück so ungeheuerlich zusammengestrichen und umgestellt«, sagte Fen, »daß man nie weiß, wo es auftauchen wird. Aber wenn ich mich recht erinnere, dann ist es im IV. Akt, 6. Szene.«

Die Glocke erklang zum zweiten Mal. Gervase trennte sich nur ungern von seinem Getränk.

»Ich begreife nicht«, sagte er finster, während sie zur Tür gingen, »warum man ausländischen Schauspielern erlaubt, Shakespeare zu spielen. Die halbe Zeit kann man kein Wort verstehen ...«

Nachwort

William L. DeAndrea, einer der erfolgreichsten jüngeren Autoren klassischer Detektivromane in den USA, dessen vielfach preisgekrönte Werke demnächst in DuMont's Kriminal-Bibliothek erscheinen werden (»Schneeblind«, DuMont's Kriminal-Bibliothek Nr.1083, September 1999) ist zugleich in der besten Tradition der Klassiker dieses Jahrhunderts ein herausragender Kenner des Genres. 1994 legte er zusammen mit wenigen Mitarbeitern eine umfassende, hervorragend ausgestattete »Encyclopedia Mysteriosa« vor, die seine Vorgänger und Kollegen nahezu erschöpfend und dabei zugleich liebevoll und kritisch vorstellt. Zu Edmund Crispin heißt es darin: »Das einzige, was man an Crispins Arbeiten auf dem Feld der Detektivliteratur – alle bis auf einige wenige Kurzgeschichten mit dem exzentrischen Oxford-Don Gervase Fen als Helden – unbefriedigend finden kann, ist, daß es vergleichsweise so wenige davon gibt«. Ebenso schreibt Roda M. Morrison in einer anderen Spezial-Enzyklopädie: »Jede kritische Würdigung der Romane Edmund Crispins muß mit der Klage darüber beginnen, daß es so wenige sind. Seine Leser frustriert es, daß diese ungetrübte Quelle reinen Lesevergnügens am klassischen englische Detektivroman so schnell versiegt.«

Acht Romane legte Robert Bruce Montgomery (1921–1978) unter dem Pseudonym Edmund Crispin zwischen 1944 und 1952 in rascher Folge vor, um sich dann ein Vierteljahrhundert lang unter seinem wirklichen Namen ausschließlich seinem künstlerischen Hauptberuf zu widmen, dem Komponieren. Eine Gemeinsamkeit zwischen dem Komponisten und dem Schriftsteller, zwischen Montgomery und Crispin, mag dabei sein, daß beide die Grenze zwischen U- und E-Kunst souverän ignorierten: Neben zahlreichen Oratorien, Shakespeare-Vertonungen, einem Requiem, Orchesterstücken und einer Kinderoper schrieb Montgomery 38 Filmmusiken, so wie auch E. Crispin kunstvoll und voller Sprachartistik die von manchem mindergewertete Genre-Literatur pflegte und als seriöser Kritiker aufmerksam begleitete. 1977 kehrte er mit »The Glimpses of the Moon« noch einmal zum Genre zurück – sein Meisterwerk, wie viele finden, während einer der größten deutschen Kritiker des Genres, Heiko Postma, gern auf dieses Comeback Fens verzichtet hätte. 1978, im Jahr seines Todes, legte Crispin noch einmal sein literarisches Credo ab: »Ich mag Spionage-Romane nicht besonders, und den sogenannten ›realistischen‹ Typ des Kriminalromans im Grunde auch nicht. Ich finde, daß Kriminalromane im allgemeinen und Detektivromane im besonderen in erster Linie phantasievoll und kunstvoll künstlich sein sollten, um ihre bestmögliche Wirkung zu entfalten.«

Edmund Crispin wird damit zum letzten klassischen Vertreter der Schule, zu der in unseren Tagen die erfolgreichste Autorin von »DuMont's Kriminal-Bibliothek«, Charlotte McLeod, zählt und für die, nach einem Wort des Autors und Genre-Historiographen Julian Symons, Mord und Täterjagd zu einer Quelle endlosen Amüsements werden. Direkte Vorbilder sind für Crispin John Dickson Carr (1906–1977) und Michael Innes (1906–1994). Carr hatte sich in »Der verschlossene Raum« (DuMont's Kriminal-Bibliothek Nr. 1042) genüßlich zu dem bekannt, was Crispin ›kunstvolle Künstlichkeit‹ nennen sollte, indem er die Fiktion als Fiktion preisgab – sein Seriendetektiv Dr. Fell bekennt freimütig, er und seine Mitspieler seien schließlich nichts anderes als Charaktere in einem Detektivroman. Michael Innes hingegen verdankt Crispin seinen Detektiv: Unter seinem wirklichen Namen John Innes Mackintosh Stewart war Innes ein angesehener Literaturwissenschaftler, den seine Laufbahn zum Schluß nach Oxford führte. So macht Crispin mit Gervase Fen einen in Oxford lehrenden Professor für Englische Literatur zu seinem Seriendetektiv, der stolz von sich zu behaupten pflegt, er sei unter den vielen Amateurdetektiven der einzige Literaturwissenschaftler in der gesamten Gattungsgeschichte. Auch in Setting und Plot ist sein erster Roman, »The Case of the Gilded Fly«, eine Doppel-Hommage an seine beiden Vorbilder: Er spielt, wie Innes' acht Jahre älterer Erstling »Zuviel Licht im Dunkel« (DuMont's Kriminal-Bibliothek Nr. 1049) in einem College in Oxford, und hat als zentrales Verbrechen eine originelle Variante des ›locked room mystery‹, des scheinbar unmöglichen Verbrechens im hermetisch verschlossenen Raum, dessen Varianten nahezu das Gesamtwerk John Dickson Carrs gewidmet ist.

Gervase Fen ist begeisterter Literaturwissenschaftler und ein entsprechend beliebter akademischer Lehrer – ansonsten tarnt er sein riesiges Weltwissen mit Hilfe einer grenzenlos wirkenden Naivität. Als Erbe aller Detektive seit Edgar Allan Poes Auguste Dupin hat er ganz selbstverständlich jene eigentümliche ›Mord-Lust‹ geerbt, die schon Dupins anonym bleibenden Begleiter so verwundert hat und die Sherlock Holmes geradezu in die Rauschgiftsucht trieb, wenn die ihn fordernden Fälle einmal ausblieben. Wie Dupin ist Fen zudem ein Freund des Polizeichefs, und das Holmessche Problem der Rivalität zwischen offiziellem und privatem Ermittler ist in diesem späten Fall geradezu perfekt gelöst: Sir Richard von der Oxforder Polizei akzeptiert fraglos die Superiorität des Philologen und versucht statt dessen, Fen auf dessen eigenem Feld zu schlagen und sich als der bessere Kenner englischer poetae minores früherer Jahrhunderte zu erweisen.

Der Fall in Crispins Erstling ist so konventionell, daß der Autor auch in diesem Zug mit der Gattung zu spielen scheint: Ein

Mitglied des Oxforder Theaterensembles, das gerade die Uraufführung des neuesten Werks eines der besten Dramatiker Englands vorbereitet, ist generell so unbeliebt und über eine höchst bewegte Vergangenheit mit so vielen andern intim verfeindet, daß ihr gewaltsames Ende geradezu begrüßt wird und fast jeder aus ihrer Umgebung als Mörder in Frage käme, neigte die Polizei nicht dazu, dem vorgetäuschten Selbstmord Glauben zu schenken. Einzig Gervase Fen weiß praktisch von Anfang an, wer der Mörder ist, wenn es auch erheblich länger dauert, bis er Motiv und Tathergang geklärt hat. Dann aber plagen ihn immer noch die schwersten Skrupel: Welches Recht hat er, der Amateur, einen Menschen an den Galgen zu liefern, den die Polizei laufen ließe, zumal niemand aus den Theaterkreisen den Mord gerächt oder den Täter, wer er auch sei, zur Rechenschaft gezogen sehen will? Erst ein völlig überraschender zweiter Mord zwingt ihn zum Handeln, wobei er aber soviel Respekt vor der Kunst hat, daß er erst das Ende der Uraufführung mit ihren zahllosen Vorhängen abwartet, bis er in einem zweiten Finale überraschend den Täter präsentiert.

Bei all dem brilliert Gervase Fen immer wieder in Einzelheiten: ›Dying message‹ nennt man das beliebte Verfahren, bei dem das Opfer einen Hinweis auf seinen Mörder codiert hinterläßt. Der Professor entziffert nicht nur beim zweiten Mord die wohl originellste ›dying message‹ der gesamten Genregeschichte, er findet auch ganz nebenbei genauso eine natürliche Erklärung für einen gespenstischen Mord vor fünfzig Jahren, dessen Wurzeln angeblich bis in die Wirren der Reformationszeit zurückreichen.

Und Edmund Crispin brilliert bei all dem mit einer Fülle skurriler Einfälle, wie sie zur selben Zeit seine amerikanische Kollegin Phoebe Atwood Taylor auszeichnet (u.a. »Schlag nach bei Shakespeare«, DuMont's Kriminal-Bibliothek Nr. 1073) und wie sie später Charlotte MacLeods Markenzeichen sein wird. So hat z.B. ein Kollege Fens das Weltentstehungsmodell durch eine unendliche Kette von Zufällen wörtlich genommen: Wenn eine unendliche Anzahl Schimpansen auf unendlich vielen Schreibmaschinen unendlich viele Jahre herumhämmere, schreibe einer von ihnen irgendwann einmal Dantes »Göttliche Komödie«, heißt es. Professor Wilkes hat daraufhin Mittel für eine endliche Zahl Probanden akquiriert: Zwölf Primaten an zwölf Schreibmaschinen sind es, von denen er Shakespeare-Sonette oder zumindest Teile davon erwartet – bislang ohne Resultat, denn die Affen ignorieren die Schreibmaschinen, treiben es miteinander oder sterben desinteressiert weg. Mehr als aufgewogen aber werden sie von einem einzelnen Papagei in einem disreputierlichen Pub. Als Rupfer hat er sich – außer am Kopf, den er mit dem Schnabel nicht erreichen kann – über die Jahre hinweg in den Zustand eines unappetitlichen grauen überdimensionierten Brathähnchens versetzt. Er ist das Geschenk, das ein deutscher Professor einst in trunkenem Weltverbrüderungsüberschwang dem Pub-Besitzer gemacht hat, und so pflegt das Tier dann als Präludium zur Polizeistunde alle Strophen von Heinrich Heines »Lorelei« krächzend zu rezitieren: »Ich weiß nicht, was soll es bedeuten, daß ich so traurig bin …«, allerdings nur, wenn der Besitzer zuvor einige Zeilen Mallarmé anzitiert hat.

Es ist eine Freude und eine Ehre, in »DuMont's Kriminal-Bibliothek« diesen lange vergriffenen Kultautor mehrerer Fan-Generationen seinen jetzigen und künftigen deutschen Freunden in neuen, z.T. erstmals unverstümmelten Übersetzungen vorzulegen.

Volker Neuhaus

DUMONT's Kriminal-Bibliothek

»Knarrende Geheimtüren, verwirrende Mordserien, schaurige Familienlegenden und, nicht zu vergessen, beherzte Helden (und bemerkenswert viele Heldinnen) sind die Zutaten, die die Lektüre zu einem Lese- und Schmökervergnügen machen. Der besondere Reiz liegt in der Präsentation von hier meist noch unbekannten anglo-amerikanischen Autoren.« *Neue Presse/Hannover*

Band 1001	Charlotte MacLeod	**»Schlaf in himmlischer Ruh'«**
Band 1005	Hampton Stone	**Tod am Ententeich**
Band 1006	S. S. van Dine	**Der Mordfall Bischof**
Band 1007	Charlotte MacLeod	**»...freu dich des Lebens«**
Band 1012	Charlotte MacLeod	**Die Familiengruft**
Band 1016	Anne Perry	**Der Würger von der Cater Street**
Band 1022	Charlotte MacLeod	**Der Rauchsalon**
Band 1025	Anne Perry	**Callander Square**
Band 1026	Josephine Tey	**Die verfolgte Unschuld**
Band 1028	Leslie Thomas	**Dangerous Davies, der letzte Detektiv**
Band 1029	S. S. van Dine	**Der Mordfall Greene**
Band 1030	Timothy Holme	**Tod in Verona**
Band 1031	Charlotte MacLeod	**»Der Kater läßt das Mausen nicht«**
Band 1033	Anne Perry	**Nachts am Paragon Walk**
Band 1035	Charlotte MacLeod	**Madam Wilkins' Pallazzo**
Band 1037	Charlotte MacLeod	**Der Spiegel aus Bilbao**
Band 1041	Charlotte MacLeod	**Kabeljau und Kaviar**
Band 1042	John Dickson Carr	**Der verschlossene Raum**
Band 1044	Anne Perry	**Rutland Place**
Band 1045	Leslie Thomas	**Dangerous Davies... Bis über beide Ohren**
Band 1046	Charlotte MacLeod	**»Stille Teiche gründen tief«**
Band 1048	Timothy Holme	**Morde in Assisi**
Band 1050	Anne Perry	**Tod in Devil's Acre**

Band 1054	Timothy Holme	**Der See des plötzlichen Todes**
Band 1057	Sarah Caudwell	**Adonis tot in Venedig!**
Band 1058	Phoebe Atwood Taylor	**Die leere Kiste**
Band 1059	Paul Kolhoff	**Winterfische**
Band 1060	**Mord als schöne**	**Kunst betrachtet**
Band 1061	Lee Martin	**Tod einer Diva**
Band 1062	S. S. van Dine	**Der Mordfall Canary**
Band 1063	Charlotte MacLeod	**Wenn der Wetterhahn kräht**
Band 1064	John Ball	**In der Hitze der Nacht0**
Band 1065	Leslie Thomas	**Dangerous Davies... Auf eigene Faust**
Band 1066	Charlotte MacLeod	**Eine Eule kommt selten allein**
Band 1067	Lee Martin	**Mörderisches Dreieck**
Band 1068	Paul Kolhoff	**Menschenfischer**
Band 1069	Ellery Queen	**Das ägyptische Kreuz**
Band 1070	John Dickson Carr	**Mord aus Tausendundeiner Nacht**
Band 1071	Lee Martin	**Tödlicher Ausflug**
Band 1072	Charlotte MacLeod	**Teeblätter und Taschendiebe**
Band 1073	Phoebe Atwood Taylor	**Schlag nach bei Shakespeare**
Band 1074	Timothy Holme	**Venezianisches Begräbnis**
Band 1075	John Ball	**Das Jadezimmer**
Band 1076	Ellery Queen	**Die Katze tötet lautlos**
Band 1077	Anne Perry	**Viktorianische Morde** (3 Romane)
Band 1078	Charlotte MacLeod	**Miss Rondels Lupinen**
Band 1079	Michael Innes	**Klagelied auf einen Dichter**
Band 1080	Edmund Crispin	**Mord vor der Premiere**

Band 1070

John Dickson Carr

Mord aus Tausendundeiner Nacht

Als Detective Inspector John Carruthers mitten in der Nacht das mysteriöse Verschwinden eines Mannes mit weißem Backenbart überprüft, führen ihn die Spuren in das Wade-Museum für orientalische Kunst. In der gespenstischen Halle des Wade-Museums steht eine riesige schwarze Kutsche mit verborgenen Fenstern und polierten Messinggriffen. Als Carruthers die Tür der Kutsche öffnet, fällt ihm ein toter Mann entgegen, in Gehrock und Zylinder. Die mysteriösen Vorfälle stellen die Ermittler vor ein Rätsel. Mit Hilfe von Dr. Gideon Fell versuchen sie diesen Mord aufzuklären, der so fantastisch ist wie die Märchen aus Tausendundeiner Nacht und so bizarr wie das Museum.

Band 1071

Lee Martin

Tödlicher Ausflug

Als die Polizistin Deb Ralston zu Hause die lapidare Notiz ihres 16jährigen Sohnes Hal findet, daß er mit seiner Freundin Lorie für ein paar Tage nach Los Alamos fahren will, und zwar per Anhalter, ist sie rasend vor Wut. Sie heftet sich an die Fersen der Teenager, um sie nach Hause zurückzuholen. Doch die Spur findet ein blutiges Ende, als Deb entdeckt, daß Lorie verschwunden ist und ihr Sohn Hal unter Mordverdacht im Gefängnis sitzt. Wer ist das Mädchen, das in Lories Schlafsack ermordet aufgefunden wurde? Trotz ihrer fortgeschrittenen Schwangerschaft – Deb ist im achten Monat – versucht sie gemeinsam mit der örtlichen Polizei, ihren Sohn zu entlasten und Lorie zu finden.

Band 1072

Charlotte MacLeod

Teeblätter und Taschendiebe

Sarah und ihr Mann Max sitzen mit dem Rest des Kelling-Clans zusammen, um eine Wohltätigkeits-Auktion zu planen. Onkel Fredericks Sammlung von antikem Nippes soll unter den Hammer kommen, um mit den Erlösen den Ausbau des Senior Citizens Recycling Center zu finanzieren. Man sitzt gerade beim Tee, als die Nachricht von der Ermordung eines Mitglieds des Centers die Ruhe des Abends stört. Und was Cousine Theonia in den Teeblättern liest, läßt nichts Gutes ahnen ...

Charlotte MacLeod, geb. 1922 in Kanada und aufgewachsen in Massachusetts, USA. Ihre Krimi-Serien haben begeisterte Leser gefunden.

Band 1073

Phoebe Atwood Taylor

Schlag nach bei Shakespeare

Durch Boston weht ein eisiger Wind, der durch Martin Jones' dünnen Anzug dringt. Abgesehen von einer Tasche mit Golfschlägern ist ihm sonst nichts mehr geblieben. Außerdem ist ihm die Polizei auf den Fersen. Jones kann sich denken, was die von ihm wollen... Er ist erleichtert, erst einmal Unterschlupf in »Peters Antiquariat« zu finden. Was für eine Überraschung, daß ausgerechnet sein alter Freund Leonidas Witherall in dem Buchladen arbeitet. Dann findet man im Laden die Leiche von Professor John North mit zerschmettertem Kopf, und Jones wird sofort verhaftet. Zum Glück ist Leonidas Witherall von seiner Unschuld überzeugt. Sie zu beweisen, ist eine andere Sache.

Band 1074

Timothy Holme

Venezianisches Begräbnis

Der letzte Band der Achille-Peroni-Serie führt den Inspektor nach Venedig. Die ganze Stadt wartet auf die alljährliche Gondelregatta, auf die schon wilde Wetten abgeschlossen werden. Peroni stößt zwischen kriminellen Gondolieri und bröckelnden Adelspalästen auf ein Netz aus Intrigen. Eine Spur führt ins 18. Jahrhundert zum venezianischen Dramatiker Goldoni. Ist alles nur Theater? Aber irgendwo zwischen den Kanälen und Lagunen wird der Mörder wieder zuschlagen. Achille Peroni deckt mit neapolitanischem Temperament, Scharfsinn und unbestechlicher Entschlossenheit die erstaunlichen Hintergründe des Mordes auf.

Band 1075

John Ball

Das Jadezimmer

Ein chinesischer Jadehändler liegt tot auf dem Boden einer Villa in Pasadena, Kalifornien. Um seinen Kopf bilden vier Jadestücke einen Halbkreis, ein fünftes steckt im Herz – das Ya-Chang Ritualmesser.
Wer hat den Händler ermordet? War es die schöne halb-schwarze, halb-japanische Yumeko, die bei ihm lebte? Johnny Wu, ein reicher amerikanischer Chinese? Ein anderer Kunde? Oder ein politischer Feind aus Übersee? Mordkommissar Virgil Tibbs gerät auf seiner Suche nach dem Mörder in eine tödliche Mischung von harten Drogen, Agenten aus dem kommunistischen China und der Exotik des Jadehandels.

Band 1076

Ellery Queen

Die Katze tötet lautlos

Manhattan, Ende der vierziger Jahre, eine Serie von Morden versetzt die Stadt in Panik. Die Boulevardblätter haben dem Mörder einen Namen gegeben: Katze. Für jeden Toten zeichnen ihr die Cartoonisten einen weiteren Schwanz.
Die Katze sucht ihre Opfer wahllos. Und immer bei Nacht. Niemand kann sich vor ihr sicher fühlen. Am Tatort hinterläßt sie nichts als die Leiche mit einem sorgsam geknoteten Seidenfaden um den Hals. Und am nächsten Tag grinst den Lesern aus der Zeitung wieder die Katze entgegen und hat einen Schwanz mehr. Ellery Queen hat viele Knoten zu lösen.

Band 1078

Charlotte MacLeod

Miss Rondels Lupinen

Professor Peter Shandy fährt an die Küste, um blumigen Gerüchten auf den Grund zu gehen. In den wildesten Farben erzählt man sich von prächtigen Lupinen, die hier gedeihen sollen.

Noch andere Überraschungen findet Shandy auf Miss Rondels Farm. Tiere und Pflanzen strotzen vor gespenstischer Gesundheit und auch die alte Dame selbst ist seltsam quicklebendig. Im Gegensatz zu Jasper Flodge, der eines Tags tot über seinem Teller Hühnerfrikasse zusammenbricht.

Peter Shandy darf seinen botanischen und detektivischen Leidenschaften nach Herzenslust frönen. Ein Band aus der Balaclava-Serie.

Band 1079

Michael Innes

Klagelied auf einen Dichter

Niemand ist traurig, als Ranald Guthrie stirbt. Man munkelt, der gefürchtete Schloßherr habe sich in einer Winternacht von seiner Burg in den schottischen Highlands gestürzt. Gerüchte von Eifersucht, Rache, Irrsinn und Liebe kursieren.

Was nach Selbstmord aussieht, entpuppt sich jedoch als Verwechslungsspiel. Schließlich bringt das Klagelied auf einen Dichter Rechtsanwalt Wedderburn auf die Spur grausiger Vorgänge.